ユフィリア・マゼン
マゼンタ公爵家の令
婚約破棄騒動のあと
アニスフィアたちと共
離宮で暮らしている
アニスフィア・ウィン・パレッティア
パレッティア王国第一王女。
キテレツ王女の名を欲しいままにしていたが、
王国を襲う脅威・ドラゴンを
ユフィリアと共に撃退し功績を得た。
2
転生王女と天才令嬢の
The Magical Revolution of
Reincarnation Princess and Genius Young Lady....
魔法革命

「魔眼かしら？　魅了をかけるなら定番だけれど」
ティルティ・クラーレット
大きな力を持つ貴族・クラーレット侯爵家の長女。
別邸で引きこもり、"呪い"に関する研究をしている。
アニスフィアとは共に研究をすることもあるが、
信念が違うので悪友かつ犬猿の仲。
レイニ・シアン
元平民の男爵令嬢。
ユフィリアの婚約破棄騒動の発端になったが、
実はヴァンパイアであることが発覚して――！？

「ヴァンパイア？」
（レイニ様、大丈夫でしょうか……？）
イリア・コーラル
アニスフィアの専属侍女。
過去、アニスフィアに助けられたことがあり、
彼女に深い忠誠を抱いている。

「アニス様は、どうしてそんなに
魔法が好きなのですか？」
「もう好きだからって理由しかないかな。
きっと恋するくらい、魔法に憧れてる」

「アルくん、一つ聞くよ。
――君にとって、魔法って何？」

「呪いだよ、姉上」

CONTENTS

Author
Piero Karasu

Illustration
Yuri Kisaragi

The Magical Revolution of Reincarnation Princess and Genius Young Lady....

転生王女と天才令嬢の魔法革命２

鴉ぴえろ

ファンタジア文庫

2971

口絵・本文イラスト　きさらぎゆり

転生王女と天才令嬢の魔法革命 2

The Magical Revolution of
Reincarnation Princess and Genius Young Lady....

Author 鴉ぴえろ
Illustration きさらぎゆり

[これまでのあらすじ]

魔法に憧れながらも魔法を使えない王女・アニスフィア。
それでも諦めず、魔学という学問を
生み出して研究を続けていた。
ある日のこと、弟の婚約者であるユフィリアが
婚約破棄される場面に遭遇する。
アニスフィアは行き場を失った彼女を
助手に誘い、共同生活が始まる。
離宮で一緒に生活することで、
ユフィリアの心の傷が癒えていく中、
ドラゴンの襲撃という災害が発生。
王国を守るために現地へと向かった
二人は見事討伐に成功し、
国に対して大きな功績を残したのだった。
――しかし、婚約破棄をめぐる問題が再び!?

Author
Piero Karasu
Illustration
Yuri Kisaragi

The Story So Far

The Magical
Revolution of
Reincarnation Princess and
Genius Young Lady....

オープニング

息を潜《ひそ》める。ここから先は誰《だれ》にも見つかってはいけない。誰かに見つかると私の計画はご破算になってしまう。そんな緊張感《きんちょうかん》からか、心臓がどくどくと煩《うるさ》く鳴っている。

私が身を潜めているのは王城の廊下《ろうか》。部屋を抜《ぬ》け出して目的地に向かって移動している所だ。ここで誰かに見つかってしまうと連れ戻《もど》されてしまうから、慎重《しんちょう》に行動をしなくてはならない。

そんな緊張感に鼓動《こどう》を跳《は》ねさせつつも、壁《かべ》に背中を預けて、部屋から持ち出した手鏡で通路の先を見る。誰もいないことを確認してから、足音を殺して素早くドアの前へ移動する。そして音が大きくなりすぎないように控《ひか》え目《め》にドアをノックした。

「――誰？」

中から聞こえてきた声に私はにんまりと笑みを浮《う》かべる。ドアを開いて、素早く部屋の中へと身体《からだ》を滑《すべ》り込ませて、私は部屋の中にいたあの子に微笑《ほほえ》みかける。

「遊びに来たよ！」

中に入って、満面の笑みを浮かべて挨拶《あいさつ》をする。すると、部屋の中にいたあの子は目を丸くさせた後、そっと溜息《ためいき》を吐《つ》いた。

「……またですか。怒《おこ》られますよ？」

私の顔を見たあの子は困ったように眉《まゆ》を寄せて言った。でも、私は気にせずに部屋の中を進んであの子に近づいていく。

「怒られるのなんていつものこと！　それより次の実験を思い付いたから協力してよ！」

「また何か思い付いたんですか……今度は大丈夫《だいじょうぶ》なんですか？」

あの子に不審《ふしん》そうな顔を浮かべられると、思わず言葉に詰《つ》まりそうになる。でも、ここで引き下がる訳にはいかないと私は大きく頷《うなず》いた。

「勿論《もちろん》だよ！　今度こそ成功させるし！　というか、今までの失敗は今回の成功のためにあると言っても過言じゃないんだよ！」

「……本当かなぁ」

今度は呆《あき》れたように言われた。でも、あの子は嫌《いや》そうな顔は浮かべていなかった。仕方ないと言うように私を見つめてくれていた。そんなあの子に私は手を差し出すんだ。

「行こう！　――アルくん！」

――そんな懐《なつ》かしい夢を見ていた。

＊＊＊

「——……ゆ、め」

開いた目が光に慣れていなくて、何度か瞬《まばた》きを繰《く》り返してしまう。半端《はんぱ》に覚醒《かくせい》した意識がぼんやりとしたまま、眠《ねむ》っていた間に見た夢を思い返す。

随分《ずいぶん》と懐かしい、まだ私とアルくんが仲違《なかたが》いをする前の夢だった。勉強の合間にできた時間を使って部屋を抜け出して、アルくんの部屋に遊びに行って彼を連れ出していた。

（今更《いまさら》こんな夢を見るなんてな……）

珍《めずら》しいこともあると思いながら身体を起こした。寝起《ねお》きの身体に活を入れるように背筋を伸《の》ばして、ベッドから起き上がる。クローゼットから着替《きが》えを取り出して、寝間着から私服へと着替えて、鏡台の前に座って身だしなみを整える。

「よし、と」

一通り終わった所で部屋を出る。私が部屋を出たタイミングで、私の部屋に向かっていたイリアと目が合った。イリアの後ろにはユフィもいる。

「おはようございます、姫様《ひめさま》」

「アニス様、おはようございます」

「おはよう、二人とも」

離宮《りきゅう》でユフィを交えて生活するようになってから大分経《た》った。ユフィも慣れてきたのか、挨拶の仕草はとても自然体だ。そんなユフィを見て私も自然に微笑んでしまう。

「二人とも、お食事の用意は済ませてあります。食堂へどうぞ」

「はーい。行こう、ユフィ」

「えぇ」

イリアに促《うなが》されて私たちは食堂へと向かう。以前まで離宮の食事はイリアと二人だったけれど、今はユフィも一緒だ。とは言っても、食事をしている間に会話はないんだけど。話がある時は食べ終わってから。

だから私も話題を切り出したのは、皆《みんな》が食べ終わったのを確認してからだ。

「ユフィ、イリア。今日は外に出かけるから準備をして欲しい」

私の言葉にユフィは目を丸くして、きょとんとしながら私を見た。

「……外出、ですか？　全員が揃《そろ》って？」

「私も加えてとは珍しいですね。どちらにお出かけの予定で？」

意表を突《つ》かれたという顔をしているユフィとは対照的に、冷静なイリアが問いかけてくる。私は頷いてから返答する。

「うん、今日は〝ティルティ〟の所に行くよ」

「……ティルティとは？」

ユフィは知らない人の名前が出たので首を傾《かし》げている。私は脳裏に浮かべた相手のことをどう説明したものかと、ちょっと悩《なや》んでしまう。

「なんというか、ちょっと説明するのが難しい相手なんだよね。私の悪友というか、腐《くさ》れ縁《えん》の友人？」

「……こほん、ユフィリア様はクラーレット侯爵《こうしゃく》はご存じですか？」

「はい、クラーレット侯爵のご高名はお伺《うかが》いしております」

説明に困っている私へ助け船を出すようにイリアが会話に交じってくれた。

クラーレット侯爵家はパレッティア王国の中でも大きな力を持つ貴族の一人として知られている。クラーレット侯爵家の方針は堅実《けんじつ》であり、有力な貴族として他の貴族にも知られているため、敵に回したくないと思う貴族も多い。

家の特色として、侯爵という地位に見合った大きな領地を持っており、国内の食料自給率向上に貢献《こうけん》している家である。領地で取れる豊富な食料を飢饉《ききん》などに苦しむ他の貴族に援助《えんじょ》しているので発言力も大きい。

その大きな領地を活《い》かした畜産《ちくさん》も盛んで、領民が一丸となって取り組んでいる。だからクラーレット侯爵家を食料の番人と呼ぶ人もいる。王家との距離《きより》は可もなく不可もなくといった所で、中立の立場に属している。

「ティルティ様はそのクラーレット侯爵の長女でございます」

「……長女？　長女と言うと、あの……？」

これから会いに行こうとしてる相手の素性を理解したユフィは、少しだけ困惑《こんわく》したような表情を浮かべた。

クラーレット侯爵家は派閥《はばつ》に拘《こだわ》らず、飢饉などに困っている家には手を差《さ》し伸べる姿勢もあってか、とにかく評判が良い。

そんなクラーレット侯爵家にも一つ、大きな汚点《おてん》がある。それが〝長女〟の存在だ。

「クラーレット侯爵家の引き籠《こ》もり令嬢《れいじょう》。残虐《ざんぎゃく》無比な性格で、その加虐性から離《はな》れに封《ふう》じられていると聞いたことがありますが……」

「あぁ、うん。そうだね、間違《まちが》ってないよ」

「噂《うわさ》は本当なんですか？」

ユフィが眉を顰《ひそ》めながら問いかけてきた。クラーレット侯爵家の長女の噂は酷《ひど》いものだ。

使用人や気に入らない相手を魔法《まほう》で打ちのめし、血を見ることが何よりも好きな傍若無人《ぼうじゃくぶじん》で残虐な令嬢と言われている。

クラーレット侯爵は基本的に王都の邸宅《ていたく》に住んでいるのだけど、長女は別邸で生活をしており、社交界にも顔を出さないことで有名だ。

今でも人が立ち入らぬ別荘《べっそう》で残虐なことをしているのではないかとか、クラーレット侯爵が扱《あつか》いに困り果てて別荘に封じたのだとか、様々な噂が流れている。

「まぁ、噂は本当だよ。但《ただ》し、昔の話だって頭につくけど」

「昔の話、ですか？」

「縁があってから続いてる関係だけど、私も最初は殺されかけたしね」

「殺され……!?」

ユフィが絶句したように私を見つめる。その目に不審の色が宿り始めたのを見て、私は片手を顔の前で左右に振《ふ》る。

「昔の話だって！　それに理由もちゃんとあるし、それをわかった上で接触《せっしょく》したというか、今は本当にただの引き籠もりなんだよ。別に血を見るのが好きとかじゃないんだけど……うん、多分会った方がわかりやすいよ」

「……何故《なぜ》、そんな相手と会おうとされるのか理由を聞いても？」

「ユフィリア様。ティルティ・クラーレット様は姫様の開発した魔薬の共同研究者です」

「共同研究者!?」

「そういうこと」

そう、私の使用している魔薬を一緒に生み出した共同研究者なんだよね。

「今回、ドラゴンの魔石を手に入れたりして、色々と成果もあったし、新しいことを試してみたくなってね。折角だからユフィとも顔を合わせておいて欲しかったんだ」

「……危険はないのですよね？」

「ないよ？」

「それは昔の話ですからね。今は姫様のお陰《かげ》でティルティ様の症状《しょうじょう》も落ち着いてますし」

「症状？」

イリアの言葉にユフィは訝《いぶか》しげな表情を浮かべる。そんなユフィの反応にイリアが頷いてみせる。

「姫様が以前、魔力が原因となって肉体や精神に異常が出る症例の話をしたことがあったかと思いますが、ユフィリア様は覚えていらっしゃいますか？」

「ええ。……もしかして、そういうことなのですか？」

「うん。ティルティはその症例の一人だよ。私と付き合いがあるのも、私がティルティの症状を診察《しんさつ》するようになってからの付き合いなんだ」

「なるほど、そういった繋《つな》がりでしたか……だから今は危険ではない、と」

「魔法を使いすぎると魂《たましい》内部の魔力バランスが崩《くず》れやすい体質なんだ。でも魔法を使わなければ問題ない。だから引き籠もって出てこないんだけどね」

パレッティア王国の貴族にとって魔法が使えるかどうかというのはステータスの一つになる。けど私とは違う意味で魔法が使えない彼女は、社会との繋がりを断つために別邸に引き籠もっているというのが真実だ。

「頼《たよ》りになる人ではあるんだけどね、人格に問題があるだけで……」

「……その症例を除いても、人格に問題がある方なんですか？」

「姫様の同類です」

「イリア、その説明はどうかと思うのだけど⁉」

「あぁ……なるほど。そういうことですか」

「しかも納得された⁉」

流石《さすが》にあんな引き籠もりと一緒にされるのは心外だ⁉　私は引き籠もってるけど、ちゃんと外に出てますし⁉　そう思って憤慨《ふんがい》しながらも抗議《こうぎ》したけれど、二人は一切聞く耳を持ってくれなかった。納得がいかないんですけど⁉

＊　＊　＊

私たちが馬車で向かったのは王都にある貴族の邸宅が並ぶ区画。領地を持つ貴族が一時的に王都に留《とど》まるための邸宅もあり、社交シーズンには貴族たちで賑《にぎ》わう区画でもある。

クラーレット侯爵家の別邸はこの貴族街の外れ、日当たりの悪い場所に位置していた。日《ひ》陰《かげ》になっているため、屋敷《やしき》全体がどこか薄暗《うすぐら》い印象を受ける。中庭の手入れも最低限なのか、どこか鬱蒼《うっそう》として薄気味《うすきみ》悪《わる》さを醸《かも》し出している。

何度来ても思うけど、屋敷の主《あるじ》である彼女の陰気《いんき》さを反映しているとしか思えない。

「ここですか……？」

ユフィも少し困惑気味だ。イリアは慣れた様子で私たちの後ろに付き従っている。

門番に声をかけると、中からメイドが姿を見せた。まるで人形のように感情が浮《う》かんでいない表情が印象に残る。

髪《かみ》の色は暗い紫色《むらさきいろ》であり、陰気な館の雰囲気《ふんいき》もあってか不気味な印象を受ける。この館の専属のメイドで、私にとってはもう慣れ親しんだ顔だった。

「王女殿下《でんか》にイリア様、ご無沙汰《ぶさた》しております。それとマゼンタ公爵令嬢様ですね。ようこそ、クラーレット侯爵家別邸へ」

「そんなに久しぶりだったっけ？　ティルティは元気？」

「ええ、お元気ですよ。それではご案内致《いた》します。どうぞ、こちらへ」

一切表情を動かすことなく、彼女は私たちを屋敷の中へと誘《いざな》う。屋敷の内装もまた質素なもので、むしろ空虚《くうきょ》さを感じさせるほどだ。ユフィもそれが気になるのか、つい視線をあちらこちらへと向けてしまっている。

「こちらです。……お嬢様、お客様をお連れしました」

「──通しなさい」

ドアの前で立ち止まったメイドがノックをすると、中から女性の声が返ってきた。どう聞いても気怠《けだる》そうなやる気のない声だ。メイドがドアを開くと同時に中から薬品の匂《にお》いが漂《ただよ》ってきた。

予想していなかった鼻を刺《さ》す匂いにユフィが顔に手を添《そ》えて眉《まゆ》を顰めた。私はユフィの反応に苦笑しながら部屋の中へと入る。

部屋の中には棚《たな》が幾《いく》つもあり、所狭《ところせま》しと様々な薬の材料が並べられている。机の上には乱雑に資料や素材、それから薬の材料を加工するための道具が置かれている。

──そして机の傍《そば》の椅子《いす》に座って気怠そうにこちらを見ている女性が一人。

一言で彼女を言い表すなら陰気という言葉がよく似合う。腰《こし》まで届きそうな菫色《すみれいろ》の長髪《ちょうはつ》、こちらを見つめるのは暗い赤色の瞳《ひとみ》。肌《はだ》は病的に白く、身に纏《まと》う深紫色のドレスを際立たせている。彼女が私の腐れ縁にして悪友の侯爵令嬢、ティルティ・クラーレットだ。

「ご無沙汰ね？　前は魔薬の補充《ほじゅう》と検診の時だったかしら？」

「えぇ、相変わらず引き籠もってるのね。少しは太陽の光でも浴びたら？」

「なぁに？　死ねって言ってるの？」

クスクス、と笑いながら口の端《はし》を持ち上げるティルティ。それが皮肉めいた笑みに見えるので非常に可愛《かわい》らしくない。顔立ちは整っている方なのに陰気な印象に塗《ぬ》り潰《つぶ》されてしまっていて、非常に不気味な雰囲気を醸し出している。

「日光に当たった程度で人間は死なないわよ。むしろ当たらない方が身体《からだ》に悪いわよ？」

「私の健康は日光に当たることによって崩れるの。放っておいてくれるかしら？」

「この陰険ジメジメキノコ令嬢！」

「キテレツ暴走王女様が言えた台詞《せりふ》かしら？」

互《たが》いに言い合っていると、ユフィが眉を顰めたまま私の傍に寄ってきた。ティルティの視線が私からユフィへと移り、興味深そうにユフィを舐《な》め回すように見る。

「あら、その子がマゼンタ公爵家の秘蔵っ子かしら？　私と違って正真正銘《しょうしんしょうめい》の天才児の」

「そうよ。ユフィリア・マゼンタ、私の可愛い助手よ」

「……ユフィリア・マゼンタと申します。初めまして、クラーレット侯爵令嬢」

「ティルティで良《い》いわ。畏《かしこ》まられるのは嫌《きら》いなの。それに身分も貴方《あなた》の方が上でしょ？」

「はぁ……」

投《な》げ遣《や》りなティルティの態度にユフィは困惑したような声を漏《も》らす。ティルティみたいな人と接した経験がないのか、どういう態度を取れば良いのか測りかねてるようだ。

「もうちょっと身分相応の態度を取ってくれても良いんじゃないの？」

「それを貴方が言うのかしら？　アニス様」

「まったくですね」

「イリアはどっちの味方なのよ⁉」

文句を言うと私にまで矛先《ほこさき》が向けられた。誤魔化《ごまか》すように咳払《せきばら》いをして、場の空気を仕切り直す。そして話題を切り出そうとすると、先にティルティが口を開いた。

「それで？　一体私に何の用かしら？　魔薬の調合だけだったら貴方一人でも良いでしょう？　わざわざ従者と助手まで連れてきて、目的は何なのかしら？」

「それを今から話そうと思ったのよ」

私はイリアに目線を送る。イリアの手には荷物があり、私の視線に気付いたイリアが机の空いたスペースに荷物を置いた。それは箱だ。仰々《ぎょうぎょう》しくも封をされた箱はイリアが取り出した鍵によって開かれ、その中身を晒《さら》す。

「これはこの前、手に入れることができたドラゴンの魔石の一部よ」

「……へぇ？　これがねぇ」

私の言葉を受けてティルティが興味深そうに目を細めた。その視線は箱に収められていたドラゴンの魔石へと向けられている。

保管するに当たって分割されたドラゴンの魔石、その一部を手に取ってティルティへと渡《わた》す。私から魔石を受けとったティルティはじっくりと観察を始める。

「今度はこれを使って魔薬の調合をしろってことかしら？」

「いや、違うよ。……これで新しい技術を試したいと思っているの。だから、その協力をお願いしようと思って持ってきたのよ」

「新しい技術……？」

ティルティだけでなく、ユフィとイリアも不思議そうに私を見た。ここに来るまで何も説明してなかったしね。私はちらりとティルティへと視線を送る。私の視線の意味を悟《さと》ったようにティルティがメイドへと視線を向け、退出を促《うなが》すように顎《あご》で指示を出す。

私たちを案内してくれたメイドが去ったのを確認してから、ティルティは何事かを呟《つぶや》く。空中に魔法が発動する前兆の発光現象が起きて、光が霧散《むさん》して消えていく。

「この部屋の会話はこれで聞こえなくなったわ」

「助かるわ。……先日、この魔石を手に入れるためにドラゴンと戦ったわ」

「ええ、大立ち回りだったと聞いてるけれど？」

「ドラゴンを倒《たお》したのは良いのだけど、問題はその後。別に悪いことではないんだけど」

私は一つ、溜息《ためいき》を吐《つ》いてから目を閉じた。手でそっと胸元を押さえてから言葉を続ける。

「私はドラゴンから〝知識〟を託《たく》されたわ」

「……何ですって？　ドラゴンは会話ができるほど、知能が高かったってこと？」

「ええ、直接脳内に意思を送ってきたわ。それも興味深いけど、私がティルティにお願いしたいのは受けとった知識に関することよ」

ティルティは椅子に座ったまま、腕《うで》と足を組んで私に続きを促すように沈黙《ちんもく》している。

「この知識があれば、魔石を魔薬とは別の形で活用できるかもしれないわ」

「……なるほどね？　それで私の手を借りたいと？」

「私の次にこの国で魔石に詳《くわ》しいって言ったらティルティだもの」

「貴方に付き合っている内に身についた知識だけどね」

「……それとティルティを頼りたかったのは、私はドラゴンに〝呪《のろ》われた〟からよ。その呪《まじな》いの詳細《しょうさい》の調査をするため、貴方に診察を頼《たの》みたくて――」

「――なんですってぇッ!?」

勢い良く音を立ててティルティが椅子が倒す。その勢いのままに私へと迫《せま》ろうとする。

反射的にユフィが私とティルティの間に入ったことで、私に摑《つか》みかかりそうになっていたティルティの動きが止まる。一瞬《いっしゅん》、ユフィへと視線を向けたティルティだけど、すぐ私に食い入るような視線を向けてくる。

「アニス様、どうしてそういうことを先に言わないの！　呪いって言った？　言ったわよね⁉　しかもドラゴンの、意思疎通《そつう》が可能なほどの知能を持つ魔物からの呪いですって⁉」

「……食いつくと思ったけど、思った以上の反応ね」

「……どういうことです？」

ユフィがティルティを警戒《けいかい》するように視線を向けながら問いかけてくる。私はユフィの疑問に対して溜息交じりに告げた。

「ティルティは呪いの蒐集家《しゅうしゅうか》なのよ」

「…………はい？」

私の返答に、さっぱり意味がわからないというようにユフィが声を漏らすのだった。

＊　＊　＊

「取り乱して悪かったわね」

「悪びれもなく良く言うわね」

あれから興奮するティルティを落ち着かせた後、私たちは改めて席について輪を囲んだ。

「えっと、ティルティ嬢《じょう》……？」

「呼び捨てで構わないわよ、ユフィリア様」

「……その、呪いの蒐集家というのは、どういう？」

マイペースなティルティに調子を崩《くず》されながらも、ユフィは疑問を口にする。ユフィから問いかけられたティルティは少し悩《なや》むように顎に指を添えた。

「ユフィリア様は私の境遇《きょうぐう》をどこまで知ってるの？ 私がクラーレット侯爵《こうしやく》家の恥晒《はじさら》しということは知っているかしら？」

「あくまで噂《うわさ》の範囲《はんい》でなら」

「なるほど。別に大した話ではないのだけど、少し説明しましょうか。アニス様曰《いわ》く、私は魔法を使うことで魂《たましい》内部の魔力、あるいは魔力の元となる要素が著しくバランスを崩しやすい体質だそうなの。過去、それで加虐性《かぎやくせい》が高まって凶行《きようこう》に及《およ》んでいたわ」

「……話は聞いていましたが」

「そう？ まぁ、だから私にとって魔法というのは呪いとそう変わらないものなのよ」

ティルティの告白にユフィが驚《おどろ》いたような表情を浮《う》かべる。無理もない、と私は思った。パレッティア王国で精霊《せいれい》から賜《たまわ》った加護は祝福ではあっても、呪いだなんてとても言えな

いものだ。そんな主張をすれば周囲からの印象は間違《まちが》いなく悪くなる。使えば使うほど、自分が狂《くる》ってい
くのだから。それが彼女にとって揺《ゆ》るぎない事実だった。
「そんな経験をしたものだから、すっかり魔法に興味をなくしてね。代わりに薬師《くすし》になる
道を選んだのよ。後は医学も嗜《たしな》んでいるわ」
「それは……自分が苦しんだから、という動機からなのでしょうか？」
「ティルティはそんな殊勝《しゅしょう》な奴《やつ》じゃないわよ」
ふん、と私は思わず鼻を鳴らしてしまう。そんな可愛い理由でティルティが薬学や医学
を研究している訳ではないことを私はよく知っている。
「そもそも、本来は薬でも魔法でも治療《ちりょう》できない症例《しょうれい》のことを〝呪い〟って呼んでるのよ。
ティルティはね、そういう薬でも魔法でも解決できない症例を解明することに喜びを感じ
る変人なだけよ」
「それはちょっと正確じゃないわね。薬でも魔法でも解決できない症例を見るのが好きの
間違いよ。治療できる症例に興味なんてないわ。それに魔法が使えない癖《くせ》に魔法の研究に
命をかけてるアニス様に変人って言われたくないわよ」
「はいはい、似たもの同士という奴ですね」

「「似てないッ！」」

イリアの指摘《してき》に憤慨《ふんがい》すると、まったく同じタイミングで私とティルティの台詞《せりふ》が被《かぶ》る。

互いに顔を見合わせて、ふん、とそっぽを向き合う。

ティルティは魔法に対して否定的かつ懐疑的《かいぎてき》だ。だから私が魔法を使えるように研究していることに対してまったく興味を示さない。私たちが共通しているのは、突《つ》き詰《つ》めれば謎《なぞ》が多い魔法の神秘を追究し、解明するという点だけ。

だから私たちはお互いに理解はできても共感ができない。心の友と言えるほど心の距離《きょり》は近くないし、信念だって違う。だから私たちはどこまで行っても悪友で、腐《くさ》れ縁《えん》だ。

「まぁ、私の考え方についてはアニス様の助手って言うのだから理解は得られるというか、そういうものだと諦《あきら》めて貰《もら》えるかと思うけれど？」

「どういう意味よ！」

絶対に後半部分いらないでしょ！　ユフィも同意するみたいに溜息を吐かないの！

「それより話を本題に戻《もど》しましょう。ドラゴンの呪いってどういうことよ？　アニス様」

「私も感覚的なものでしかないけど、呪われた実感はあるのよ。ただ、それが具体的にどう前と変わったか説明できないというか、ドラゴンの知識から推察はできるけれど……」

「わかる範囲でいいわ、説明して」

やや前のめりになりながらティルティが質問を重ねてくる。ユフィとイリアも私に視線を向けているけれど、こちらはどちらかと言えば私を案じているためだと思う。

「感覚的な説明になるけれど、私は多分、徐々《じょじょ》にドラゴンに近づいていくんだと思う」

「ドラゴンに近づいていく……それはどういう……？」

私の答えにユフィが不安そうに手を伸《の》ばしてきた。その手を握《にぎ》り返しながら、私は気楽に笑ってみせた。

「大丈夫《だいじょうぶ》だよ。ちゃんと上手《うま》く活用できれば私にとって好都合な話よ」

「好都合ですか？」

「前提として、私は魔薬がなければ魔法が使えないわ。でも、ドラゴンの魔石をもっと別の形で使うことができれば、今後魔薬を使わなくて済むようにできるかもしれない」

「魔薬とは別の形で、ねぇ。それもドラゴンからの知識にあったってこと？」

「ドラゴンはそれを望んで私に託したんだと思う。魔石と一緒《いっしょ》にね」

「その具体的な手段はもう思い付いてるってことね？」

「うん。これがその構想かな」

私はティルティに見せるための資料を魔石を運んでいた鞄《かばん》とは別の鞄から取り出した。受けとった資料に目を通していたティルティの表情が段々変わっていく。

最初に見せた表情は呆《あき》れだ。でも、次第にその表情が興奮を表すように不敵な笑みに変わっていく。一通り目を通したのか、資料を机に置いてからティルティが私を見る。

「相変わらずの破天荒《はてんこう》さね。だけど、なるほど。貴方《あなた》がこれを思い付いたのがドラゴンからの受け売りだと言うのなら、確かに呪いだわ」

ふぅ、と一息を吐いてからティルティは挑戦的《ちょうせんてき》な笑みを浮かべて私を見る。

「あの、すいません。私にも資料を見せて貰って良《い》いですか？」

私とティルティの間だけで話が進んでいるのが不安だと言うようにユフィが手を上げた。

それに気付いたティルティが資料をユフィへと手渡した。

ユフィが資料に目を落としていくと、段々と眉間《みけん》にしわが寄っていく。そして、その目が資料ではなく私を見つめた。その目には呆れの色しか見えなかった。

「……本当にこれを自分に施《ほどこ》すつもりなのですか？」

「うん。これは私には必要なものだと思ってるから」

私の返答にユフィは明らかに渋《しぶ》るような反応を見せた。けれど、何かを言いかけて大きく溜息を吐いた。そして恨《うら》みがましい視線を私に向けてくる。

ユフィの反応が気になったのか、イリアがユフィから資料を受けとって目を通していく。

一通り見終わった後にイリアは目を閉じて、額を押さえながら溜息を吐いた。

「……本当に姫《ひめ》様には困ったものですね。止めても聞かないだろう所が尚更《なおさら》に」

　ユフィとイリアが顔を見合わせる。互《たが》いに肩《かた》を落としながら溜息を吐いている。そんな二人に正直申し訳ない気持ちにはなるけれど、止められても聞くことはできない。

「勿論《もちろん》、今すぐって訳じゃないよ。ちゃんと検証をしてから施すつもり、その過程で問題があったら施さないから。だから協力して欲しい、三人にね」

「私は面白そうだから問題ないわ」

　ティルティが楽しそうな笑みを浮かべながら頷《うなず》いて言ってくれた。

「私には姫様が本当にそうされるというのなら、止める権利はありません」

　イリアは淡々《たんたん》と、けれどどこか諦めたような様子で言う。

「……アニス様」

「ユフィ」

「……わかっています。止めようとしたって、貴方は本当に必要な時は一切譲《ゆず》らないと。だから、せめて検証だけはしっかりとさせてください。それが条件です」

　切実に訴《うった》えるようにユフィは言う。その視線を真っ向から受け止めながら私は頷いた。

　ふと、視線をドラゴンの魔石《ませき》へと向けた。何も言わぬ魔石は、しかし光を吸い込むようにきらりと光ったように見えるのだった。

1章　束《つか》の間《ま》の平穏《へいおん》

「それではアニス様、また明日にはこちらに戻りますので」

「うん、行ってらっしゃいユフィ。ネルシェル様によろしくね」

今日は休日、離宮《りきゅう》に居を移しているユフィが一時的にマゼンタ公爵家へと帰宅する日だ。既《すで》に手荷物は表で待たせている馬車の御者《ぎょしゃ》が預かり、ユフィは手ぶらだ。

ユフィを見送るために私も入り口まで来たのだけど、ユフィが私の顔を見つめて動きだそうとしない。首を傾《かし》げていると、ユフィが一歩、私との距離を詰める。

「いいですか、アニス様。勝手にティルティの所に行ってはダメですよ？　行くなら私も一緒じゃないと許しませんからね？」

「わかってるよ。一応、経過には問題ないんだから、そんな心配しなくても……」

「……私に隠《かく》しごとはなしにしてください。お願いします」

お願いと言いながらも、私の服の裾《すそ》を摑《つか》むユフィの目には有無を言わせぬ光が宿っている。これで隠しごとをしようものなら、どんな目を向けられてしまうのか。

そんな想像に冷《ひ》や汗《あせ》を掻《か》きながらも、なんとかマゼンタ公爵家へと向かう馬車にユフィを乗せて見送る。最後まで私を咎《とが》めるように見つめていたユフィを見送ると、自然と溜息《ためいき》が出てしまった。

「……ユフィも心配性だなぁ、問題ないって言ってるのに」

「それでも心配なものは心配なのでしょう」

今まで後ろに控《ひか》えていたイリアが私の傍《そば》に寄ってきて言う。私はイリアの言葉に思わず後頭部に両手を回して唇《くちびる》を尖《とが》らせてしまう。

「何も私だって無策で試してる訳じゃないのに」

「それも他人に伝わらなければ意味がありませんよ、姫様」

「はいはい、わかってますよーだ」

軽いお小言に舌を出してるとイリアがチョップを繰《く》り出してきた。軽く舌を噛《か》んだ私は涙目《なみだめ》になって、その場で悶絶《もんぜつ》してしまう。

「それより姫様、先ほど王城から言伝《ことづて》がありまして」

「言伝？　王城から？」

「はい、ユフィリア様がマゼンタ公爵家に戻ったのを確認次第、姫様には登城するようにと。陛下からの呼び出しでございます」

「うげっ……」

イリアから伝えられた内容に私は思わず顔を顰《しか》めてしまった。わざわざユフィがマゼン夕公爵《こうしゃく》家に戻ったのを確認してから来いって、もう何か嫌《いや》な予感しかしない。

「……わ、私何もしてないわよ？」

思わず弁明が口から出た私にイリアの目がジト目へと変わった。そして呆れたように息を吐《は》く。

「ティルティ様との実験を嗅《か》ぎつけられたのではないですか？　ただでさえ問題児二人が揃《そろ》っているのですから、事情聴取《ちょうしゅ》の可能性がありますね」

「うっ」

私とティルティには前科があるので否定できない。例えば魔薬だ。作ってしまったからには内容は父上には話しておかないといけないと思って報告した。

そしたらこれでもかと言うほど、怒《おこ》られた。ただ父上も私が魔法を使えない事実に思うところがあったのか、使用を許してくれたけど。

私単独での実験なら父上もそこまで警戒《けいかい》しないのかもしれないけれど、私とティルティが揃うと目が厳しくなる……そして実際、今その実験の真っ最中なのだから不味《まず》い。

「……怒られると思う？」

「怒られないと思うのですか？」

イリアの問いかけに私はがっくりと肩を落としてしまった。ユフィだって難色を示したほどだから、父上の反応だって予想できる。でも行かない訳にもいかないんだろうな。

「……逃《に》げたいなぁ」

「逃げたら余計に怒られると思いますよ」

……ですよね。私はもう一度、諦めたように項垂《うなだ》れて溜息を零《こぼ》した。

＊　＊　＊

「……はぁ、来ちゃったよ」

私が王城に登ると、王城付きの侍女《じじょ》が案内してくれた。向かった先は父上の執務室《しつむしつ》だ。

その間、王城で私に向けられる視線は居心地の良いものではなかった。

アルくんの婚約破棄騒動《こんやくはきそうどう》、そしてドラゴンの討伐《とうばつ》。この二つの騒動が重なって起きてしまったことで私の立場は大きく変わってしまった。

アルくんは婚約破棄騒動で処分を受け、今もまだ事情聴取のために謹慎《きんしん》している。一方で、私はその間にドラゴンを討伐するという功績を挙げた。功績を挙げたと言っても疎《うと》まれていることには変わらず、むしろ腫《は》れ物《もの》みたいな扱《あつか》いになっている。

父上の執務室に向かう私に向けられる態度は様々だ。私を避《さ》けたり、遠巻きに眺《なが》めながらひそひそと小声で話していたりしている。

私への心証が悪いのは主に王城に勤めている役職持ちの貴族たちで、逆に騎士《きし》や侍女からは好意的な視線を向けられている。極端《きょくたん》な好意と嫌悪《けんお》に晒《さら》されて眉《まゆ》が寄ってしまった。

(あー、早く帰りたい……父上に会ったら、さっさと帰ろう)

目的の執務室に辿《たど》り着《つ》くと、侍女がドアをノックして中に入るためのお伺《うかが》いを立てている。すぐに中から入室の許可が下りたので私は執務室の中へと入った。

「父上、アニスフィア、ただいま参りまし……た……」

執務室の中を見て、私は思わず言葉尻《ことばじり》を小さくしてしまった。中で待っていたのは父上とグランツ公、そしてもう一人。

その人と目が合った瞬間《しゅんかん》、私はすぐ回れ右をして部屋を出ようとした。しかし、無情なことに私が出ようとしたドアは侍女によって閉められており、退路がない。

「――よく来たわね、アニス」

その声を聞いた瞬間、私の背筋に一気に悪寒が駆《か》け抜《ぬ》けて膝《ひざ》が笑ってしまいそうになる。この声を忘れたことなど一度たりともない。何故《なぜ》なら、私がこの世で最も恐《おそ》れている人の声なのだから……!

その人は小柄《こがら》と言われている私よりも更《さら》に小さかった。見た目も私とそう年が変わらないように見える。可愛《かわい》らしい顔立ちで、体格も相まってとても愛らしい。

けれど、それがあくまで見てくれだけなのを私はよく知っている。その身が纏《まと》う雰囲気《ふんいき》はとても鋭《するど》く、私を見つめる深い青色の瞳《ひとみ》はこれでもかというほど吊《つ》り上がっている。

腰《こし》にまで届きそうな赤髪《あかがみ》を三つ編みで束ねており、顔の動きで僅《わず》かにゆらりと揺《ゆ》れた。

この人こそ私が最も恐れ、頭が上がらない人物。パレッティア王国の現王妃《おうひ》、つまり私の母親——シルフィーヌ・メイズ・パレッティアその人であった。

「は、母上……⁉　何故ここに⁉」

思わぬ人が父上の執務室にいたことで、私は上擦《うわず》った声で動揺《どうよう》を露《あら》わにしてしまう。すると母上が深々と溜息を吐きながら私を睨《にら》む。母上に睨まれると自然と身体《からだ》が竦《すく》み上がる。

「何故？　何故と聞きましたか、アニス。アルガルドの婚約破棄、そしてドラゴン討伐の際の貴方《あなた》の独断専行。こんな報告を耳にすればおちおち外交になど勤《いそ》しんでいられません。帰国したのは昨日ですが」

刺々《とげとげ》しい声で母上は私に告げる。見た目は下手すると私よりも年下に見えかねない母上だけれど、その威圧感《いあつかん》を感じれば母上を見た目通りの可愛いものとして認識はできない。こんな外見だけど、若い頃《ころ》は武人として率先して戦場に立ったと言われる女傑《じょけつ》なのだ。

パレッティア王国最強とも言われており、今でもその力は衰《おとろ》え知らずと言われている。普段《ふだん》は外交官として他国を巡《めぐ》っている筈《はず》だけど、そっか……帰国してたんだ……。

「……まぁ、アニス。とにかく座れ」

「は、はい」

父上に静かに促《うなが》され、私は来客用のソファーへと座る。私の対面には父上と母上が並んで座り、側面のソファーにはグランツ公が腰を下ろした。

「……それで、アニス？」

に、逃げたい……！　今すぐなりふり構わず逃げたい……！　それだけ母上が私にかける圧力が酷《ひど》かった。まるで喉元《のどもと》に槍《やり》を突《つ》きつけられている気分になる。

「私がいない間、随分《ずいぶん》と元気にしていたようですね。しかし、未《ま》だそのお転婆《てんば》なところは改善されないと見ました。久しぶりに母として貴方に教育を施《ほどこ》さなければならないのかと気を揉《も》んでしまったわ」

「はいっ！　母上、私は大変反省しており、心を入れ替《か》えて清く正しく生きていきたいと思っております！」

母上の躾《しつけ》は絶対に嫌だ！　武闘派《ぶとうは》の母上の躾はもう、思い出すだけで身体が震《ふる》えてくる。母上の躾とは実戦、つまりは肉体言語だ。

私も冒険者《ぼうけんしゃ》として腕《うで》を磨《みが》いているし、自信はあるけれど母上とは真っ向から戦いたくない！　躾と称《しょう》した稽古《けいこ》は嫌だ……！

「……まぁ、良いでしょう。貴方の研究がドラゴン討伐に大きく貢献《こうけん》したことは評価されるべきです。今の言葉を嘘《うそ》にしないように励《はげ》みなさい」

母上は目を細めて私を睨んでいたけれど、矛《ほこ》を収めるように瞳を閉じて力を抜いてくれた。私もホッとして息を吐き出してしまった。母上は怒らせちゃいけないと、刻み込まれたトラウマが自然とそうさせてしまう。

「その……もしかして私、説教されるために呼ばれました？」

「それはオマケだ、馬鹿者《ばかもの》。……ユフィリアがマゼンタ公爵家に戻《もど》るのを見計らってからお前を呼んだのだ。本題はそちらだ」

「あー、わざわざユフィがいない時を選んだんですね。だからグランツ公もこちらに？」

「ええ」

日々忙《いそが》しい父上の補佐《ほさ》であるグランツ公が休日といえども王城にいるのは珍《めずら》しくない。でも、わざわざユフィの耳に入らないように私を呼ぶような用事ってなんだろ……？

私が首を傾《かし》げていると、会話を切り出したのは母上だった。こほん、と咳払《せきばら》いをした後に姿勢を正して私を真《ま》っ直《す》ぐに見つめてくる。

「アニス。貴方の奇行《きこう》に関しては色々と言いたいことはあるけれど、今回に限ってはよくやったと褒《ほ》めましょう」

「はい？」

「婚約破棄の現場に介入《かいにゅう》したことです。……今日、貴方を呼んだのはアルガルドについて話があったからです」

「アルくんの？」

「うむ。ドラゴンの襲来《しゅうらい》と時期が被《かぶ》ってしまったため、なかなか落ち着くまで婚約破棄騒動に関する事情聴取ができなくてな。ようやく情報が纏まった所なのだ」

話題を切り出した母上に代わって父上が今日の呼び出しの内容について話をしてくれた。

どうやらドラゴンの襲撃《しゅうげき》と被ってしまったため、事情聴取が止まっていたアルくんたちの件についてのようだ。

「だからユフィを遠ざけたんですか？」

「……本来であればユフィリアにも話を聞くのが筋ですが、オルファンスからユフィリアの様子について聞きました。今はそっとしておく方が良いのでしょう？　アニス」

「……はい。あまり今は、その、そっとしておいてあげて欲しいです。ようやく離宮《りきゅう》での生活にも慣れてきた頃ですし、余計な心労はかけたくありません」

父上がユフィをこの話から遠ざけようとしたのは私も賛成だった。離宮で生活するようになって、ユフィも大分落ち着いてきたと思う。

その影響《えいきょう》か、ユフィも少しずつ素の表情を見せることが増えたように思える。だからこそ今のユフィにアルくんたちの話を聞かせるのは時期尚早《じきしょうそう》に思えた。

「それで私を呼び出したんですか？」

「お前も今後は嫌でも耳にしなければならない話だ。……それだけ調査の内容が酷かったとも言えるがな」

父上が苦虫を噛《か》み潰《つぶ》したような表情でそう言い切った。父上がそれだけ言うって、どれだけ結果が悪かったのだろう。なんだか話を聞くだけで私の胃も重たくなってしまいそうだ。凄《すご》い面倒《めんどう》なことになってそうな気配がするよ……。

憂鬱《ゆううつ》そうな父上だったけど、話さなければ進まないことは本人が一番よくわかっているのだと思う。口が重たくなりそうな話を父上はゆっくりと語り始めた。

「アルガルドや、騒動に関わった貴族子息たちから事情を訊《き》いたが……思わず頭を抱《かか》えたぞ。まずシアン男爵令嬢《だんしやくれいじよう》への嫌《いや》がらせをしていたのはユフィリア本人ではなく、ユフィリアの周囲にいた令嬢たちだそうだ。彼女たちはユフィリアの意を受けてシアン男爵令嬢を貶《おとし》めようとしたと証言している」

改めて父上から話を聞くと、私も思わず眉《まゆ》を寄せて苦い顔を浮《う》かべてしまった。それは父上も頭を抱える筈だよ……。

「つまり、ユフィ本人は何もしていないと？」

「ユフィリアが直接シアン男爵令嬢に苦言を呈《てい》したことはあったらしいが、聞く限り常識の範囲《はんい》内だ。むしろシアン男爵令嬢が貴族学院に不慣れなこともあってか、窘《たしな》めなければならない状況《じょうきょう》であったらしい」

ユフィは苦言を呈することはあっても、直接シアン男爵令嬢に危害を加えるような真似《まね》はしていないらしい。実際にシアン男爵令嬢が受けた被害《ひがい》はユフィ以外の令嬢の仕業ってことね。それでユフィがその指示を出したと令嬢たちは言っている、と。

「確固たる証拠《しょうこ》は？」

「指示されたと主張しているだけで明確な証拠は何もない。主犯の令嬢たちがそう言い張っているだけだ。誰《だれ》がどの嫌がらせを実行したのかなどは特定には至っておらず、シアン男爵令嬢が過剰《かじょう》に反応しただけでは？　と言っている者もいる。シアン男爵令嬢への嫌がらせも多岐《たき》に渡《わた》るし、正直把握《はあく》しきれん」

「舐《な》められた話ですな。ユフィリアが、我がマゼンタ公爵家の娘《むすめ》が他者を陥《おとし》れるためにそのような低俗《ていぞく》な行いに手を染めると思っている者たちがここまで多いとは」

グランツ公の皮肉が凄く鋭い。まったく感情の温度を感じない声に思わず震えてしまう。

でも、本当に〝いやらしい〟話だね。

実際に誰がやったのかもわからない、そしてやったのはユフィから指示を受けたからだと言い張っている。

意を受けた、という言い方も嫌なものだ。ユフィが直接やれ、と言った訳じゃないけどユフィがそうして欲しそうだから、あるいは無言の圧力を受けたから私たちはやった、なんて言ってるようにも聞こえる。随分と卑怯《ひきょう》な言い訳だ。

「最早《もはや》、どの証言も信じて良いのかわからんのだ。ユフィリアやシアン男爵令嬢と距離《きょり》を取った者たちは、比較的《ひかくてき》冷静な意見を述べているが……距離を取っていたため、何が起きていたのかを把握できておらん」

「シアン男爵令嬢を囲んでいたのが学院でも特に有力者の子息たちだったのも原因でしょうね」

「王太子を始めとして、近衛騎士《このえきし》団長の息子、魔法《まほう》省長官の息子、貴族も無視できぬ有力商会の息子……こうして並べてみれば何とも反応に困りますわね」

困る、と言いながらも母上は敵に挑《いど》みかからんばかりの眼光を光らせている。もし目の前に問題を起こした子息たちがいれば手が出ていたかもしれない。

「かといって当事者に近しい者たちに聞けばユフィリアに非があったのだと言うか、または シアン男爵令嬢がユフィリアの不興を買うから悪いのだと証言が二分されている」

「そんなに証言が二分されてるんですか？」

「うむ……こうも証言が分かれるのであれば当事者に話を聞かねばならぬだろう。近い内にシアン男爵令嬢をシアン男爵と共に登城させるつもりだ。その席でかの令嬢の人となりを確かめる。お前も同席するか？　アニスよ」

シアン男爵令嬢か、気にならないと言えば嘘になる。ユフィの婚約破棄《こんやくはき》の場面で過《よぎ》った前世の記憶《きおく》の一部、作り話では覚えがある場面。その場面をなぞるように男たちに庇《かば》われて悪役の令嬢を断罪する発端《ほったん》となる立ち位置の少女。

ただ、これはあくまで作り話。現実でまさかそんなことが起きるなんて思わなかったし、実際に現場を見るまで思い出すようなことでもなかった。そんなあり得ない事件を引き起こした騒動《そうどう》の中心であるレイニ・シアン男爵令嬢とは一体どんな子なんだろう？

「同席して良いのであれば興味がありますね」

「うむ。……どうにも、少し奇妙《きみよう》でな」

「はい？　奇妙ですか？」

奇妙と口にする父上の表情は神妙なものだ。何か違和感《いわかん》を覚えているけれども、原因がはっきりとしていないような、そんな不明確なものを抱えている気配がする。

「どうにも、シアン男爵令嬢に聞き取りをした者たちがシアン男爵令嬢に同情的なのだ」

「同情的ですか？」

「あぁ。……中にはユフィリアにも非があるのでは、と思う者もいたそうだ」

「……シアン男爵令嬢がどんな子かは知りませんが、少なくともユフィは自分から誰かを傷つけるような子じゃありませんよ」

「あぁ、わかっておる。私もそう信じているとも。だが事情聴取《ちょうしゅ》をした者が揃《そろ》ってシアン男爵令嬢に同情的なのが少し気に掛《か》かるのだ」

確かに気になる傾向《けいこう》だ。私はユフィしか知らないからはっきりとしたことは言えないけど、少なくともユフィが人を陥れたり、傷つけようと意図してやったりしたとは思えない。

でも、それにしてはシアン男爵令嬢の肩《かた》を持つ者が随分と多いような気もする。騒動の中心である貴族令息もそうだけど、他にも事情聴取をした者たちの中からもシアン男爵令嬢には非がないと言う人たちが出てきたという。

……何が正しくて、何が起きていたんだろう？　貴族学院は閉鎖環境《へいさかんきょう》になりやすいから外部からだと詳《くわ》しい内容が摑《つか》みづらい。

見えない所で何かが動いているような、そんな気配がする。何事もなければ良いんだけど、何事もなかったらこんな話になってないし。

「アニス。お前はうつけ者ではあるが、お前にしか見えないこともあるだろう。見極めの際には力を貸して貰《もら》うぞ。それに今後は王族として立たなければならない場面も増えるであろう。心しておけ」

「うげ……」

「……うげ？」

「ご、ごほん！　ごほん！　何でもありません、母上！」

思わず嫌そうな声を漏《も》らしてしまったけれど、すぐに母上に聞き咎《とが》められたので誤魔化《ごまか》すように咳払いをする。母上の目が鋭《するど》く、冷たいままだったけど私は必死に目を逸《そ》らす。

私と母上のやり取りを見ていた父上は、疲《つか》れたように眉間《みけん》に指を添《そ》えて深々と溜息《ためいき》を漏らしている。

「……私からの話は以上だ」

「え、シアン男爵令嬢の一件だけですか？」

「そうだが。……なんだ、また何かやらかしたのか？」

「いいえ、まったくこれっぽっちも！」

ティルティの所に通っていることは問題にされてないみたいだ！　良かった、セーフ！

思えば、婚約破棄騒動の一件で忙しくて私への注目度が下がっていたのかもしれない。

……よし、追及《ついきゅう》される前に逃《に》げよう！　お話はこれだけみたいだしね！

「それでは、私はこれで……」

「待ちなさい、アニス」

逃げようと腰《こし》を浮かせた所で、母上に睨《にら》み付けられた。すぐに縮こまって座り直してしまう。う、うぅ！　に、逃げたい！

「……貴方《あなた》、ユフィリアに迷惑《めいわく》をかけてないでしょうね？　アニス」

「そ、そんなことありませんよ……？」

「あら……ちゃんと目を合わせないのは、やましいことがあるからではないかしら？」

「そ、そんなことありません！　私はユフィが心健やかに過ごせるように粉骨砕身《ふんこつさいしん》の思いで日々を過ごしております！」

「……なら良《い》いのだけど。良いかしら？　アニス。ただでさえ今回の一件は王家の過失。マゼンタ公爵家に多大な迷惑をかけた上、恩があるわ。今度こそマゼンタ公爵家の忠誠に報いるため、王族として恥《は》ずかしくないように振《ふ》る舞《ま》いなさい。だいたい今回のドラゴン討伐《とうばつ》に関しても高位冒険者《ぼうけんしゃ》であるからと言って王族が真っ先に飛び込むとはどういう了見《りょうけん》なのですか？　それもユフィリアまで巻き込んで……！」

「ひ、ひぇぇえ！　結局説教されるんじゃないですかぁ！　父上の嘘《うそ》つきぃ!!」

「お黙《だま》りなさい！」

オーガのように目を吊《つ》り上げた母上に一喝《いっかつ》されて、私は涙目《なみだめ》になりながら姿勢を正すことしかできなかった。

そんな私を呆《あき》れたように、そして同情するように父上が見ているのが印象に強く残った。

グランツ公に至っては我関せずといった態度だ。

うむむ、憐《あわ》れむぐらいなら助けてよぉ！　そう思いながら私は懇々《こんこん》と説教する母上に相槌《あいづち》を返すことしかできなかった……。

＊　＊　＊

「……酷《ひど》い目にあった」

よろよろと私は王城の廊下《ろうか》を歩きながらぼやく。あれからこってりと母上に絞《しぼ》られてしまい、精神力がもの凄く削《けず》られた。おかげで帰り道を進む足も覚束《おぼつか》ない。

「……それにしても」

ふと、私は足を止めて考えてしまう。それはユフィについてだった。もっと正確に言えば貴族学院でユフィに何が起きたのか。それがさらに気になってしまった。

私は貴族学院には通っていない。だから貴族学院がどういう場所なのかも詳しくない。貴族学院でユフィはどんな風に過ごして、どんな風に見られていたのか？　私はユフィが良い子だと知っている。けれど、それはあの婚約破棄があった後のユフィだ。それまでユフィは完璧《かんぺき》な令嬢《れいじょう》として通っていた筈《はず》だ。

シアン男爵《だんしゃく》令嬢が庇われてしまうのも、学院にいた頃《ころ》のユフィにも原因があったのかもしれない。でも、それを本人に聞くのは躊躇《ためら》っちゃうんだよね……。

（それにユフィ、自分に無頓着《むとんちゃく》な所があるし……）

あの一件はユフィにとってもかなりの傷になっている。その傷を再び開くようなことはしたくない。となると、誰かに話を聞いた方が良いんだろうけどアテがある訳じゃない。

同年代の貴族の知人なんてティルティぐらいしか心当たりがないし、ティルティだって学院に通っている訳じゃないし……。

「おや、アニスフィア王女。王城で足を止めているのは珍《めずら》しいですな」

その時、私に声をかける人がいた。私はその声に思わずハッとしてしまった。声をかけてきたのはスプラウト近衛騎士団長だったからだ。

「スプラウト騎士団長、ご機嫌《きげん》よう」

「ご機嫌よう。それで、どうされたのですか？　王城にいるのも珍しいですが」

「父上と母上に呼び出されたのです。説教ですよ、説教」

肩を竦《すく》めながら不満げに言うと、スプラウト騎士団長は苦笑を浮《う》かべた。

「シルフィーヌ王妃《おうひ》はアニスフィア王女のことを心配しているのですよ。それに無茶をしたのは事実なのですから、素直に怒《おこ》られてやるのも子供の仕事ですよ」

「そういうものですかね……」

怒られるのが仕事なんて嫌《いや》だなぁ、と。そう思った時、私の脳裏に過ったものがあった。

私はスプラウト騎士団長の顔へと視線を向けて、その顔を凝視《ぎょうし》してしまう。

突然《とつぜん》、私に凝視されたことでスプラウト騎士団長は目を丸くする。私が視線を逸らさないでいると、困惑《こんわく》したように眉《まゆ》を寄せてしまった。

「あの、アニスフィア王女？　どうかなさいましたか？」

「スプラウト騎士団長、私、お願いがあるんですけど！」

「……なんだか嫌な予感がするのですが、なんでしょうか？」

引き攣《つ》るような苦笑を浮かべるスプラウト騎士団長に対して、私は満面の笑みを浮かべながら彼の手にそっと自分の手を重ねる。

「突然ですけど——今日、スプラウト騎士団長のお屋敷《やしき》にお邪魔《じゃま》させて貰えませんか？」

＊＊＊

スプラウト近衛騎士《このえきし》団長には息子がいる。息子の名前はナヴル・スプラウト。アルくんが引き起こした婚約破棄騒動の際、アルくんの側についてユフィを糾弾《きゅうだん》した一人だ。

「……まさか息子に直接、話を聞きたいとは」

「私も無関係ではいられませんから！」

今、私はスプラウト騎士団長と一緒《いっしょ》の馬車に乗ってスプラウト伯爵《はくしゃく》家のお屋敷へと向かっていた。目的はナヴルくんに貴族学院でのことを聞くためだ。

スプラウト騎士団長とは以前から剣術《けんじゅつ》を教えて貰うなど、付き合いがあった相手だった。私が冒険者として活動している時、各地の騎士団を助けたりした働きもあってか私に対して好意的な相手の一人だ。

その好意につけ込むようなことをしたのは申し訳ないけれど、当事者から話を聞けるならそれに越《こ》したことはない。相手はユフィを糾弾した一人だ。どうしてユフィを糾弾しないといけなかったのか、それを直接聞いてみたかった。

「ナヴルくんの様子はどうなんですか？」

「……落ち着いているように見えますが、私の話には聞く耳を持たないといった所ですね」

普段《ふだん》は柔和《にゅうわ》な雰囲気《ふんいき》のスプラウト騎士団長が、苦虫を噛《か》み潰《つぶ》したような表情を浮かべる。

なるほど、まるで反抗期《はんこうき》だ。貴族の子息としてそれでいいのかと思わなくもないけど。

でも、自分が正しいと思ってことを起こしたんだろうし、何とも反応に困ってしまう。

「……シアン男爵令嬢のお話って聞いてます？」

「ええ。アニスフィア王女は陛下からお話を？」

「はい。父上からシアン男爵令嬢に同情的な者も多いとは……」

「どうやら息子もその一人のようです。どうしてそこまで視野が狭《せば》まっているのかと問い詰《つ》めたい所ですよ。騎士団長の息子ということで、日々恥ずかしくない振る舞いを志していた筈なのですが……」

スプラウト騎士団長の態度から、ナヴルくんに対しての感情は困惑と失望が感じ取れる。

失望するってことはそれだけ期待していたってことだろうし、まさか自分の息子が婚約破《こんやくは》棄《き》騒動《そうどう》に加担するなんて思わなかったんだと思う。

「シアン男爵令嬢の境遇《きょうぐう》にも同情すべき点はあるとは思うのですが……」

「えっと、シアン男爵令嬢って親が平民上がりの男爵なんですよね？」

「ええ、それと……シアン男爵令嬢は生来貴族の娘《むすめ》という訳ではないのです」

「え？　そうなんですか？」

「はい。ですが母親が貴族の血を引いている可能性は高いです。シアン男爵が冒険者時代に思いを交わし合った女性の忘れ形見なのだそうです」

「えっ、そんな事情があったんですか?」

「はい。偶然《ぐうぜん》、シアン男爵が娘が孤児院《こじいん》で生活している所を発見して、そのまま家に迎《むか》え入れたそうなのです。検査の際に魔法の才能があるとわかり、そのまま貴族学院に入学することになったのです」

「へぇ……それは、確かになんというか、複雑な経緯《けいい》ですね……」

つまりシアン男爵令嬢の母親が貴族の血を引いていた可能性があるってことなんだ。それは世襲《せしゅう》の貴族にはウケが悪そうだなぁ。

「シアン男爵令嬢の母親も亡くなっており、真相はわかりませんが。ただ元平民の子でありながら魔法の才能があるというのも反感を買った理由かもしれませんね」

「なるほど。でも、元々そういう才能を国に取り込み直すための政策の筈なんですけどね。冒険者として活躍《かつやく》した人を貴族として取り立てるのって」

父上の父、つまり私のお祖父《じい》様の代で行われた政策だ。私が生まれた頃にはお祖父様はお亡くなりになっていたので聞いた話でしかないけど。

パレッティア王国の歴史は長く、貴族の血が平民に混じることも増えている。駆《か》け落ちしたりとか、身分を維持《いじ》できなかったりとか。だから潜在的《せんざいてき》に平民の中にも魔法の素養を持つ者たちがいる。シアン男爵令嬢もそんな一人なのかもしれない。

「率直な意見を聞きたいのですけど、スプラウト騎士団長は今回の件、どのように思われますか？」

「どのように、とは？」

「揃《そろ》いも揃って有力者の息子が一人の男爵令嬢に惑《まど》わされたことについてです。私はどうにもそこが釈然《しゃくぜん》としなくて……」

「……調査の結果では、白としか言えません」

釈然としない様子でスプラウト騎士団長はぼやくようにそう言った。

「シアン男爵令嬢が元々いた孤児院や、シアン男爵の妻の実家なども一通り調べましたが気になるような点はありませんでした」

「ふむ……陰謀《いんぼう》の線はないと？」

「確実にそうとは言い切れませんが……少なくとも、シアン男爵令嬢に繋《つな》がるものはないかと思います」

「そうなると、ますます不思議ですね……」

本当に惚《ほ》れたからって婚約破棄なんて騒《さわ》ぎを起こしたの？　それはそれでどうかと思う

んだけど。もしそうだったとしたら、巻き込まれたユフィが不憫《ふびん》すぎない？

そんなことを考えていると馬車が止まった。スプラウト伯爵家の屋敷に到着《とうちゃく》したらしい。

私はスプラウト騎士団長のエスコートを受けて、スプラウト伯爵家の屋敷にお邪魔する。

「こちらがナヴルの部屋です」

「ありがとうございます、スプラウト騎士団長」

部屋まで案内してくれた騎士団長に笑顔でお礼を告げる。さて、まずは挨拶《あいさつ》からだね。

そう思いながら、私は部屋の扉《とびら》をノックした。

「——誰《だれ》だ？」

すると中から尖《とが》った声が聞こえてきた。今にも牙《きば》を剝《む》いてきそうな不機嫌《ふきげん》な声を聞いて、私は思わず息を漏《も》らすように笑ってしまった。なるほど、確かに反抗的みたいだね。なら私だって考えがある。意を決して私は勢い良く息を吸い込む。

「突撃《とつげき》ッ！　隣《となり》のお宅訪問ッ!!」

「ちょっとぉおおお!?」

勢いのままに扉を思いっきり蹴《け》り破ってこじ開ける。隣で騎士団長がギョッとしているけれど気にしない！　意表を突《つ》くには勢いが大事！

部屋の中にいたナヴルくんは目を見開いて身構えていた。まるで賊《ぞく》が押し入ってきたかのような反応だった。よし、予定通り！　このまま押し切る！

「動くな！　私はアニスフィア・ウィン・パレッティア王女です！」

「は？」

「久しぶりだね、ナヴル・スプラウトくん！」

「…………え？　いや、あの……え？」

　どう反応したら良いのか、というように視線を彷徨《さまよ》わせているナヴルくん。私の後ろでは騎士団長が頭を抱《かか》えているような気配がする。でも気にしない！

　そのまま呆然《ぼうぜん》としているナヴルくんと距離《きょり》を詰め、両手を握手《あくしゅ》をするように摑《つか》んで上下に振《ふ》る。されるがままになっていたナヴルくんは、ようやく現実を認識したのか慌《あわ》て出す。

「お、王女殿下《でんか》!?　えっ、えぇっ!?」

「うーん、良い反応。血を感じますね、スプラウト騎士団長！」

「何してくれてるんですか!?」

「如何《いか》に王族らしくない挨拶ができるか、意表を突いてみました！」

「理解ができない……！」

　私の返答に頭を抱えるスプラウト騎士団長。ナヴルくんはまだ信じられない、という顔で私を見つめている。ふふん、摑みは十分だね！

「ささ、あとは若い者でどうにかしますので。ご案内ありがとうございました！」

「えっ、ちょっ」

再び壊《こわ》さんばかりの勢いで扉を閉める。そうしてナヴルくんの部屋には彼と私が残される。実の父親がいると話し辛《づら》いこともあるでしょうしね。

「という訳で、お久しぶり。ナヴルくん！」

「え、あ、はい……ご無沙汰《ぶさた》しております……？」

まだ衝撃《しょうげき》が抜《ぬ》けきってないのか、気が抜けたような返答をするナヴルくん。

ナヴルくんの容姿は騎士団長とよく似た色の深緑色の髪《かみ》に淡《あわ》い蜂蜜《はちみつ》色の瞳《ひとみ》。背は高くて線が細めだけど、頼《たよ》りない感じはしない。まるで絵に描《か》いたような美形の騎士様だ。普通《ふつう》の女子だったら放っておかない顔立ちだと思う。ナヴルくんの観察もそこそこにして私は本題を切り出した。

「今日訪ねてきたのは君に聞きたいことがあってね。謹慎中《きんしんちゅう》とのことだったから強行突破《きょうこうとっぱ》……ごほん、連絡《れんらく》なしで訪ねてきたんだよ」

「……アニスフィア王女が、私に何を聞きたいと？」

出会い頭の衝撃が抜けてきたのか、表情を引き締《し》めてナヴルくんが問いかける。警戒《けいかい》しているのが丸わかりだ。ナヴルくんとは仲良くできるほど話したこともないから仕方ない。

たまに近衛騎士団で顔を合わせたことがある程度だし。

「単刀直入に聞くよ。どうしてナヴルくんはユフィリア・マゼンタを糾弾したのか、その真意を尋《たず》ねたくてね」

私の問いかけにナヴルくんの表情に苦々しいものが走るのがわかった。一気に私へ向けている気が尖っていく。謹慎されてる理由に触《ふ》れれば当然の反応だと思う。

「誤解しないで欲しいんだけど、私は君を責めるつもりでここに来た訳じゃない」

「……何？」

「私がユフィを助手として引き取ったことはもう知ってるよね？　私がユフィの味方であることは否定しないけれど、だからといって私が君をどうこうしようという気はないよ」

「……その言葉を信用しろと？」

信じられない、と言わんばかりにナヴルくんが吐《は》き捨てるように言い放った。私はそんなナヴルくんの態度に対して不敵に笑ってみせる。

「逆に聞くけれど、私の何が信用できるって言うの⁉」

「それ自分で言うんですか⁉」

逆ギレ気味に言ってやると、ナヴルくんに理解できないと言うように叫《さけ》ばれた。すっかりペースを崩《くず》してしまっているのを見て、私は畳《たた》みかけるように口を開く。

「いきなり話せって言うのも酷《こく》だとは思う。だけど、はっきり言って君の都合とかどうでも良《い》いの」

「どうでも良い……？」

「私は君たちの色恋沙汰《いろこいざた》に纏《まつ》わる感情は理解できないし、国を傾《かたむ》けない程度には好きにすれば良いと思ってるよ。けれどユフィに関しては別だ。あの子は私が貰《もら》った。あの子が気に病むことなら解決してあげたいし、それに今回の件はどうにもひっかかる。だから詳《くわ》しい話を貴方《あなた》に聞きに来たんだ。ナヴルくんだって納得いってないんでしょ？」

「……それは」

私の言葉を受けてナヴルくんの表情にどんどんと苦々しいものが広がっていく。まるで感情を隠《かく》せてない時点で不満があると言っているようなものだった。

「ユフィへの不満だったら私が請《う》け合ってあげても良い。どの道、暫《しばら》くはユフィは表舞台《おもてぶたい》には立てないだろうし、アルくんの婚約者としてまた召《め》し上げられることもない。少なくとも現時点では次の婚約なんて絶望的だし、彼女の未来は摘《つ》み取られたと言っても過言じゃない。それだけのことを起こされても、私には何が何やらさっぱりなんだよ」

一度、そこで溜息《ためいき》を吐《つ》いてからナヴルくんに視線を向け直す。改めてユフィの現状を口にすると酷《ひど》いものだと思う。だからこそ、私は知りたいと思ってしまう。

「学院内部のことは外部からはわからない。だから気になるんだよ。ナヴルくんたちが何を思って行動したのか。国を運営する者にとっては頭が痛い話だと思うけど、私は他人に迷惑《めいわく》をかけなきゃ好きにすればって思う。でも関わっちゃったから、話が聞きたいと思うのは自然じゃない？」

私の問いかけにナヴルくんは何も答えない。ただ硬《かた》い表情を浮《う》かべ、鋭《するど》い目で私を射貫《いぬ》くように見ているだけだ。本当に、何がそこまでナヴルくんを頑《かたく》なにさせてるのかが私にはわからない。

「私には君たちが寄って集《たか》ってユフィを陥《おとしい》れたようにしか見えない。もしかしたらシアン男爵令嬢《だんしゃくれいじょう》が国家転覆《てんぷく》を狙《ねら》って、陰謀を巡《めぐ》らせてたんじゃないかと疑ってさえいる」

「――レイニはそんなことを望んではいないッ！」

私が口にした推測を否定するようにナヴルくんが怒鳴《どな》った。けれど私は腐《くさ》っても王女だ、流石《さすが》に自分の態度が不味《まず》いと思ったのか顔を顰《しか》めている。

「王族が相手だからって気にせず好きに発言していいよ？　言質取ったりしないからさ。私はただ君の本音を聞きたいんだ。私が知る限りアルくんは馬鹿《ばか》じゃないし、ナヴルくんだって愚《おろ》かだとは思ってない。人は間違《まちが》いを犯すけれど、でも前触《まえぶ》れもなく愚かになるなんて何があったのか気になると思わない？」

アルくんは平凡《へいぼん》かもしれないけど愚かではない。アルくんに求められていたのは個人の才能より、周りを上手《うま》く率いることができるかどうかだ。

だから父上は学院でのアルくんの人心掌握《しょうあく》を期待していたと思うし、ユフィと上手くいくことを願っていた。こんなことになって一番残念に思ってるのは父上たちだろうけど、私も残念に思うぐらいの情は残ってる。

「私はユフィ側の話しか聞いてないし、そもそもユフィに非があるなら正されなきゃいけないって思ってる」

私の言葉に、ナヴルくんが疑わしいと言わんばかりに睨《にら》んでくる。そんなナヴルくんを睨み返すように私も目に力を込める。

「私にとってユフィは素直で努力家の良い子だ。今後、貴族社会に戻《もど》れないぐらい名誉《めいよ》に傷がついても助手としてなら困らない。ただ、この一件を放置してると良くない気もしてるんだ。だったらハッキリさせておきたいなって」

私はナヴルくんに怯《ひる》まず、真《ま》っ直《す》ぐ視線を向けながらはっきりと言う。先に折れたのはナヴルくんだった。どこか気まずそうに視線を彷徨わせている。……これなら話を聞いても大丈夫《だいじょうぶ》そうかな？

「……立って話すのもなんですから、座りましょうか」

諦《あきら》めたようにナヴルくんが椅子《いす》を引いたので、大人しく椅子に座る。私が席についてからナヴルくんも対面の席に座った。

「……正直、あまりに突拍子《とつぴようし》もないことを言われて術中にはめられてる気がしますが」

「ははは、それはどうかな？」

誤魔化《ごまか》すように笑うと、ナヴルくんに疲《つか》れたような溜息を吐かれた。ちょっと悪いとは思うけれど、今回の一件ははっきりとさせておきたいからね。

「じゃあ本題。ユフィを糾弾《きゆうだん》したのは貴方の意思だよね？」

「……そうです。私はレイニが不当な扱《あつか》いを受けていると聞き、同じようにそれを耳にしていたアルガルド様の提案で糾弾を決めました」

「アルくんが言い出したんだ。元からユフィとは上手くいってなかったんだっけ？」

「……アニスフィア王女がユフィリア嬢をどのように思っているか知りませんが、私から見れば彼女は冷たい人でした。完璧《かんぺき》だからこそ、誰も寄せ付けない……そんな人ですよ」

「ふーん？　そんなにユフィって冷たかったの？」

「あくまで私から見れば、ですが」

ナヴルくんから窺《うかが》うような視線を向けられる。ユフィが冷たいって言われてどう反応するのか窺っているんだろうな。

　正直、それはそれで良いんじゃない？　って思うけど。ユフィはいずれ王妃《おうひ》として王族になっていた。必要以上の情を持つ必要はないと考えるならユフィの態度は正しいと思う。

「ナヴルくんのユフィの評価は気になるけれど、今はいいや。とにかく君たちはアルくんが主導になって婚約破棄《こんやくはき》をして糾弾した、と。……それで？」

「……それで、とは？」

　私の問いかけにナヴルくんが訝《いぶか》しげな表情を浮かべた。その返しに私は肩《かた》を竦《すく》める。

「いや、それで君たちはどんな利益を得るつもりだったのかなって」

「利益、利益って……間違いを正そうと、私たちは！」

「そういうのどうでも良いから。この話題で正しいとかそういう言葉を持ち出さないで、感情論で話しても何も解決しないもの」

　激昂《げきこう》しそうになったナヴルくんに釘《くぎ》を刺《さ》しておく。間違いを正して正義を貫く。それは良い行いだと思う。でも、それはお話の中でだけ。政治の世界でやられると困ったことになる。それが感情論でしかないのなら尚更《なおさら》だ。

「私の言う君たちの利益っていうのは、ユフィがやった悪行を公表してレイニ嬢への不当な扱いを謝罪させ、レイニ嬢の立場を良くしたかったとか。これが利益と言えるかな？」

「……そう言われれば、そうなのかもしれません」

「なるほど。君たちがそれほど思い込んで行動したってことは、ユフィはよほど人の意見には耳を貸さない子なんだね？　そりゃ確かに冷たい」

私の言葉にナヴルくんが戸惑《とまど》ったような視線を向けてくる。いや、なに？　私は単純に事実の確認がしたいだけだよ。どんな発端《ほったん》があって、どういう経緯《けいい》を辿《たど》ったのか追及《ついきゅう》したいだけなんだけど。

「アニスフィア王女は、ユフィリア嬢の味方ですよね……？」

「保護してる立場から言えば味方だけど。でもユフィに過ちがあるなら、それは正されるべきだと思うよ。実際、ユフィは情を持ちすぎないようにしてる節はあったし」

正直、付け入る隙《すき》がなかったら嫌《いや》がられるとは思う。だから完璧なだけでは敵を作ってしまうのは仕方ない。それはユフィが今の状況《じょうきょう》を招いた理由の一つだ。けれど、かといって隙を作って良いのかと聞かれると難しい。

完璧であろうとすることは間違いじゃない。間違いがあるのだとしたら、完璧であることだけに拘《こだわ》ってしまったことだと私は思う。

「勘違《かんちが》いしないで欲しいから言うけど、私がユフィを庇《かば》うのはアルくんが一方的にユフィを糾弾したからだよ。ちゃんとお互《たが》いが合意の上で話し合ってたら私なんて首も突《つ》っ込んでないよ。あ、ごめん、会場には突っ込んだね……」

あの偶然《ぐうぜん》がなかったら、私はあそこまでユフィを庇ってたかわからない。野に放たれた才能が惜《お》しいって結局スカウトに行っていた可能性はなくもないけれど。

「そもそも、なんで君たちはユフィと話し合わなかったの？　ユフィってそんなに交渉《こうしょう》を拒《こば》むぐらいに頑なだったの？」

私の問いかけにナヴルくんが表情を変えるけど、その反応はどうも奇妙《きみょう》に感じた。まるでいきなり水をかけられたような、そんな唖然《あぜん》とした反応だった。

「……そ、れは。聞く耳を持たないと、思って」

「聞く耳を持たなかったの？　……もしかしていきなり糾弾したの？　警告もなしに？」

私の問いかけにナヴルくんが表情を強張《こわば》らせて黙《だま》り込んでしまった。黙り込んでしまったナヴルくんを見て、私は呆《あき》れたように溜息を零《こぼ》すのを抑《おさ》えられなかった。流石にそれはおかしいと思わない方が不味いと思う。

「ナヴルくん、よく考えて欲しい。私から見ると君たちがやったことって、これから戦争するぞ、っていうのに宣戦布告もしないでユフィを罠《わな》に陥れたようにしか見えないんだよ」

「そんな大袈裟《おおげさ》な⁉」

「貴族のプライドをかけたんだからそりゃ戦争と同じでしょ。ナヴルくんはいきなり貴方の行いに非があるから、お前を糾弾するぞ！　って言われたら、ただ黙ってるの？」

私の指摘《してき》にナヴルくんの顔色がどんどん悪くなっていく。口元を押さえて背を折り曲げている。違う、と小さく呟《つぶや》くような声が聞こえる。どこからどう見ても異常だった。

ナヴルくんが落ち着くのを待つために口を閉じる。暫く何も言わずに俯《うつむ》いていたナヴルくんだけど、のろのろと顔を上げて私を見る。

「……改めて聞かせてください。何故《なぜ》、私に事情を聞きに来たんですか……？」

「何が起きて、何が問題だったのか知りたかっただけだよ。問題を起こしたのならば反省すれば良い。償《つぐな》わせなければならないのなら然《しか》るべき所に話を通す。叱《しか》る程度で笑い話にできるなら笑い飛ばすために。……私からも聞いて良《い》い？」

すっかり大人しくなったナヴルくんが顔色が悪いままに、私の問いかけに頷《うなず》く。

「レイニ嬢に惚《ほ》れてた？」

ナヴルくんは強く瞼《まぶた》を閉ざした。記憶《きおく》を思い出そうとするかのように。

「……可憐《かれん》な子だと思いました。同時に儚《はかな》くて、守ってあげないと、って思ったんです。レイニは辛《つら》くても他人に気付かれないように微笑《ほほえ》む、そんな子でしたから。だから惚れてるかと聞かれれば、私は彼女に惹《ひ》かれてたのかもしれません。それは否定できません……」

「……そっか。元々は貴族の子でもなかったんだっけ。それがいきなり貴族学院に入れられて困ってたら手を貸したくなるよね。レイニ嬢が良い子だっていうなら尚更だ」

気持ちはわからなくもない。私だってその場にいたら手を差し伸《の》べたいって思えたかもしれない。でも、それでもナヴルくんたちのやったことは許されない。

「どうして力尽《ちからず》くで解決することを選んだのかな？　それが私には理解できないし、君たちの失敗だと思う。あと、糾弾するってアルくんが言い出したんだよね？」

「はい……」

「それ、レイニ嬢は喜んだの？」

「え？」

どこか呆然《ぼうぜん》としたままだったナヴルくんが、私の問いかけに弾《はじ》かれたように顔を上げた。

私は顔を上げたナヴルくんの顔を真っ直ぐ見つめながら問いを続けた。

「レイニ嬢は喜んだのって聞いたの。レイニ嬢はそうして欲しいって言った？　どうにも聞いてた印象だと、こんな形で解決して良かったって喜ぶ子には思えないんだけど」

私の言葉にナヴルくんが凍《こお》り付いたように動きを止めてしまった。まるで魔法が解けてしまったかのように震《ふる》えだして、己の両腕《りょううで》を摑《つか》むように縮こまってしまった。

「……私は、……俺、は……ただ、良かれと、それが、彼女のためになると……俺は、何をしたんだ……？」

両手で顔を覆《おお》ってしまったナヴルくんの独り言には私は何も答えない。当事者でない私には観測した事実しか言えない。もしかしたら、私が知らない視点で見れば正しくて良い結果に収まるように見えたのかもしれない。

でも、私には上手《うま》く話が纏《まと》まるとはどうしても思えなかった。どう転ぼうとも失敗するしかないのに実行した時点で愚かとしか言えない。

「……恋《こい》の病は熱病によく似ているって言うよね。君のやったことは覆《くつがえ》らないけど、君は病に侵《おか》されていた。それは同情の余地があるのかもね。私から言えるのはご愁傷様《しゅうしょうさま》ってくらいだけど」

流石《さすが》にこんな状態のナヴルくんを追《お》い詰《つ》めるような言葉は言えなかった。するとナヴルくんが顔を上げて私を見つめた。力を失った瞳《ひとみ》は所在なく揺《ゆ》れている。

「……アニスフィア王女から見て、俺たちは間違っていましたか？」

「君たちが起こしたことの結果を、君自身がよく考えると良いと思う。恋の病の熱は血の気が引いて随分《ずいぶん》と冷めたでしょ。視点を変えることは物事の追求には必須《ひっす》の技能だよ」

「……厳しい人だ、貴方《あなた》は」

すっかり肩を落として俯いてしまったナヴルくん。……これ以上いても彼が苦しいだけかな。ここが引き時だろう。

「最後に聞かせて。レイニ嬢は誰《だれ》かを陥《おとしい》れたりするような子じゃないんだね？」

「……はい。俺はそう思ってます」

「そっか、なら不幸な擦《す》れ違いだったんだよ。もしくは全員、悪かったのかもしれないね。きっとナヴルくんだけが悪かった訳じゃないよ」

席を立ってナヴルくんに背を向ける。聞きたいことは十分聞けた。後はナヴルくんがどうなろうと、私には何もしてやれない。せめて頑張《がんば》れと、そう言うことしかできない。

私が去ろうとするのを察したのか、顔を俯かせたまま、力ない声でナヴルくんが問いかけてきた。

「俺からも聞かせてください。……アニスフィア王女から見て、ユフィリア嬢はどんな人ですか？」

「ユフィは王妃にしかなれなかった子だったよ。王の支えとして、国を導く象徴《しょうちょう》になるために個人という我を殺した。だから冷たくなってしまった優しい子だ。王妃であることを背負おうとして、それ以外の道を選ぶことができなかった。そんな子だよ」

「……そう、ですか。ありがとうございます」

背にかけられたナヴルくんの声に、私は振《ふ》り向かずにこう告げた。

「これはお節介《せっかい》だけど、どんなに致命的《ちめいてき》な失敗をしても子供に手を差し伸べてくれる親は意外といるもんだよ。そう感じたら話し合うことをお勧《すす》めするよ」

ナヴルくんの返事は聞かない。扉《とびら》を開けて、部屋を出る。すると部屋の外で立ち尽《つ》くしていたスプラウト騎士《きし》団長と目が合った。

スプラウト騎士団長はなんとも言いがたい表情で私を見て、何も言わずに頭を下げた。

そのスプラウト騎士団長の横まできた所で、私は足を止めて声をかけた。

「……スプラウト騎士団長、念のために忠告しておきますね」

「……忠告ですか？」

「なんとなく、嫌な予感がする。……当たらないと良いんだけど」

それだけ言って私は口を閉ざした。スプラウト騎士団長も私に何か追及してくるようなことはなかった。

そのまま私はスプラウト騎士団長の横を通り抜けるようにして入り口に向かっていく。

何とも言えない、嫌な予感を胸に抱《いだ》きながら。

＊　＊　＊

──ナヴルくんの話を聞いてから、どうにも嫌な予感が消えなくなった。

私は工房《こうぼう》に入って自分の思考に沈《しず》む。でも何度考えても答えは出ない。この嫌な予感を拭《ぬぐ》うには情報が足りなかった。この嫌な予感は直感的なものだけど、その直感がどこから来るものなのかはっきりとしない。

（……レイニ・シアン男爵令嬢《だんしやくれいじよう》、か）

まるで何かが起きそうな気配がする。だけど、手持ちの情報をどう纏めても明確にすることはできない。それがもどかしくてモヤモヤする。

なんとかモヤモヤを払《はら》おうとしてみるものの、何の閃《ひらめ》きも起きない。気分を入れ替《か》えるために息を吐《は》いて顔を上げると、目の前にユフィの顔があった。

「わぁっ!?　ユ、ユフィ!?」

「……ようやく気付きましたか。ただいま戻《もど》りました」

「お、おかえり」

ユフィが気配を消していたのか、それとも私がまったく気配に気付かなかったか。とにかくユフィの視線が痛い。責めるようなジト目が私に向けられている。

「スプラウト伯爵《はくしやく》家に訪問してたそうですね？」

「……イリア、話したわね……？」

黙っててよ、イリアめ。思わず誤魔化《ごまか》そうとしたけれど、上手く言葉にできない。私が根負けをするように視線を逸《そ》らすとユフィが深く溜息《ためいき》を吐《つ》いた。

「隠《かく》しごとはしないでくださいって言いましたよね？」

「……話すことでもないかなぁ、って」

「何をしにスプラウト伯爵家に行ってたのですか？」

隠すことは許さない、と言いたげなユフィの圧力を嫌《いや》でも感じる。私はその圧力に屈《くっ》して口を割ってしまった。

「……シアン男爵令嬢のことについて聞きに……」

「……それだけですか？」

「あと、ユフィのことを何で糾弾《きゅうだん》したのかって」

「……どうしてそんなことを急に調べ始めたんですか？　昨日、何かあったのですか？」

ユフィからの問いかけに私は口を閉ざそうとした。けれどユフィは私と視線を合わせるために私の頰《ほお》に手を添《そ》え、自分の方に視線を向けさせる。ユフィの切実な目を見てしまえば流石に黙ってることができなかった。

「……父上に、その、シアン男爵令嬢の人となりを確かめるために近い内、召集《しょうしゅう》するけど、その場に同席するかどうか聞かれて……それで、どんな子なのか知ろうと思って……」

「私がわざわざ実家に帰っている間にですか」

「父上と、それから母上も気を遣《つか》ったんだよ。ユフィの負担になるんじゃないかって……」

「……シルフィーヌ王妃《おうひ》様まで。戻っていらっしゃったんですね」

ユフィの手が私の頬から離《はな》れて、ユフィは額に片手を当てて俯きながら溜息を吐いた。

私は気まずくなってしまって、視線を工房の中へ巡《めぐ》らせてしまう。

「……私はそんなに頼《たよ》りないでしょうか？」

「ユフィ？」

「確かに大丈夫《だいじょうぶ》とは言い切れません。……ですが私は貴方の助手です。助手でありたいと思っています。それなのに迷惑《めいわく》をかけているばかりで頼りにならないと。そう言われたみたいで少し悲しいです」

「ち、違うよ！　ユフィが頼りないんじゃなくて、ユフィを傷つけたくなかったんだ！　ただでさえショックだったでしょ？　なのに、ユフィを煩《わずら》わせたくなかったんだよ……」

ユフィの言葉に思わず私は立ち上がり、彼女の肩《かた》に手を添えながら言った。すると私の手をユフィの手が掴む。そのまま両手で握《にぎ》り締《し》めるように手を取られて、ユフィの胸元に抱かれる。

「それでも、それは私が背負うべき責任です。……アニス様が大丈夫だと思うなら私にも背負わせてください。置いていかれるのは、嫌なんです」

「……ユフィ」

ユフィの手は僅《わず》かに震えていた。でも私に真《ま》っ直《す》ぐに向ける視線はとても必死で、強い光が満ちていた。

本当に、この子は強くあろうとしすぎる。もっと弱くなっても良《い》いって思うのに。でもそうやって気を遣うことも、きっとユフィにとっては苦しいことなんだってわかる。それならユフィが望むようにするのが一番良いように思えてしまう。

「……隠そうとしてごめん」

「はい。お願いですから、一緒《いっしょ》に背負わせてください。私のことなんですから」

「うん、わかった」

一歩距離《きょり》を詰めて、ユフィを抱《だ》き寄《よ》せる。守られているばかりで納得しないことはわかってた筈《はず》なんだけど、婚約破棄《こんやくはき》の一件ばかりは直接言うのはどうかと思ってしまった。

本人も言っていたけど、大丈夫とは言い切れないんだろう。それでもユフィが話して欲しいと言うのなら、黙《だま》っている方が不誠実だ。

「……上手く纏まったようですね」

「イリア」

私とユフィの会話に一段落が付くのを見計らったようにイリアが工房の中へ入ってくる。私は思わずイリアにジト目を向けてしまう。ユフィには隠さない方が良かったと思い直したけど、イリアが言わなきゃ気付かれなかったのにという複雑な思いもある。

私のジト目に気付いたイリアが無表情のまま、目だけを細める。

「お二人を思ってのことでございます。余計だったでしょうか？」

「いえ、助かりました。……アニス様、イリアも心配してのことだったのです。アニス様が何やら思い詰めているとのことだったので」

……思い詰めてたのは本当だし、それで心配をかけてしまったのは私なんだから反論の余地がない。

「姫《ひめ》様があそこまでお悩《なや》みになられてるのも珍《めずら》しかったもので」

眉《まゆ》を顰《ひそ》めながらも、私は何も言うことができなくなってしまった。

「何かあったんですか？」

「……あったと言えばあったけど、私も嫌な予感がするだけではっきりと言えないんだ」

「嫌な予感……？」

ユフィが怪訝《けげん》そうな顔を浮《う》かべる。けれどイリアは違《ちが》った。無表情が少し崩《くず》れて嫌そうな顔を浮かべている。

「……姫様の嫌な予感ですか。それは実に不吉《ふきつ》ですね」

「イリア？」

「姫様の嫌な予感というのは、本当に嫌なことが起きる前触《まえぶ》れであることが多いのです。

ただでさえ問題を起こす姫様ですが、その動機はだいたい善意です。そんな姫様の勘《かん》が何かを感じてると、それは悪意によるものがほとんどなのです」

「そうなのですか？」

「偶々《たまたま》だと思うんだけどなぁ……」

私が嫌な予感を発揮する時は、確かに悪意による何かが動いている時だ。冒険者《ぼうけんしゃ》として活動している時にも少なからずあった。不正のある依頼《いらい》だったりとか、依頼に隠された事件の気配だったりとか。私の嫌な予感は高確率でそういったものを当ててしまう。

本当に危ないことを除いて私の勘に引っかかることが多いのは、主に魔法省のお偉《えら》い様からの私に対する妨害《ぼうがい》や嫌がらせとかだ。イリアの言う通り、悪意に反応していると言われても否定はできない。認めたくはないけど。

「……そうだとしても、私は何に嫌な予感を覚えてるんだろう？」

「姫様がわかってないんですか？」

「だからすっきりしないんだよ！」

「アニス様が話を聞いてきたのはシアン男爵令嬢のことですよね？」

ユフィからシアン男爵令嬢の名前を聞くと少しだけ心配になるけど、あまり気にしないように話に応じる。

「そうだね、どういう子なのかなって。ただ、どうもそういう陰謀《いんぼう》を企《くわだ》てるような子じゃないと思うんだよね……」

「ええ、私もそう思います。……シアン男爵令嬢は悪人だとは私も思えませんから」

「ユフィも？」

「私はシアン男爵令嬢の振《ふ》る舞《ま》いに苦言を呈《てい》したことがありますが、本人も反省していたように思えます。決して注意を聞かない子ではなかったですし、一度言えば改善しようとしていたようにも見えました。むしろ下手に私が口を出すことでアルガルド様に睨《にら》まれることもあったので、それならば好きにさせた方が良いかと思ってたくらいですし……」

ユフィの目から見ても悪い子じゃないのか、シアン男爵令嬢って。だから同情的な人も多い？　でも、だからってユフィが悪いってことにはならないんじゃないの？　どうにもそこが引っかかる。

「……情報が足りないんだよなぁ、シアン男爵令嬢の」

「嫌な予感はシアン男爵令嬢に感じているのですか？」

「……わからない。ただ、何か気持ち悪いんだよ。この状況《じょうきょう》そのものが」

「状況そのものがですか？」

「それをはっきりと言えれば良いんだけど……あぁ、もどかしいなぁ！」

はっきり言えることは、私はこの状況が何かおかしいと感じてる。でも、どこに違和感《いわかん》を覚えているのかがはっきりしない。それがすっきりしなくて頭を悩ませてしまう。

「なんか、聞く限りのシアン男爵令嬢の人となりと状況が噛《か》み合ってない気がする」

「……そう、ですか？」

「うん。そうなんだよ」

「どう噛み合ってないんでしょうか？」

「シアン男爵令嬢はユフィから見ても人の話を聞く子だし、複雑な境遇《きょうぐう》があって気を惹《ひ》いてしまう所まではまだわかるよ。でも、そんな大人しい子を守ろうとするためにわざわざ婚約破棄に断罪まで持ち出す？」

「……それは、そう、なのでしょうか？」

「私はそう思う。アルくんも何考えてるんだかな……あぁ、もうすっきりしないな……」

できあがった状況に至る原因が摑《つか》みきれない。それが私のすっきりしない点だ。逆算をしてみようとしても、状況証拠《しょうこ》からは原因まで辿《たど》ることができない。まるで霧《きり》が掛《か》かっているように手に摑むことができない。それがどうしようもなく気持ち悪い。

「ひとまず、悩んでも答えが出ないようでしたら後回しで良いのでは？　嫌な予感がするのは確かなようですが、気を張っていては疲《つか》れるばかりでしょう」

「……うーん、それもそっか」

「そうですよ。まずはお休みを入れましょう、アニス様」

イリアとユフィに揃《そろ》って休むように言われたら断るのも良くないか、心配させてるし。

しかし、状況は見えてきたけれど、そこに繋《つな》がる原因がいまいちわからない。

一体、この婚約破棄の裏に何があるんだろう。ただでは済まない気配がどんどんと強くなっていく。

そして、その渦中《かちゅう》にいるのは……アルくんだ。私と同じ血を引いた、私から縁《えん》を絶ってしまった弟。この国の王として次代を率いていかなければならなかった筈なのに。

（……本当に何やってんのよ、アルくん……？）

胸に残っている懐《なつ》かしい過去の残影《ざんえい》が、ちくりと胸を刺《さ》すような痛みを私に感じさせた。

その痛みを消し去るように私は首を左右に振って、意識の外へと追い出した。

２章　運命の少女

「お似合いですよ、姫様」

「……それはどうも」

私はイリアによって化粧《けしょう》を施《ほどこ》された自分を見てげんなりとしてしまう。シアン男爵令《だんしゃくれい》嬢《じょう》の謁見《えっけん》の日はあっという間に訪れ、私もその場に参席するために王女らしい装いに着替《きが》えさせられていた。

必要なことだとわかっていても着飾《きかざ》るのは苦手だ。思わず憂鬱《ゆううつ》な溜息《ためいき》が零《こぼ》れてしまう。

「アニス様」

「ユフィ」

私の身支度が終わったのを確認したようにユフィが中へと入ってきた。ユフィはいつもの私服だ。今日はユフィはお留守番だからね。

「綺麗《きれい》ですよ」

「お世辞は良いよ、それじゃあ行ってくるね」

「……私も本当は同席したいですが、私がいると話が拗《こじ》れてしまいそうですから。離宮《りきゅう》でアニス様のお帰りをお待ちしております」

不安そうな表情を浮かべながらユフィはそう言った。ユフィもシアン男爵令嬢のことが気になっているみたいだ。ただユフィの同席は私も反対だし、父上と母上が許すとも思えない。離宮で留守番をして貰《もら》うしかない。

「ちゃんと見極めてくるよ。何事もなければ良いんだけどね」

先日から覚える嫌《いや》な予感ははっきりしないままだ。今日の謁見で違和感の正体がわかると良いんだけど。そのためにはシアン男爵令嬢のことをしっかりと見定めないと。

見送ってくれるユフィを背にして、私とイリアは王城へと向かう。私たちが王城に着くと侍女《じじょ》が案内をしてくれて、控《ひか》え室《しつ》に通された。

通された部屋は王族のための控え室だ。控え室には優雅《ゆうが》な姿勢で座り、お茶を飲んでいる母上が待っていた。反射的に踵《きびす》を返そうとして、イリアにがっちり肩《かた》を押さえられた。

「シルフィーヌ王妃《おうひ》殿下《でんか》、ご無沙汰《ぶさた》しております」

「イリア、いつも娘《むすめ》が迷惑《めいわく》をかけているわね。本当に感謝しているわ」

「勿体《もったい》ないお言葉です」

イリアが私の肩から手を離《はな》して一礼をする。母上はそんなイリアを満足げに見つめる。

「本当、アニスには勿体ない従者だわ。……彼女の献身《けんしん》を無駄《むだ》にすることのないように、わかっていますね？　アニス」

「わかってますよ……」

「……まったくこの子は。アルガルドとは別の意味で頭が痛いわ」

そんな心底呆《あき》れた様子で溜息を吐《つ》かなくても。イリアにお世話になってる自覚はあるし、ちゃんと報いたいとは思ってる。数少ない私の味方だって言える人なんだから、もう身内のようなものだ。

「引退したいと思っても、貴方《あなた》たちがしっかりしてくれないと私もいつまでも引退できないわね……」

「えっ、母上、引退するつもりあったんですか⁉」

母上は絶対、生涯《しょうがい》現役だって思ってたのに。すると母上がジト目で私を睨んできた。

「当然です。いつまでも私が外交官の席に座っている訳にもいかないでしょう？　後進が育たないですし、私といつまでも若い訳ではないのですから」

「……母上がそれを言いますか？」

見る人によっては私と姉妹と間違われそうな母上が若くないって、正直に言って冗談《じょうだん》にしか聞こえない。外交官はともかく、武人としては生涯現役でしょ、母上。

「……あら、アニスは随分《ずいぶん》と私が若いと思ってくれてるみたいね。嬉《うれ》しいわ、そんなに母と手合わせしたいと思ってくれているのかしら？」

「そんなことはございません！　後進を育てることも大切ですからね！　母上のお考えは素晴らしいものかと思います！」

「そうやってすぐ言い訳をするぐらいなら、相手の反応を考えてから喋《しゃべ》りなさい。貴方が王位継承《けいしょう》権を放棄《ほうき》しようとも王族の一員であることは変わらないのです。上に立つ者として相手の反応を窺《うかが》い、相手に合わせた反応をして見せるのも必要なことなのですよ。聞いているのですか、アニス！」

ひぃぃい！　なんで顔を合わせる度に説教されないといけないの、理不尽《りふじん》だ！　助けを求めるようにイリアを見たけれど、私と目を合わせようとしないし！　薄情者《はくじょうもの》！

「これからシアン男爵令嬢の人となりを見極めなければならないというのに……わかっているのですか？　アニス」

「うぅ、わかってますよ……」

「……それで、貴方の勘《かん》は働いてますか？」

母上からの問いかけに私は拗《す》ねていた表情を真顔に戻《もど》す。ここからは真剣《しんけん》な話のようだ。

「少なくとも、シアン男爵令嬢には何の思惑《おもわく》もないんじゃないかと思います」

「なるほど。それでも勘には引っかかっているのね？」

「はっきりとはしませんが」

「貴方の勘は馬鹿《ばか》にできたものではありませんからね。私でも気付かないこと、考えつかない視点は貴方の武器です。何か些細《ささい》なことでも気付いたら警戒《けいかい》なさい」

「母上はどうお考えなのですか？」

私の問いかけに母上が僅《わず》かに目を細めて私へと視線を返す。プライベート抜《ぬ》きとなれば私が母上に怯《おび》えるようなことはない。これは必要な会話だから萎縮《いしゅく》している場合じゃない。

私と視線を合わせたのも一瞬《いっしゅん》、母上は視線を逸《そ》らして答えを返す。

「私にはわからないわ。けれど、何かが起きているのは事実です。貴方のような勘が働いている訳ではないですが、用心するに越《こ》したことはないと思っています」

「……なるほど」

私の違和感は本当に直感だけど、母上は人生経験から何か違和感を抱《いだ》いてるみたいだ。

それは多分、父上も同じだと思う。だからわざわざ謁見の場を整えたんだろうし。

「こう言ってはなんですが……貴方を参席させるべきだと思ったのは、貴方にはその直感があるからです」

「母上？」

「貴方は突拍子《とっぴょうし》もない破天荒《はてんこう》な娘ですが、信頼《しんらい》していない訳ではありません。何か気付いたらすぐに知らせるように、良いですね？　決して先走ってはいけません」

「……はい、母上。ありがとうございます」

正直に言うと母上を苦手に思うこともある。でも嫌《きら》いだとは思えない。厳しくて、勝てないなって思う相手だけれど、私のことは少しでも認めてくれてる。ちゃんと母親なんだと実感できる。だからこそ頭が上がらない。

そして家族だからこそ、私ができることで助けになれるならなりたい。ユフィのためでもあるし、シアン男爵令嬢がどんな子なのかしっかり見定めないと。

「──シルフィーヌ、アニスフィア。時間だ」

ドアがノックされ、中に入ってきたのは父上だった。私と母上を呼びに来たらしい。

私は控え室にイリアを残し、そのまま家族で揃って謁見の間へと向かった。謁見の間にいる人数は最小限で、護衛もスプラウト騎士《きし》団長を始めとした父上の腹心ばかりだ。

流石《さすが》に場の空気を読んで、王族として恥《は》ずかしくないように背筋を伸《の》ばしながら待っていると二人の人物が謁見の間に通された。

一人は大男だ。濃《こ》い茶髪《ちゃぱつ》にぎらりとした鋭《するど》い灰色の瞳《ひとみ》が特徴的《とくちょうてき》で、体躯《たいく》はがっしりとしている。その姿は圧巻の一言だ。

そんな大男が貴族風の格好をしているのだから、失礼ながら場違《ばちが》いな装いに見えてしまう。彼がドラグス・シアン男爵、元々冒険者《ぼうけんしゃ》だと聞けば納得の風貌《ふうぼう》だ。

そしてシアン男爵の一歩後ろを歩くように入ってきたのは、婚約破棄《こんやくはき》の場面でアルくんの隣《となり》にいたご令嬢――レイニ・シアン男爵令嬢だった。

艶《つや》やかな黒髪《くろかみ》に伏《ふ》し目《め》がちの灰色の瞳。シアン男爵の隣に並ぶと華奢《きゃしゃ》であることが目立つ。見た目はとても儚《はかな》げで、気落ちしたような顔は憂《うれ》いに満ちている。正に薄幸《はっこう》の美少女と言うのが似合う女の子だ。

「シアン男爵。そしてその娘、レイニよ。よくぞ参った」

跪《ひざまず》いたシアン男爵とレイニ嬢に父上が声をかける。跪いたままのシアン男爵は緊張《きんちょう》しきった様子で、見ているこちらが気の毒になってしまいそうだった。あんなに大きな身体《からだ》が小さく縮こまっているようにさえ見える。

「面を上げよ、発言を許す」

「はっ！　この度は我が不肖《ふしょう》の娘が大変なご無礼を！　どうか、どうかご寛恕《かんじょ》を！」

よほど必死だったのか、顔を上げて良いと言われてもシアン男爵は深々と頭を下げたままで、今にも土下座でもしてしまいそうだ。更《さら》には、その体格に見合った声を張り上げて懇願《こんがん》するように慈悲《じひ》を乞《こ》い始める。

そんなシアン男爵の様子に父上は少しだけ眉《まゆ》を寄せたものの、すぐに表情を戻す。そしてもう一度、シアン男爵に頭を上げるように促《うなが》した。

「落ち着け、シアン男爵。此度《こたび》の席を設けたのは真実を詳《つまび》らかにするためだ。真実がわからぬまま、誰《だれ》かの罪を責めるつもりは毛頭ない。まずは気を楽にせよ」

「……はっ、失礼致《いた》しました。陛下のお言葉、大変染み入ります」

表情は緊張したままだけど、シアン男爵はようやく顔を上げた。どう見ても憔悴《しょうすい》してるのがわかる。立場を考えればシアン男爵も辛《つら》い立場だ。父親の苦労という点では父上とは変わらないのかもしれないけれど。

そんなシアン男爵に悪い印象は感じなかった。シアン男爵の態度から、親の教育が悪かったという線も私の中で消えた。そう思いながらシアン男爵からレイニ嬢へと視線を向ける。未《いま》だ跪いたままのレイニ嬢の表情は見えない。

「アルガルドとユフィリアの婚約破棄に関しては元より難航していた面もあった。そんな折にアルガルドがそなたの娘に近づき、情を交わしたとこちらは認識している」

「じょ、情などと……身分を考えればとんでもないことでございます。妾《めかけ》ならまだしも、まさか正当な婚約者を押しのけてなど娘は考えておらず……」

「では、アルガルドが一方的に言いよったと？」

「そ、そうは言いませぬ！　確かにレイニは養子ということもあり、貴族としての教育が不十分な面がございました。その不備故、学院では王子の手を煩《わずら》わせることもあったようですが、その援助《えんじょ》に感謝こそあれど情を交わしていたという訳では……」

「しかし、アルガルドはレイニ嬢《じょう》のために義憤《ぎふん》に駆《か》られて婚約破棄と弾劾《だんがい》に踏《ふ》み切ったのだ。これは事実ではある。そこに情がないとは私には思えんな」

父上の言葉にシアン男爵は恐縮《きょうしゅく》しきった様子で肩を縮こまらせてしまっている。父上は視線をシアン男爵からレイニ嬢へと移した。

「レイニ・シアン。面を上げよ」

父上に促されて、ゆっくりとレイニ嬢が顔を上げる。今にも消えてしまいそうな儚さ、表情に緊張こそあれど感情の色は見えない。その瞳は虚無《きょむ》を流し込んだと思えてしまうほど、光が感じられない。

改めて見ればなんとも愛らしいお嬢様だ。この儚げな雰囲気《ふんいき》が消えて微笑《ほほえ》めば男なら目を奪《うば》われるというのも納得できる。ユフィとは毛色が異なる美少女だ。ただ正直に言うと表情も相まって人とは思えない。人形だと言われても一瞬信じてしまうかもしれない。

「発言を許す。率直に問うが……お主はアルガルドと情を交わしていたのではないか？」

父上が問いかけると、注目がレイニ嬢へと集まる。そんな中でレイニ嬢は口を開いた。

「――いえ」

その声があまりにも綺麗《きれい》で一瞬耳を疑った。たった一声でこの場を支配されてしまったような錯覚《さっかく》に陥《おちい》るほど、するりと耳に入り込んでくるような声だった。

「とんでもないことでございます。私はとてもそのような身に余ることは考えておりません。アルガルド様を好ましく思っていた、と言わなければ嘘《うそ》にはなります。ですが決して王家の未来を暗澹《あんたん》とさせるようなつもりはまったくございません」

朗々と語る声に誰もが聞き入る。レイニ嬢の瞳を伏せる仕草も、僅かに息をつくために震《ふる》えた唇《くちびる》の動きさえ見逃《みのが》せないと言わんばかりに。

どれだけ沈黙《ちんもく》が続いただろうか。レイニ嬢の空気に飲まれていたのか、気を取り直したように肩《かた》を跳《は》ねさせた父上が咳払《せきばら》いをする。

「……そうか。そなたの言葉に嘘はないようだ」

場が纏《まと》まるように穏《おだ》やかな空気が流れ始める。――一方で、私は違和感《いわかん》に襲《おそ》われていた。

(気持ち悪い……)

まるで薄《うす》い膜《まく》が張られたような、そんな感覚が広がっていく。誰も父上に何も言わず、仕方ない、と言うように視線を下げている。あの母上ですらもだ。

誰もがレイニ嬢は悪くない、と。そう認めていくかのようにその空気が広がっていく。

そんな空気に違和感がだんだん強くなって、気持ち悪くなっていく。

すると、唐突《とうとつ》に〝背中〟に熱が走った。背中から生まれた熱が全身を駆け巡《めぐ》り、熱によって刺激《しげき》された身体がむず痒《がゆ》くなってしまった。そして、その疼《うず》きが自分の意思とは別に身体を勝手に動かした。

「――ブェックショ ンッ!!」

私のくしゃみが場を沈黙させた。視線はレイニ嬢から私へと集中する。認識に膜を張るような違和感が消え去った代わりに、私へと冷たい視線が次々と突《つ》き刺《さ》さっていく。

(……あ、やばい、母様が凄《すご》い笑顔だ。これは後で死ぬかもしれない)

母上は今にも私の首を飛ばしそうな圧を笑顔でかけてきている。父上は大きく肩を震わせているし、シアン男爵は目を丸くして私を見ている。

そしてレイニ嬢も驚《おどろ》きにぽかんと口を開けていた。誰もが身動きができない中で動いたのは父上だった。

「……アニスよ……お前という奴《やつ》は……どこまでも……!」

「ち、ちが! 父上! 発言をお許しください! このアニスフィア、進言したいことがございます!」

「弁明なら聞かぬぞ!」

「違うのです！　どうかお時間を頂きたく！」

「えぇい、鼻でもかみたいのか！」

「ふざけている訳ではなく、真面目な話です！」

私の訴《うった》えに怒《いか》り心頭《しんとう》だった父上も、何か違和感を覚えたのか私を真《ま》っ直《す》ぐ見据《みす》えてくる。

私も父上に真っ向から視線を向けて、まずは息を整える。

「父上、まずは人払《ひとばら》いをお願いできますか？」

「何だと？　何をするつもりだ、アニス」

「レイニ嬢に少しばかり尋《たず》ねたいことがあります。これは彼女の尊厳に関わる可能性がありますので、できるだけ人を減らした状態で確認したいのです」

「えっ……？」

私の申し出に一番早く反応を示したのは、私に名前を出されたレイニ嬢だった。まったく話が掴《つか》めていないのか、レイニ嬢は王女である私から名指しされたことで顔を青ざめさせているように見える。

「……何か気になることがあったのか？　アニスよ」

「はい、父上。この国の王女として聞く必要があることだと進言させて頂きます」

「……むぅ」

普段《ふだん》はあまり使わない自分の立場を前面に押し出して父上に進言する。すっかり疑いを晴らしつつあった父上は、私が一体何を気にしているのかわからないという顔をしていて、判断に迷っているようだった。

そんな父上の背を押したのは母上だ。母上は引き締《し》めた表情で私を見つめながら父上の背にそっと手を置いた。

「よろしいでしょう、陛下」

「シルフィーヌ……？」

「私はアニスの直感を信じます。この子がここまで言うということは何かを掴んでいるのかもしれません。真偽《しんぎ》をはっきりさせるのは、その後でも良いでしょう」

母上の言葉に父上は眉を寄せた。私とレイニ嬢を交互《こうご》に見つめ、小さく唸《うな》り声を上げている。父上が決断する前に、前へと進み出たのはシアン男爵であった。

「お、お待ちください、アニスフィア王女！　娘《むすめ》は本当に何も企《たくら》んでなど……！」

「落ち着いてください、シアン男爵。私はレイニ嬢を責めたり咎《とが》めたりするために話を持ちかけている訳ではありません」

「ですがっ！」

「私をどうか信じて頂けませんか。彼女に危害を加えるつもりは一切ございません」

いつもだったら私の言葉なんか信用できないと難癖《なんくせ》をつけられるかもしれないけれど、今回は王女の肩書《かたが》きを盾《たて》にしてでも確認を取らなきゃいけない。母上が真っ先に私の判断を信じてくれたのは正直、助かった。

唐突な私の申し出に謁見《えっけん》の間に集まった誰もが小声で囁《ささや》き合っている。あまり肯定的《こうていてき》な空気ではないけれど、真っ先に母上が私の背を押したことで言うに言いづらい状況《じょうきょう》になっているようだった。

「アニスフィア王女殿下《でんか》、些《いささ》か急な申し出に過ぎるのではありませんか？」

「……シャルトルーズ伯爵《はくしゃく》」

その中で唯一《ゆいいつ》、前に進み出て私に苦言を呈《てい》してきたのは恰幅《かっぷく》の良い銀髪《ぎんぱつ》の男性だった。彼こそ、魔法省《まほう》の長であるシャルトルーズ伯爵だ。大きく出た腹を重たそうに撫《な》でている。その腹《ふく》の膨らみは年齢《ねんれい》の積み重ねか、日々の運動不足か。もしくはそれだけ富豊かな生活を享受《きょうじゅ》しているのか。率直に言えばだらしない体形だ。

パッと見は穏《おだ》やかそうには見えるけど、それは見てくれだけ。昔からこの人には嫌味《いやみ》の限りを言われてきたし、互《たが》いに不倶戴天《ふぐたいてん》の敵だと思っている。それでも魔法省の長官という、相談役としての地位がここに彼をいさせている。

シャルトルーズ伯爵は謁見の間にいる者たちを見回すようにした後、発言を続けた。

「か弱いご令嬢を問い質《ただ》すために人払いをしようなどと、怯《おび》えるなという方が無理なのではございませんか？」

　いかにも嫌味ったらしい言い回しに私は笑顔の仮面を貼《は》り付《つ》けて応じた。

「シャルトルーズ伯爵の仰《おつしや》ることは理解しております。しかし、どうにも私以外に気付いた者がいらっしゃらないようなので声を上げさせて頂きました。もし、それが間違《まちが》いであれば私は彼女にあらぬ嫌疑《けんぎ》をかけてしまいかねません。王族による嫌疑など、それこそ衆目に晒《さら》してはならぬものでしょう。故にレイニ嬢と直接お話をさせて頂ければと思っての申し出です」

「嫌疑？　アニスフィア王女殿下、貴方《あなた》はシアン男爵《だんしやく》令嬢をお疑いになっていると？」

　シャルトルーズ伯爵の視線が細められて、私を射貫《いぬ》かんばかりの圧力をかけてくる。その圧力に負けぬように腹に力を込めて、私は胸を張る。

「私の申し出に何か不服でも？　シャルトルーズ伯爵」

「……いえ、何故《なぜ》貴方様がそこまで頑《かたく》なにレイニ嬢と直接話すのを望むのか疑問なだけですよ。まさか、ご自分が保護したユフィリア嬢のためにレイニ嬢を脅《おど》すのではないかと」

　……場の空気が一気に冷えた。一番冷えたのは、きっと他でもない私でしょうね。

「──言いたいことは、それだけでございましょうか？　シャルトルーズ伯爵」

自分でもおかしくなってしまいそうなぐらいに冷え切った声。ぐつぐつと腹の奥底から沸《わ》いてきそうな怒りに比例して、頭は冷えていく。

「仮にも王族としてこの場に参席している私が、そのような振《ふ》る舞《ま》いを為《な》すと。そうお考えになっていると受け取ってもよろしいのですね？　シャルトルーズ伯爵」

私の問いかけにシャルトルーズ伯爵の眉《まゆ》が一瞬《いっしゅん》上がる。あえて王族であることを強調して言ったのは、それが王家の者に対して向ける言葉で良いのかという最終確認だ。

「……いえ、アニスフィア王女殿下は情に厚い御方《おかた》ですが、判断を誤られる可能性もあると思っての忠言でございました」

「ならば不要な心配です。この場において私の役割は真実を導き出すことです。そのために誰《だれ》にも肩《かた》入れなど致《いた》しません。改めてレイニ嬢《じょう》へ危害を加える、脅迫《きょうはく》をするなどの真似《まね》はしないと精霊《せいれい》に誓《ちか》いを立てましょう」

拳《こぶし》を握《にぎ》り、心臓の上に置くようにして宣言する。魔法省の長官であれば、精霊への祈《いの》りまで加えたこの宣言を無下にすることはできない筈《はず》。案の定、シャルトルーズ伯爵の顔がわかりやすく歪《ゆが》んだのが見えた。

「ここまで王女殿下に言わせたのだ。ならば我々は下がるべきではないか？」

「マゼンタ公爵……」

険悪な空気になりつつあった場を取り成したのはグランツ公だった。一度、私に視線を向けてからグランツ公は父上へと視線を向けた。

グランツ公に視線を向けられたことで父上もようやく考えが纏まったのか、私を見てから周囲へと視線を回した。

「私が許そう。アニスとレイニ嬢の会話の場を設けよう。故に皆《みな》は一度、下がれ」

父上がはっきり宣言したことで集められた臣下たちは静まり返った。そして一人、また一人と一礼をして謁見の間を去っていく。最後の方まで残っていたシャルトルーズ伯爵も何も言わずに謁見の間を去っていく。

「わ、私も同席させてください！　アニスフィア王女殿下！」

私の下まで進み出て跪《ひざまず》いたのはシアン男爵だ。人が少なくなったことで前に出ることができたのか、必死な様子で私に頼《たの》み込んでいる。

そんな父の背を不安げに見つめているレイニ嬢が見える。私はそっと息を吐《は》き、シアン男爵と目線を合わせるように膝《ひざ》を突《つ》く。

「シアン男爵、私は本当に貴方の娘に危害を加えるつもりはありませんから。だから信じて外で待っててくれませんか？」

「……ッ、ですが……！」

「シアン男爵、それ以上は流石《さすが》に無礼というもの。私と共に下がりましょう」

「マゼンタ公爵……」

シアン男爵を咎めたのはグランツ公だった。流石に公爵にまで言われて縋《すが》ることはできないと悟《さと》ったのか、シアン男爵は悔《くや》しげに黙《だま》り込んだ。グランツ公に促《うなが》されて謁見の間を後にするまでの間、不安げにレイニ嬢を見つめていたのが印象的だった。

そうして人が去った後、残されたのは父上と母上、そして私とレイニ嬢だ。レイニ嬢は今にも倒《たお》れてしまいそうなほど、顔を青ざめさせて震《ふる》えている。その様子を窺《うかが》った私は父上と母上に視線を向ける。

「すいません、父上、母上。まずは別室で確認を取りますので、それまでお待ち頂いてもよろしいですか？」

「私たちもですか？」

「お願いします。イリアは同席させますので」

「……わかったわ。貴方の懸念《けねん》が晴れ次第、私たちを呼ぶように。良いですね？」

母上の念押しに私も応じるように頷《うなず》いてみせる。それから私はレイニ嬢へと歩み寄る。私が傍《そば》に来たことで、レイニ嬢は怯えたように私を見つめた。

「初めまして、レイニ嬢。怖《こわ》がらないで、とはとても言えないけれど……まずは私に付いてきて欲しい。貴方のためだと思って、ね？」

「……はい」

震えを押し隠《かく》すように、小さな返事をしてレイニ嬢が頷く。私は彼女の震える手を取り、エスコートをするように謁見の間を後にする。向かうのはイリアが待機している王族控《ひか》え室《しつ》だ。

私に手を引かれている間、レイニ嬢は可哀想《かわいそう》に思えるほどに身体《からだ》を震わせていた。そんなレイニ嬢を気遣《きづか》いながらも王族の控え室へと入る。

「……姫様《ひめさま》？　どうなさったのですか？」

控え室で待機していたイリアが怪訝《けげん》そうな顔を浮《う》かべて私たちの方へと寄ってきた。

私がレイニ嬢をエスコートしているのに気付くと、その表情は更《さら》に困惑《こんわく》したものに変わっていく。

「ちょっと、ね。レイニ嬢、まずは座ろうか」

こくり、とレイニ嬢が頷いたのを確認してから彼女を椅子《いす》へ座らせる。かたかたと身体の震えが椅子を鳴らしてしまっていて、レイニ嬢が緊張《きんちょう》状態にあるのが嫌でもわかってしまう。イリアもそんなレイニ嬢が可哀想に思えたのか、眉を寄せたままだ。

「突然《とつぜん》ごめんなさいね、どうしても確認したいことがあって」

「確認……ですか？」

「少し貴方のことを調べさせて欲しいの」

「……あの、私、本当に何もしてないです……！」

顔色を青くさせてレイニ嬢が首を左右に振っている。正直言って、彼女の精神的負担が大きいのはわかっている。けれども頷くことはできない。

「その証明をするために私を信じて欲しい。……あぁ、いや。信じて貰《もら》えないのは承知の上なんだ。これは王女からの命令だと思って従って欲しい」

王女の命令、と。その言葉にレイニ嬢が身を縮こまらせてしまった。私に向ける瞳《ひとみ》が涙《なみだ》に濡《ぬ》れ、恐怖《きょうふ》に歪んでいく。

「不躾《ぶしつけ》なのはわかってる。後で幾《いく》らでも謝る。でもここでハッキリさせないと貴方の立場が不利になると思って」

「……そんな……」

「返事ははいだけよ。いいわね？」

「……はい」

絶望したような声を漏《も》らしてレイニ嬢が俯《うつむ》いた。そして彼女の背中側に回り、そっと背中に触《ふ》れる。

「ひゃっ、な、なにをっ？」

「黙って。何もしないから」

「で、でも……」

レイニ嬢の反応は無視。ゆっくりと指先を彼女の身体をなぞるように這わせる。背骨をなぞり、肩《かた》から腕《うで》へと順番に指を這わせて意識を集中させていく。

「……失礼」

「ひゃぁ⁉」

次に手を回したのは彼女の胸。可愛《かわい》らしい悲鳴を上げたレイニ嬢を動かないように後ろから押さえつけながら胸に指で触《ふ》れていく。

「……なるほど。もういいよ」

後ろから拘束《こうそく》していた手を解《ほど》き、レイニ嬢を解放する。レイニ嬢は自分の身体を抱《だ》き締《し》めて、涙目で私を見上げていた。溜《た》まった涙は今にも零《こぼ》れ落ちてしまいそうだ。

必要なことだったとは言え、確認するために胸を触《さわ》ったことで危機感を煽《あお》ってしまったらしい。少し気まずくなりながらも私は息を吐く。

「レイニ嬢、今からかなり突拍子《とっぴょうし》もないことを聞くね」

「……なんですか……？」

警戒《けいかい》するように身を抱き締めたまま、私の問いを促すように返事をする。私はなんとか言葉を選ぼうとするけど、結局どう聞けば良いかわからず直球で聞くことにした。

「――貴方、自分が〝魔法《まほう》〟を使ってる自覚がある？」

「……え？」

予想していなかった、と言うようにレイニ嬢が呆《ほう》けたような声を上げた。何を言っているのかわからないと言うように首を左右に振っている。

「……そっかぁ、無自覚か。これはとんだ〝厄介事《やっかいごと》〟だ……」

「えっ、あの、私、魔法なんか使って……」

「意識してないの？　貴方、魔法で私に〝精神干渉《かんしょう》〟をしようとしてたんだよ？」

「……………え？」

「というか、今もかな。ぞわぞわするし。多分、あの謁見《えっけん》の間にいた人たちにも同じ魔法をかけてたと思うよ。ただ、正直普通《ふつう》の魔法じゃないんだよね、これ」

「ええ……⁉　わ、私、し、知りません！　何もしてません！」

最早《もはや》、顔が青どころか白にまで行きそうなレイニ嬢が首を左右に振る。今にも狂乱《きょうらん》してしまいそうなレイニ嬢の両肩《りょうかた》に手を置いて、なんとか座らせたままにする。

「うん、わかった！　レイニ嬢が自分の意思で使ってる訳じゃないってわかったから！

原因もなんとなくわかったから！」

「原因……？」

「レイニ嬢。貴方《あなた》、多分だけど普通の人間じゃない」

何を言われたのかわからないというようにレイニ嬢が動きを止めた。灰色の瞳がはっきりと見開かれ、目に溜まっていた涙が落ちていく。

「……ふ、普通の、人間じゃ、ない……？」

「姫様、どういうことですか？」

「これが私が人払《ひとばら》いをさせた理由なんだけど、当たって欲しくない予感が当たっちゃったなぁ……あのね、レイニ嬢。落ち着いて聞いてね？　貴方の心臓にね――〝魔石〟と思わしきものがあるんだよ」

私の告げた言葉に今度はイリアまで動きを止めてしまった。二人の表情が驚《おどろ》きに彩《いろど》られていくのがよくわかる。

「ま、魔石って……え？　なんで……？」

「……それは、つまり、彼女は魔物なんですか……？」

レイニ嬢が恐怖と困惑で顔を引き攣《つ》らせ、イリアは驚愕《きょうがく》の表情のまま呟《つぶや》きを零している。

そう、本来であれば魔石を持っているのは魔物だけ。人間が魔石なんて持ってる筈ない。

つまりレイニ嬢《じょう》は人間ではない可能性がある。でも、それはあり得ないことだ。だから二人の驚きもわかる。私だって驚いてるんだから。

「私が気付けたのも偶然《ぐうぜん》だよ。偶々《たまたま》、レイニ嬢の魔法に抵抗《ていこう》できる術を自分に施《ほどこ》してたの。でも狙《ねら》ってやってる様子がないってことは、多分レイニ嬢も自分の体内に魔石があるなんて気付かなかったんでしょ？」

「そ、そんな……わ、私……に、人間じゃ、ないんですか……？」

「わからない。まだはっきりとしたことは言えない、だから人払いをさせたんだ。貴方への誤解を増やさないために」

「……私のために……」

ここでレイニ嬢は私への疑いが晴れてきたのか、私が危害を加えるつもりはないとわかってくれたのか、力を抜《ぬ》いて落ち着いた様子を見せてくれた。

「うん。どうやら、貴方の持つ魔石の力は人の精神に働きかけるものみたいなんだ。恐《おそ》らくは自分に対して好意的にさせるというか、保護欲《よく》をそそらせるというか……わかりやすく言っちゃうと〝魅了《みりょう》〟の力があるんじゃないかと思う」

「……魅了、ですか？」

レイニ嬢が目を見開いて、私の言葉に呆然《ぼうぜん》と相槌《あいづち》を打つ。私も大きく頷いてみせた。

「そう。もし、それが本当にそのままなら私の違和感《いわかん》にも納得が行くんだ。誰《だれ》も彼もレイニ嬢の味方をしたくなるのは、その魅了の力に中《あ》てられてレイニ嬢を守らないとって誘導《ゆうどう》されてしまった結果なんだとすれば……」

「──そうなんですか⁉ 私が人に、変に思うほど好かれてしまうのはちゃんと原因があったんですか⁉」

突然レイニ嬢が切羽詰《せっぱつ》まった様子で私に掴《つか》みかかってきた。私はレイニ嬢を受け止めながらも、目を白黒とさせてしまった。

「レ、レイニ嬢？」

「どうなんですか⁉ 私、いつも、そんな魅了の力なんて使ってたんですか⁉」

「いや、それは流石にわからないけど……無自覚だったなら、その可能性は高いかもしれない……」

私の答えを聞くと、レイニ嬢はまた力を失ったようにすとんと椅子に座ってしまった。魂《たましい》が抜けたように呆けているレイニ嬢の両目から涙がボロボロと落ちていく。

「わ、わた、私……昔から……人に、好かれるんですけど……でも、それで、皆《みんな》、意地悪になったり、裏切ったりとか……い、虐《いじ》められて……それが、ずっと怖くて……あまり、人に好かれないようにしようって、目立たないようにしよう、って……！」

しゃくり上げながら、両手で顔を覆《おお》って泣き出してしまうレイニ嬢に私はどうしたらいいのかわからず困惑してしまう。しかし、私が動くよりも先にそっとイリアがレイニ嬢の肩を抱くように手を添《そ》える。

イリアが肩を抱くと、レイニ嬢が堪《こら》えきれないというように大きな声を上げて泣き出してしまう。あまりの悲痛さに私も眉《まゆ》を顰《ひそ》めてしまいそうになる。よっぽどレイニ嬢にとって大きな悩《なや》みだったんだろうとは思う。

……しかし、イリアがそこまで人を気にかけるなんて、ちょっと意外。イリアも自然とそうしてたみたいだし、魅了の影響《えいきょう》の大きさに戦《おのの》く。レイニ嬢の力は間違《まちが》いなく本物だ。

（いや、しかし、危なかったわね……）

レイニ嬢の身体には魅了の力があると思われる魔石が宿ってる。私がレイニ嬢の力に気付くことができたのは偶々、事前にティルティと共同で研究して、経過観察していたものがあったからだ。それがなかったら私も魅了にやられてたかも。

（……危なかったなぁ、タイミング的にはギリギリだよ）

父上どころかあの母上ですらも気付いてなかった。それなら貴族学院に通っている生徒が魅了をかけられた所で気付く筈《はず》がない。どう考えてもレイニ嬢の力は危険すぎる。このまま放置されていたらどうなっていたことか。

「……姫様《ひめ》」

レイニ嬢の背中を撫《な》でながらイリアが私に視線を向ける。このままにはしておけないけれど、どうしたものかな。まずは父上たちに話さないと……。

それからレイニ嬢が落ち着くのを待ってから、イリアに父上と母上を呼びに行って貰う。目を真っ赤に腫《は》らすほど泣きじゃくっていたレイニ嬢も、今は鼻をすんすんと鳴らしながらも落ち着いた様子で大人しく座っている。

「……落ち着いた？」

「……取り乱して申し訳ありませんでした」

「いいよ。……いきなりこんなこと言われても、冷静じゃいられないでしょ？」

「はい……でも、なんだかホッとしたというか……」

「ホッとした？」

「……私が皆をおかしくさせていたんだなって。ようやく納得ができて……」

そう言いながらも、弱々しく笑うレイニ嬢に胸が苦しくなってしまう。彼女は話してみても純粋《じゅんすい》で良《い》い子だ。特別な力を持っているのには見合わないような、そんな優しい子。

そんな子が自分が人を狂《くる》わせてしまうような力を持っていると知って、最初に思ったのが安心したなんて、そんな話があって良いんだろうか。

「……昔からよくあったの？」

「はい。私が孤児院《こじいん》に居たことはご存じですか？　その頃《ころ》からです」

「孤児院……シアン男爵《だんしゃく》に拾われたのは孤児院に入ってからとは聞いたけど、母親は？」

「最初は母と旅をしていたんですが、母は病で幼い頃に亡くなりました。それから孤児院に預けられたんです」

「……そうだったんだ」

　レイニ嬢が魔石を持ってるとするなら、多分母親が原因の可能性がある。もう亡くなっているというのは残念であり、安堵《あんど》する所でもあるのかもしれない。もしも、レイニ嬢の母親が同じ力を持っていたのだとしたら……。

「姫様、陛下と王妃《おうひ》様をお連れ致《いた》しました」

　思考に潜《もぐ》っていた私の意識を引き上げたのはイリアの声だった。イリアの後ろから父上と母上が入室してきて、目を赤くさせたレイニ嬢を見て少し驚いたような顔をしている。

「アニス、何かわかったのですか？」

「はい。母上、父上。どうか落ち着いてお聞きください」

　私は居住まいを正してからレイニ嬢の魔石のことを二人に伝えた。魅了の力について聞いた二人は揃《そろ》って信じられないというような顔を浮《う》かべる。

「まさか、魔石を持つ人がいるとはな……」

「はい。ですが、制御下《せいぎょか》にある力とは言えません。だから無差別に自分に好意を向けるように力が発揮されてしまい、人間関係に不和が生じるようになったと考えられます」

「……なるほど、な」

父上が頭を痛そうに押さえながら溜息《ためいき》を吐《つ》いた。溜息を吐きたいのは私も同じだった。

黙《だま》り込んでしまった父上に代わって話を続けたのは母上だ。真剣《しんけん》な表情を浮かべて私に視線を向ける。

「話はわかりました。それで、貴方はどうするべきだと思いますか？　アニス」

「……そうですね。まずはレイニ嬢の力の制御方法を模索《もさく》する必要があるかと思います」

「ですが、彼女の力は危険です。偶然、貴方がそれに気付いたから良かったものの、私や陛下ですらも気付けない力です。その力は国を脅《おびや》かしかねません」

国を脅かすと、そう言い放った母上の言葉にレイニ嬢が小さく震《ふる》えた。顔を真っ青にして震えているレイニ嬢をイリアがそっと支えている。レイニ嬢の様子を窺《うかが》うように母上が一度視線を向けるも、すぐに私へと視線を戻《もど》す。

確かにレイニ嬢の力は危険だ。まず使われても気付けないというのが致命的《ちめいてき》で、今回はレイニ嬢が無意識だったからこの程度で済んだ。

これが仮に意図的に誰かを誘惑《ゆうわく》するために使われていたら、という母上の懸念《けねん》はわかる。それにレイニ嬢は力を意識していないのだから制御もできない。それなら、ここで禍根《かこん》を断ってしまうのも正しい選択《せんたく》なのかもしれない。

「それでも、私はレイニ嬢を始末するのは反対です」

「何故《なぜ》ですか？」

「レイニ嬢という前例を確認してしまったからです。彼女以外にも似たような力を持つ者がいないとは限りません。なら、その力を研究対象として国で保護すべきです」

レイニ嬢が最後の一人なら良い。でも、もしレイニ嬢のような力を持つ者が他にもいるのだとしたらレイニ嬢は始末すべきじゃない。

幸いにもレイニ嬢自身はとても良い子だ。国のために必要だと言えば保護されることに否とは言わないはず。そしてレイニ嬢の力を解析《かいせき》するために彼女自身にも協力者になって貰《もら》った方が絶対に良いと思う。

「レイニ嬢が今後、己の力を制御できるとも限りませんよ？」

「それならレイニ嬢の魅了にかからない私が保護し、監督《かんとく》をすれば良いのですよね？」

それにレイニ嬢の力は魔石《ませき》が由来のものだ。それは私としても実に研究し甲斐《がい》がある。私には彼女を守るメリットが大いにある。

暫《しばら》く私をジッと見ていた母上だけれども、瞳《ひとみ》を閉じて深く溜息を吐いた。

「……そうですね。ですが、彼女が危険なのは事実です。もし貴方《あなた》の手にも負えないなら始末するしかありません。その責任を貴方が取る、それで良いのですね？　アニス」

「はい。私が責任を持ってレイニ嬢を保護します」

母上は私の返答を聞くと、額を押さえるように片手を置いてから姿勢を前のめりに崩《くず》した。相当、疲《つか》れているように見える。心労が大きいのはわかるだけに何も言えない。

「……アルガルドのことを思えば、貴方に預けることが最善とは思えないのですが致し方ありません。なるべく情報を制限し、レイニ嬢の情報を秘匿《ひとく》しましょう。それで良いですね？」

「……そうだな。シルフィーヌの危惧《きぐ》もわかるが、今後のことを考えればレイニ嬢が自らの力を制御できるのであれば、それに越《こ》したことはない」

母上が父上に確認を取るように視線を向ける。母上から話を振《ふ》られた父上は同意を示すように頷《うなず》く。二人の返答を聞いて、私もレイニ嬢が即《そく》始末されるという話がなくなったことに安堵の息を吐く。

「では誰にどこまで話します？　全てを明かせない以上、人は厳選しますよね？」

「うむ。グランツには話すとして、後はシアン男爵には説明せねばならんだろう。お前の下に置くにしても公表する訳にはいかぬ、口裏を合わせる必要があるからな。レイニ嬢《じょう》は療養《りょうよう》のために家を出ていることにして、秘密裏にお前の離宮《りきゅう》に置くのが良いだろう」

「スプラウト騎士《きし》団長は息子が弾劾《だんがい》に加わっていたと言っていましたね。関係者ですし、彼も巻き込みましょう」

　政治的な駆《か》け引きは私にはできないのでお任せするしかない。そしてレイニ嬢を保護するのにも隠《かく》すのにも離宮の環境《かんきょう》は理想的だ。私が人の出入りを制限しているから、人目に付きにくいという利点があるからだ。好んで私に近づこうという人もいないし。

　そして私はレイニ嬢を調べて彼女の力への対策を模索すると。正直、私にとっては渡《わた》りに船な話でもあるので引き受けるのは苦ではない。

「レイニ嬢。悪いけれど、同意して貰う他にないから従ってね」

「いえ、むしろ私がご迷惑《めいわく》をかけていますので……従えと言うのであれば従います」

　レイニ嬢はまだ顔色が悪いけれど、私が保護するという方向で話が纏《まと》まったからなのかはっきりと自分の意思を示してくれた。

　しかし、まさかの魔石持ちとは、なんだかとんでもない事実が判明してしまった。そんな人が私の下で保護されるなんて、不謹慎《ふきんしん》だけどワクワクしてしまいそうになる。

「アニス、貴方も大変でしょうけれど……上手《うま》くやりなさい」

「勿論《もちろん》です！　これだけ興味深い研究対象なのです。責任は感じますが、それはそれ！

これはこれなので！」

「…………本当、貴方のそういう所がダメなのよ」

「え？」

呆《あき》れたように母上に溜息を吐かれた。私が不思議そうに首を傾《かし》げていると、母上が目を
細めて睨《にら》んできた。

「レイニ嬢を貴方の離宮に置くと大きな問題があるでしょう」

「問題？」

「貴方は今誰《だれ》と離宮で暮らしてるの？」

「……あっ」

そうだ、今、離宮にはユフィがいるじゃん⁉　……いや、でも事情が事情だし、ユフィ
には仕方ないと呑《の》んで貰うとしても、これからユフィとレイニ嬢と一緒《いっしょ》に離宮で暮らすこ
とになるの？

思わずレイニ嬢を見ると、もの凄《すご》く気まずそうな顔をしている。レイニ嬢を支えていた
イリアがまるで私を虫でも見るかのような目で見つめてくる。

……あ、あれ？　ど、どうしてこんなことになったんだろう……？

＊＊＊

「──はぁ。そうですか」

離宮でレイニ嬢を保護することが決まり、流石《さすが》にレイニ嬢も準備やシアン男爵への説明があるということで、離宮入りするのは後日ということになった。

その前にユフィにレイニ嬢が離宮に入る一件を説明しなければと、私も気構えをしてからユフィに話したんだけれど……ユフィの反応は非常にあっさりとしたものだった。

まるで気の抜《ぬ》けたような反応に、むしろ私が面食らってしまった。思わずユフィの様子を窺うように見つめてしまう。

そんな私の視線に気付いたのか、ユフィがどこか困ったように眉《まゆ》を寄せる。

「レイニ嬢のお話はわかりました。騒動《そうどう》の原因となった力は無自覚によるものですし、私がレイニ嬢に対して何ら思うことはありません。むしろ魔石を宿しているなんて稀《まれ》な人なのですから、魅了《みりょう》の影響《えいきょう》を受けないアニス様が保護することに疑問は覚えません」

「……ユフィはそれでいいの？」

「いいの、と言われましても。そうすることが正しいと思いますから」

ユフィは本当に心の底からそう思っているようだった。そのユフィの反応を見て、私は思わず眉を寄せてしまった。ナヴルくんたちがユフィを冷たい人間だと思っていた一端《いったん》を感じ取ってしまったからだ。

ユフィは本当にレイニ嬢に対して何も思ってないんだ。むしろ、レイニ嬢の境遇《きょうぐう》を理解して保護した方が良いと真面目に思っている。

普通《ふつう》の人であれば怒《おこ》る筈《はず》だ。婚約者《こんやくしゃ》を惑《まど》わされ、自分の評判を地に落とされたのだから。

でもユフィはそうしない。それはユフィにとって正しくないことだから。

完璧《かんぺき》であろうとするが故に、人が感じて当然の感情を置き去りにしてしまっているようだ。王妃として立つなら間違《まちが》いなく正しくて、でも、人としてはどうしようもなく間違ってるとしか思えなかった。

「アニス様？」

「ん……ユフィは、さ。もっと、怒ったりしてもいいのになって思っただけだよ」

「はぁ……」

ユフィが私の言葉に困ったように眉を寄せて黙ってしまう。きっと今のユフィなら自分の欠点とも言える部分は理解しているように見える。だから困った顔をして、私には何も言い返すことはしないんだと思う。

思わずそんなユフィに手が伸《の》びてしまった。頭に手を伸ばして、髪《かみ》を梳《す》くように撫《な》でる。

突然《とつぜん》頭を撫でられたユフィは少し驚《おどろ》いたようだったけど、何も言わずに頭を撫でさせてくれる。少しだけ目を細めてるのを見て、私もホッとした。

「レイニ嬢が離宮に来てても上手くやっていけそう？」

頭を撫でるのを止《や》めてから、改めてユフィに問いかける。私に撫でられて少し崩れた髪を自分の指で直しながらユフィは頷く。

「ええ、本当に彼女に思うことはないのです。むしろ同情してしまいそうです。今思えば心当たりが幾《いく》つかありますし……」

「無自覚とは言え、王族すらも魅了するほどだからね……それも昔からだって」

「それは……大変ですね。無差別であるなら不特定多数の人から好意を向けられていたということですよね？　それは辛《つら》いことだと思います。在学中、レイニ嬢を巡《めぐ》って騒《さわ》ぎになったこともあったようですし、魅了の力で人から好かれてるからといって、それが本人のためになるかと言われれば違うみたいですね」

騒ぎまで起きてたのか。でも、無差別で制御《せいぎょ》できてない力だと考えれば自然かもしれない。好きにさせるだけさせておいて、レイニ嬢からは何の好意も返ってこないのだとしたら、それは報われない思いでしかない。

人にとって報われない思いを抱《かか》え続けることは難しい。好意を裏切られたと感じた人がレイニ嬢に辛く当たってたのかもしれない。そう思えば本当に不憫《ふびん》なことだ。

「……そう考えればユフィだって魅了されてる筈なんだけどね？」

「レイニ嬢に好感を抱《いだ》いてるのは事実ですし、これが魅了の効果なのでしょうか？　影響がないように見えるのは、人を判断する際に敢《あ》えて感情を除くように徹底的《てっていてき》に教育されていたからかもしれませんね」

「良くも悪くも、か。レイニ嬢の魅了がそこまで強制力のあるものじゃなかったからって理由もありそうだけど」

この分ならユフィとレイニ嬢を会わせても問題はなさそうだ。一時はどうなるかと思ったけれど。正直、二人とも振り回されたという意味では同じく被害者《ひがいしゃ》なのだ。

（……幾ら好意が向くように仕向けられたとしても、そこまでレイニ嬢に溺《おぼ》れてしまったアルくんが悪いんだしね）

魅了の事実を知って父上と母上もアルくんにどう対応したものか迷ってるようだった。少なくともレイニ嬢の魅了の力が解明されるまでは謹慎扱《きんしんあつか》いになるだろう。

レイニ嬢が自分の力をコントロールできるようになれば魅了も緩和《かんわ》されるかもしれない。少なくとも今回のアルくんが起こした一件は正気の沙汰《さた》ではない。

（……何やってんのさ、本当。馬鹿《ばか》なんだから、アルくんめ）

＊　＊　＊

レイニ嬢が離宮に来る準備が整った。周囲に離宮入りを悟《さと》られないよう、秘密裏にやってきたレイニ嬢は酷《ひど》く挙動不審《ふしん》だった。

レイニ嬢の前にはユフィがいるのだから、落ち着かないのも当然かもしれない。お互《たが》いが直接何かし合った訳ではないけれど、婚約者を巡って諍《いさか》いを起こしてしまった関係だ。

レイニ嬢から見れば身分も上で、自分が婚約破棄《はき》を決定的にしてしまった負い目もあるだろう。明らかに怯《おび》えて竦《すく》んでしまっているレイニを見て、ユフィは特に何も表情を浮《う》かべていない。冷たい、とかではなく無だ。何も感情を抱いていない。見ているこっちの方がハラハラしてしまうほどだ。

「えーと……じゃあ、今日から私たちはこの離宮で一緒に住むんだけど、仲良くしよう！」

大袈裟《おおげさ》なまでに明るく言ってみるけれど、それでも二人からは反応はない。どうしたものかと思っていると、口を開いたのはユフィからだった。

「レイニ嬢」

レイニ嬢は見てわかるほどに肩《かた》を跳《は》ねさせてユフィと向き合う。でも、ユフィの言葉が続かない。無表情のままレイニ嬢を見つめ、見つめられたレイニ嬢はまるで蛇《へび》に睨まれたカエルの如《ごと》くだった。

「……申し訳ありません。私もこういう時にどのような顔をするのが適切かわからなくて」

「え……？」

「レイニ嬢の事情はお聞きしました。私がそれについて何も思っていなくても貴方《あなた》は気にするのだろうと思いました。なら、いっそ責めた方が良いのか、それとも許した方が良いのか。どうすれば貴方が一番楽になるのか考えたのですが、上手く行きませんね……」

「そ、そんな!? お止めください！ ユフィリア様が謝られることなど！ 全ては私が悪いんです……！」

ユフィから謝罪の言葉を向けられたレイニ嬢は半狂乱《はんきょうらん》になりながら首を左右に振《ふ》った。

身分の高い公爵《こうしゃく》令嬢で、自分がしでかしてしまった相手からの謝罪は狼狽《ろうばい》するだろうな、と他人事《ひとごと》のように眺《なが》めてしまう。

「レイニ嬢、貴方は害意があって私を陥《おとしい》れ、その行いを恥《は》じているから自分で自分を責めているのですか？」

「いえ！ そんな、とんでもございません！ 私にユフィリア様を害そうなどという気は一切ございません！」

「それなら貴方の生まれ持ってしまった不幸を罪と問うのはあまりにも理不尽《りふじん》です。私は今の状況《じょうきょう》をそう悪くは思っていません」

レイニ嬢《じょう》を落ち着かせようとしてなのか、そう語るユフィの言葉はとても穏《おだ》やかな声色をしていた。

「貴方にも事情があり、助けの手が必要でここに来たのです。なら、私はその手を取っても弾《はじ》くことなどできません」

ユフィが立ち上がり、レイニ嬢の傍《そば》まで寄って手を取る。さっきまでと比べれば柔《やわ》らかい表情でレイニ嬢を見つめるユフィ。手を取られたレイニ嬢はどうしていいかわからないというように挙動不審になっている。

ユフィは何も言わない。レイニ嬢はなんとか何かを言葉にしようとしているけど、言葉にできずにぼろぼろと涙《なみだ》を零《こぼ》す。そして縋《すが》るようにユフィの手に額をつける。

「ごめん、なさい……！　私、ユフィリア様の人生を、滅茶苦茶《めちゃくちゃ》にして……！」

「悪いことばかりではありませんでした。元次期王妃《おうひ》という身分では言ってはいけないのかもしれないのですが……私は今をそれなりに楽しく生きてるのです。だから貴方もこれからの人生を楽しく生きていいのです」

人を許し、認めること。言葉で言えば簡単なことなのかもしれない。でも実際、それがどれだけ難しいことなのか私は知ってる。

　それが自然とできてしまうユフィはやっぱり凄い。これがユフィの強さなんだと思う。

　きっとレイニ嬢に必要だったのは何よりユフィからの言葉だった筈だ。言葉にならず、呻《うめ》くように泣きじゃくりながらユフィの手に縋り付いているレイニ嬢を見て思う。

　自分が知らない事実を知って、迫《せま》りくる現実に怯えて。不可抗力《ふかこうりょく》とは言っても自分が壊《こわ》してしまった未来をどう償《つぐな》ったらいいのか、その罪にも怯えていたんだろう。それは当然の話だと思う。

　謝りたいと思っても、その気持ちを受けとって貰《もら》えなければ自己満足に終わる。だからユフィが許し、レイニ嬢が許された。それは喜ばしいことなんだと、私はそう思えた。

「……お恥ずかしい所をお見せしました」

　暫《しばら》く泣きじゃくって、ようやく落ち着いたレイニ嬢がすんと鼻を鳴らしながら赤くなった目を擦《こす》る。目は赤いけれど、その表情はさっぱりしたものだった。

　私たちは改めて椅子《いす》に座ってテーブルを囲む。いつの間にかイリアが淹《い》れてくれたお茶が出されていたので、そのお茶で喉《のど》を潤《うるお》す。うん、いつもの美味《おい》しいイリアのお茶だ。

「レイニ嬢、これから色々と大変だろうけれど、この離宮《りきゅう》に招いたからには貴方を仲間だと思ってる。だから困ったことがあったら頼《たよ》っていいからね？」

「はい、ありがとうございます。王女殿下《でんか》」

「アニスでいいよ。私もレイニって呼ぶね」

畏《おそ》れ多そうな顔を浮かべたレイニだったけれど、郷に入っては郷に従えとも言う訳だしね。プライベートの場で畏《かしこ》まられるのは嫌《いや》だし。

こうして、私の離宮は少しずつ賑《にぎ》やかになっていくのだった。

＊＊＊

「――相変わらず読めんな、あの人は」

不意に零れた声。その声に反応したのは、また苛立《いらだ》った別の者の声だった。

「どうされるのですか？　まさか、あの方が動くとは思いませんでしたぞ。このようなことになっては計画が……」

「あの人はこちらの思惑《おもわく》を悉《ことごと》く外し、悪魔《あくま》の如く的確に邪魔《じゃま》をしてくるからな」

とんとん、と机を指で叩《たた》く音が響《ひび》く。その部屋は薄暗《うすぐら》く、僅《わず》かな照明が人の顔の輪郭《りんかく》を僅かに浮かび上がらせるだけであった。

「計画に変更《へんこう》はない、だが早めねばならない。あの人の手中に収められるのが一番厄介《やっかい》だ。やはり最後に立ち塞《ふさ》がるのはあの人だったな」

「……如何《いかが》なさるおつもりですか？」

「あの人は厄介ではあるが、完全無欠ではない」

明かりが揺《ゆ》らめき、輪郭を照らす光が移ろう。闇《やみ》の中に潜《ひそ》む者たちは、その闇に身を浸《ひた》すように溶《と》け込みながら言葉を重ねる。

「付け入る隙《すき》は幾らでもある。わかっているからこそ、普段《ふだん》は巣から出てこないのさ」

「……確かに。では、どれを使うのですか？」

「効果的なのは巣に抱え込んだお宝をつつくことだろうな。あの人は絶対に出てこざるを得ない。あの人があの人であるが故に、な。そこを搦《から》め捕《と》れば良い。巣から出せばあの人の味方は少ない」

「――では、その様に。……失敗は許されませんぞ」

闇の中に溶け込んでいた者の一人が去っていく。一人、また一人と。その闇の中に残された者は小さく呟《つぶや》いた。

「あぁ、失敗はできない。――これが、最後なのだからな」

ゆらりと、光が揺れて消えていった。光が消え去れば、闇はその誰《だれ》かの輪郭すら隠《かく》してしまうのであった。

３章　御伽話《おとぎばなし》の怪物《かいぶつ》

「ふーん？　この子が噂《うわさ》の数多《あまた》の貴族令息を虜《とりこ》にしたっていう美少女令嬢？」

そう言いながら恐縮《きょうしゅく》しきったレイニの顔を覗《のぞ》き込むのはティルティだ。ここはクラーレット侯爵《こうしゃく》家の別邸《べってい》、ティルティの研究室だ。そこには私を含《ふく》め、ユフィ、イリア、レイニ、そして館の主《あるじ》であるティルティが揃《そろ》っていた。

レイニを離宮で保護した後、私たちはレイニの身体検査のためにクラーレット侯爵家別邸を訪れていた。レイニの身体検査にはティルティの知恵《ちえ》も借りたかったからだ。

ちなみにティルティがレイニの身体検査に立ち会うことは父上たちには了承《りょうしょう》を貰ってい
る。ティルティは問題児であるのと同時に薬学や医学、そして私が提唱した魔学に理解がある令嬢だということを父上たちも知っているから許可はあっさりと貰えた。

「ちょっとティルティ。レイニは繊細《せんさい》なんだからあんまり怖《こわ》がらせないで」

「はいはい。それにしても魔石持ちの人間なんて稀少《きしょう》ねぇ、まさか本当にいるとは思わなかったわ」

ティルティが感心したようにレイニを観察している。身分が格上の令嬢から見つめられたレイニは憐《あわ》れなほどに縮こまってしまっている。するとティルティが変な顔をした。

「……うっ、なるほどね。言われなかったら違和感《いわかん》がなかったわ。罪悪感なんて久しぶりに覚えたわよ」

「やっぱりティルティでも影響《えいきょう》を受けるんだ……傍若無人《ぼうじゃくぶじん》で知られる貴方が罪悪感を覚えるなんてねぇ」

レイニの魔石が魅了《みりょう》の力を持っていることはティルティには説明してあった。人格破綻《はたん》者《しゃ》といっても過言ではないティルティでさえ、レイニに対しては人の情を感じるみたいだ。改めてレイニの力の強さに感心してしまう。

「精神に干渉《かんしょう》する魔法は存在しない訳じゃないけれど、ここまで明確に人の感情を誘導《ゆうどう》する魔法は私も知らないいし、編み出すのも難しいわね。何より感知ができないっていうのが凄《すご》いわ」

「精神干渉はティルティの得意分野だものね」

ティルティの得意な魔法は闇属性の魔法だ。四大属性の精霊《せいれい》と同じく基礎《きそ》となる属性として並べられる光と闇の属性は、四大属性の魔法に比べて目に見えて効果がわかりにくい魔法が揃っている。

光は治癒《ちゆ》や成長の促進《そくしん》、力の強化を。闇は精神の安定や活動の抑制《よくせい》、または束縛《そくばく》など。

その性質は真逆ではあるものの、目に見えない領域に干渉することは共通している。

ユフィも勿論《もちろん》、光と闇の魔法を使うことができる。だけど、レイニのように好意を自分に向けさせるような魔法は扱《あつか》えないと言っていた。それはつまり、レイニの魔法は既存《きそん》の魔法に当て嵌《は》まらない特殊《とくしゅ》なものである証明だった。

「この魅了、無意識に発動しているのだったかしら？」

「は、はい。私はそのような力を使えるとはまったく知らなかったので……」

「ふぅん？　なら本能的に発動しているのね。ますます魔石の魔法らしいわ」

「魔石の魔法らしい、ですか？」

ティルティの言葉に不思議そうにユフィが首を傾《かし》げた。その反応を見て、ティルティが人差し指を立てた。

「魔石の魔法は魔物の生態に強く結びついている固有のものよ。つまり本能と連動していると言えるの。そして魔石が最も力を発揮するのは生存本能や防衛本能が反応した時だと考えられるわ。過酷《かこく》な環境《かんきょう》で生きていかなければならない魔物らしい力よ」

「レイニのように好意を自分に向けさせるっていうのは、防衛本能に近いってことだね」

「……なるほど。そう言われれば納得できます」

レイニの魔法が発動するのは本人が強くストレスをかけられている時だと推測することができる。だからレイニの魅了は自分を守ろうとするために防衛本能が反応して、魔法を発動させているんじゃないかと思う。

この仮説にはユフィも納得したのか、何度も頷《うなず》いている。

「安定した環境にいれば魅了の力も発揮しないのかもしれないけれど、レイニって元々は平民で貴族社会に馴染《なじ》みがない訳でしょ？　引き取られた先も貴族だし、かなりストレスがかかってても不思議じゃないけど……」

「それは……その……」

レイニは言いにくそうだけど、それは無言の肯定《こうてい》とも取れた。直接命の危機に晒《さら》されてるとは言わないけれど、本人が感じている負担は相当なものだった筈《はず》だ。

そのレイニの精神状態と連動して、魔石が防衛本能として魅了を振《ふ》りまいていたと考えれば辻褄《つじつま》が合う。シアン男爵《だんしゃく》を責めたい訳じゃないけれど、なんとも間が悪すぎて笑えない状況《じょうきょう》だ。下手をすれば国が傾《かたむ》いていたかもしれない。

「それなら離宮に引き取ったのは正解ね。あそこなら人との接触《せっしょく》も最低限だし、貴族令嬢としての振る舞《ま》いを求められる訳でもないでしょう？」

「そう、ですね……」

レイニを離宮に引き取る際、シアン男爵にも事情を話した。シアン男爵は驚《おどろ》きと同時にとても苦しげな顔をしていたのが印象だった。レイニのためだからと離宮に引き取る際には深々と頭を下げられたほどだ。

「父も、義母《はは》も、シアン男爵家の皆《みんな》がいい人なのは、わかってるんですけど……」

シアン男爵はレイニの母親が姿を晦《くら》ました後、冒険者《ぼうけんしゃ》としての功績を讃《たた》えられて男爵の地位を賜《たまわ》った。それと同時に子爵家の末娘《すえむすめ》であった令嬢《れいじょう》を嫁《よめ》に迎《むか》えたと聞いている。

孤児院《こじいん》から引き取られたレイニにとっては、シアン男爵夫人は非常に複雑な相手だったと思う。それはシアン男爵夫人にとってもそうだろう。けれど、そこはシアン男爵夫人の人柄《ひとがら》もあって、レイニはシアン男爵家に温かく迎え入れられたのだとレイニから聞いてる。

レイニは自分の力を知ってから、その好意も所詮《しょせん》は魅了の力で自分が惑《まど》わせてしまったからではないかと酷《ひど》く気に病んでしまっている。だから実の父親であるシアン男爵にもどう接していいかわからず、シアン男爵も断腸の思いで私にレイニを託《たく》したんだと思う。

そんな事情もある訳だし、レイニの魔石の制御《せいぎょ》は一刻も早く解決したい。レイニ自身の心身の安定のために急務と言えた。

「……というか、アニス様」

「何？」

「これって、もしかしてだけど……〝アレ〟かしら？」

「……やっぱりティルティも同じことを思ったわよね？」

私とティルティは思わず顔を見合わせる。レイニの魔石の存在を知った後、私は一つの心当たりに行き着いていた。けれど、確証が持てなかったから口にしてなかった。

けれど、ティルティも私と同じ見解に至ったということは私の懸念《けねん》が当たっている可能性が高い。私は眉《まゆ》を寄せ、ティルティは興味津々《きょうみしんしん》という顔でレイニを見つめる。

「あの……？」

「もし、貴方《あなた》が私たちの予想通りの存在だとしたら皮肉よねぇ」

「お二人方、何か心当たりが？」

イリアが代表するように問いかけてくる。問われた私はどう答えたものかと口を閉ざし、ティルティはいつも使っている作業机の引き出しを開いて、鍵《かぎ》を取り出した。

「随分《ずいぶん》と懐《なつ》かしい話よ。実在するんじゃないかとは思ってた存在を、本当に目にするなんて不思議なものね。ちょっと待ってなさい、取ってくるものがあるから」

そう言ってティルティは取り出した鍵を持ったまま、部屋を後にしてしまった。すると皆の視線が私へと集まる。

「アニス様？」

「……正直、信じられないような話だよ？」

「いつもそうですが」

「それを言われると、ちょっと私としても耳が痛いんだけどなぁっ！」

イリアのツッコミに眉間《みけん》を押さえつつ、呼吸を整えてから皆を見回す。

「――〝ヴァンパイア〟の御伽話って、皆わかる？」

「ヴァンパイア？」

不思議そうな反応をしたのはレイニだけだ。ユフィとイリアはハッとしたように顔色を変えている。一人だけ知らなかったのか、レイニが皆の顔を見回している。

「ヴァンパイアって言うのはね、人の血を啜《すす》るっていう御伽話の怪物だよ」

――御伽話曰《いわ》く、その怪物は絶世の美男子とも美女とも言われている。

誰もが無視できぬ美貌《びぼう》を持ち、恋《こい》をした者たちを虜にする。その美しき怪物は人の生き血を好んで啜り、ヴァンパイアによって血を啜られた者は同じヴァンパイアとなる。

「人間を惑わし、自らの同胞《どうほう》を増やしながら闇夜《やみよ》に紛《まぎ》れて人に仇為《あだな》す者。ヴァンパイアと呼ばれる怪物の御伽話。子供に言うことを聞かせるための怖いお話の一つだよ」

「……そういえば、熱心に姫様《ひめ》が調べていましたね。ヴァンパイアの伝承について」

思い出した、と言うようにイリアが手を合わせた。

そう、私が偶然《ぐうぜん》ヴァンパイアの御伽話のことを知って、ヴァンパイアってこっちの世界にはいるの⁉ って凄い興奮して調べてたんだよ。まるで前世で伝えられてた吸血鬼《きゅうけつき》そのもので、調べれば調べるほどに興味深くて追いかけてた時期があった。

「私がその、ヴァンパイアだということですか？」

「うーん……そうだとも言えるし、そうじゃないとも言えるかな」

私は答えに迷って言いあぐねてしまう。すると皆が眉を寄せたような変な顔になる。

「つまり、どういうことですか？」

「――ヴァンパイアの伝承はただの作り話じゃなくて、元となる原型があったのよ」

ユフィの問いかけに答えたのは私ではなく、部屋に戻《もど》ってきたティルティだった。そのティルティは古びた本を一冊持ってきていた。

「ティルティ、それは？」

「これは〝禁書〟よ」

「禁書⁉」

ユフィが信じられないというようにティルティを見る。ユフィが声を荒《あら》らげたのを見たレイニが怯《おび》えたように私を見る。

「あの、禁書って……？」

「禁書はパレッティア王国が取り締《し》まってる違法《いほう》な書物のことだね。良くない思想とか技術を記したもので、規制対象になってるの。持ってることがわかったら罰《ばっ》せられるほどよ」

私の説明を聞いたレイニがギョッとしたようにティルティの持っている書物を見つめた。

禁書がどういうものかを知って、ユフィの反応にも納得したようだ。

「そんなもの持ってて良いんですか⁉」

「ダメに決まってるわよ。見つかったらすぐに取り上げられてもおかしくないわ」

レイニにツッコミを入れられたティルティは気にした様子もなく禁書を机の上に置く。

パレッティア王国は精霊信仰《せいれいしんこう》が根深い国だから、国の思想にそぐわないような本は管理下に置くように魔法省が主導している。

「そもそも、この禁書を持ってきたのアニス様だし」

「……アニス様が？」

「あまり大きな声で言えないけど、禁書は一部の好事家の間で取引されてるんだ。大体は禁書そのものより、禁書を発見して国に納めることで貰《もら》える報酬《ほうしゅう》が目当てだけど」

「お金以外にも目的があるのですか？」

ユフィが難しい表情をしながら問いかけてきた。ユフィの質問に答えたのはティルティだ。ティルティは大袈裟《おおげさ》なまでに肩《かた》を竦《すく》めてから口を開く。

「勿論よ、それこそ純粋《じゅんすい》に知識のために禁書を求める者は後を絶たないわ」

「国で禁じられているものを何故《なぜ》……？」

「禁書で禁じられるものの中には、薬学や医学の知識も多く含《ふく》まれているからよ」

「薬学や医学ですか？」

なんでまた、とユフィが怪訝《けげん》そうに眉を寄せている。一方でレイニは逆に納得したように苦い顔を浮《う》かべている。そんなレイニをイリアが不思議そうに見ている。

「レイニ様には心当たりが？」

「え、あ、はい。……平民にとって、重い病気や怪我《けが》は貴族に高いお金を払《はら》って治癒魔法《ちゆまほう》をかけて貰うのが常識です。けど、そう簡単に魔法の代金なんて支払《しはら》えないです。払えない平民は薬に頼《たよ》るしかないんですけど、薬は魔法ほど効き目がないことが大半です。でも魔法に頼らずに薬で治療《ちりょう》できるなら……禁書を求める人がいるのは自然だと思います」

「そういうことだね」

治癒魔法は貴族の特権だ。魔法を施《ほどこ》す者が値段を吊《つ》り上《あ》げようと思えば幾《いく》らでも吹《ふ》っ掛《か》けることができる。だから平民には簡単に払えない代価を要求されることが多い。

あまりにも法外な金額を要求する場合も後を絶たず、平民と貴族の格差や溝《みぞ》を生んでいる原因の一つでもあるんだけどね。なかなかこの点は解消されないまま今に至っている。

「だから裏市場みたいのがある訳だよ。私も冒険者時代に何度か出入りしたし」

「何をやってるんですか……」

「潜入調査《せんにゅう》とかの依頼《いらい》もあったんだよ。それに裏市場は国の権限では対処しにくいんだ」

言ってしまえばパレッティア王国の暗部といって良い。その原因を辿《たど》れば貴族と平民の溝が発端《ほったん》ともなっているのだから、改善のために手を付けるのは非常に難しい。国としても黙認《もくにん》をせざるを得ないという状況だ。

「勿論《もちろん》、違法なものを取り扱《あつか》ってるけれど、根本を潰《つぶ》すには国の在り方を変えるくらいのことをしないとなくならないよ。……治癒魔法を受けられれば、っていう平民は少なくないんだ、ユフィ」

「……それは」

「それに私たちには権力も権限もない。父上に働きかけたりすることはできても、直接何かを変えるようなことはできないんだ」

国の政策や在り方を決めるのは国の中枢《ちゅうすう》に立ち、相応の立場についた貴族たちの役割だ。幾ら私が王女であったとしても、その仕組みを変えることはできない。せめて状況を把握《はあく》して、効果的だと思える案を父上に持ちかけることしか私にはできない。

重苦しくなった空気を変えたのはティルティだった。両手を叩《たた》いて注目を集める彼女の顔には、この話題に一切の興味がないと言わんばかりの表情が浮かんでいた。

「話を戻しましょうよ。今はその子の魔石をどうにかするって話でしょ」

「……そうでしたね。その禁書はヴァンパイアに関する書物なのですか？」

「そう。そして私とアニス様が魔薬を完成させる切っ掛けになったものでもあるわ」

「魔薬の？」

ユフィが確認するように私を見てきたので、私も肯定するように頷《うなず》いて見せる。

「ヴァンパイアの御伽話《おとぎばなし》には原型となる事例があったの。これはヴァンパイアと呼ばれるようになった、ある魔法使いの研究資料よ」

「魔法使い？」

「そうよ、それもとびっきりの天才が辿り着いた狂気《きょうき》の産物」

愛《いと》おしげに禁書を撫《な》でるティルティの笑顔に、私も含めて全員がドン引きした。確かにティルティが好みそうな研究資料なんだけどさ。この呪《のろ》い蒐集家《しゅうしゅうか》は本当に、もう……。

「その魔法使いの目的は、魔法の真理を追究することだった。私とアプローチは違《ちが》うけれど、奇《く》しくも私と似たような発想をする所まで辿り着いてしまった」

「アニス様と似たような発想ですか？」

ユフィの問いかけに、私の説明を引き継《つ》ぐようにティルティが語り出す。

「アニス様の魔薬は魔石を素材として、魔物の力を身に宿らせることを目的としたものよ。さっきも少し触《ふ》れたけれど、魔石の力は本能や生態に強く結びついている。魔薬はなるべく負担がないよう、人間の身体《からだ》に合わせて調合した強壮薬《きょうそうやく》と言うべきものよ」

「ヴァンパイアの原型となった魔法使いも、似たような考えに行き着いたと？」

「ここが私とその魔法使いの発想の違いというか、分かれ目になったんだけど。魔石の力を身に宿すという点は同じ。——この魔法使いは、己が魔物そのものになる道を選んだ」

ユフィとレイニが揃《そろ》って息を呑《の》む。そう、魔石の力を利用しようと考えたのはこの魔法使いも私も同じ。ただ、違ったのは己の存在そのものを変革させることで魔石の力を得ようとしたことだった。

「当時読んだ研究資料が途切《とぎ》れていたのもあって、これは失敗したものだと考えてたんだ。だから魔薬という道に踏《ふ》み切ったんだけど、レイニが現れたことで実は成功してたんじゃないかって考えるようになった」

「どうして自分を魔物に変えるなんてことを思い付いたのでしょうか……？」

恐《おそ》れ戦《おのの》くようにユフィが小さく呟《つぶや》く。その答えも勿論、存在している。

「その魔法使いが求めたものが、それだけとんでもないものだったから」

「……とんでもないもの、ですか？」

自分に関わることなのでレイニも緊張《きんちょう》したようにその先を聞こうとしている。私は息を整えてから静かに答えた。

「――〝不老不死〟」

一瞬《いっしゅん》、場の空気が沈黙《ちんもく》した。レイニはあまりの現実感のなさに呆《ほう》けた顔をしているし、ユフィは何を言われたのか理解できないという表情を浮かべている。

「魔法の真理を追い求めるには、その魔法使いには時間が足りなかった。だから魔法使いの研究はある方面に絞《しぼ》られた。真理を探究するための、永遠の時間を手に入れるために」

「……不可能です。不老不死だなんて、魔法で肉体や精神を維持《いじ》できたとして、衰《おとろ》えゆくものまでは修復できません」

ユフィが否定するように硬《かた》い声で言う。そう、だから私とティルティも参考にはしたけれど、この研究そのものは失敗していたと思ってたんだ。

どんなに魔法で大怪我《おおけが》を治したり、精神を安定させたりすることができたとしても時の流れにまでは逆らえない。老い衰えることを遅《おく》らせることはできても、不老不死なんて夢物語だ。

「確かに老い衰えることは止められない。でも、その執着《しゅうちゃく》と狂気は忌《い》まわしきものを生んだ。――それが、〝他者から奪《うば》うこと〟」

「……奪う？」

「老いるなら若さを、自分で補えない命は他人の命で補う。足りないものは他から奪う。……ここまでは成功したらしい。そう、これがヴァンパイア伝承の原型となった魔法使いの執着と狂気の果ての産物」

レイニは怯えるように自分の身体を抱《だ》き締めて、ユフィは頬《ほお》に一筋の汗《あせ》を伝わせながら唇《くちびる》を震《ふる》わせていた。

「……他者から命を奪い、不老不死を体現した魔物になった、ということですか？」

「流石《さすが》に真の不老不死には程遠いだろうね」

「それにヴァンパイアの伝承が広まったのと、この研究資料が書かれた時期は一致《いっち》してるけど、ヴァンパイアの実在は今まで確認はされてなかった」

だから私とティルティは、この実験は途中《とちゅう》までは成果を挙げたけれど、その後は討伐《とうばつ》されたんじゃないかと思ってた。だって明らかに討伐されてないと危ない代物だったし。

「不老不死を目指そうって所も危ないんだけど、その手段もかなり問題だったんだ」

「他者から奪う、という手段がですか？」

「そうそう。……ヴァンパイアの伝承って、ヴァンパイアに血を吸われた者は同じヴァンパイアになるって言われてるでしょ？」

「……まさか」

「そのまさか。……私とティルティはそれを他者への洗脳だと思ってたんだ」

「せ、洗脳って……？」

ユフィが何かに気付いたように表情を険しくして、レイニがユフィの変化に怯えたように呟く。

「本体に何かあった時の予備だよ。自分の思想を受け継ぐ存在をどんどん用意していって、魔法という真理を何がなんでも追究してやろうっていう執念《しゅうねん》の塊《かたまり》。だから他者から奪っても良い。だってそれは〝自分自身〟と変わらないから。そんな認識を植え付けるんだ。それが同一視だったのか、信奉《しんぽう》させることだったのか。とにかくヴァンパイアが同族を増やすっていうのは、自分にとって都合の良いように他人の人格を書き換《か》えることだと思う」

私がそこまで言い切ると、皆《みんな》の視線が自然とレイニに集まる。レイニは顔が真っ青になって震えている。

「魔法使いの目的は魔法の真理の追究。それが究極、自分の手でなくても良いという考えに繋《つな》がった。自分の命の繋ぎに使った者たちに自分と同じ処置を施して数を増やす。仮に本体に何かがあった時のための予備として」

「……外道ですね」

ぽつりとイリアが吐《は》き捨てるように言う。いや、私も本当にそう思うよ。

「魔石の話に戻《もど》そうか。こんな荒唐無稽《こうとうむけい》な魔法を実現させたのが魔石なんだと思う。極端《きょくたん》なことを言えば魔石は固有の魔法を扱うために特化された精霊石《せいれいせき》の亜種《あしゅ》。不老不死に至るための、そして人の意思をも塗《ぬ》り替《か》えてしまう力を持つ魔石。この魔石を埋《う》め込めば確かに魔物ができ上がる。魔法の真理を追究する、不老不死に近い人型の魔物がね」

私はこの研究資料を手に入れたことで漠然《ばくぜん》としていた魔石の利用方法に活路を見つけた。それが魔薬となり、今も私を助けている。同じぐらい封印《ふういん》しておかないと不味《まず》いものだとも思ってるけど。

「……私は、ヴァンパイアなんですか？」

ぽつりと、すっかり血の気をなくしたレイニが呟く。今にも倒《たお》れてしまいそうなレイニをさり気なくイリアが支えている。

「可能性は高い。ただ、そのものと言うよりは子孫として考えた方が良いかもね。ヴァンパイアはあくまで人が魔石を与《あた》えられて変質した存在だから、人間に限りなく近い。本人がそうと知らずに魔石を継承《けいしょう》して受け継がれたのだとしても不思議じゃない」

「何せ、何がなんでも生き延びてやる！　っていう呪いの塊だものねぇ」

「笑う所じゃないわよ、ティルティ！」

私は今、レイニのフォローをしている所なのよ！　邪魔《じゃま》しないで欲しいんだけど！

「どんな力だって活用次第では毒にも薬にもなるわ。それにレイニという存在が確認された以上、他にヴァンパイアがいないとも言い切れない。だったら対抗策《たいこうさく》を考えておかなきゃいけないわ。王族ですら惑《まど》わすのだから、仮に他のヴァンパイアが他国になんかいたら最悪よ」

「アニス様の言う通りね。レイニが自分の力を制御《せいぎょ》できるようになれば、逆に価値も上がるって訳よ。ただ監視《かんし》は付くことになるでしょうけどね」

私とティルティがそう言ったことで、レイニの顔色も落ち着いてきた。レイニが力の制御ができるようになれば、ハッキリ言ってその価値は計り知れない。国で保護、そして監視をしなければならないほどの重要人物となるのは間違いない。

「まぁ、長々と話したけど。こっちにはアニス様がいるし、魔石の力を利用してきた実績があるわ。レイニの今後を補佐《ほさ》していく上では私たちが最適ね」

「……はい、よろしくお願いします」

決意に表情を引き締《し》めた後、深々とレイニは頭を下げる。レイニの力の制御はレイニにとっても、私たちにとっても利のある話だ。

「じゃあ、さっそく実験しましょうよ」

「実験？」

「勝手に力が発動してるってことは制御できてないってことでしょう？　それなら一度、自分の意思で力を使ってみるのが早いでしょ？」

ティルティが急《せ》かすようにレイニの肩《かた》に手を置いて、満面の笑みを浮《う》かべている。そんなティルティの様子にレイニの顔が一気に引き攣《つ》る。

「で、でも……私、魔石の力なんてどう使えばいいのか……」

困惑《こんわく》したようにレイニが私とティルティの顔を交互《こうご》に見る。ティルティはそんなレイニに不思議そうな顔を浮かべる。

「別に、普通《ふつう》に魔法を使うようにやればいいのよ。魔法は使えるんでしょ？」

「うっ、そ、その……私、魔法が苦手で……」

「なら私がレクチャーしてあげるわよ、ほらほら！　やるわよ！」

「えええっ!?」

ティルティに手を引かれ、無理矢理《むりやり》立たされたレイニがオロオロとする。流石に止めないとダメか。実験を始める前にレイニに確認を取らないと。

「ちょっと待ちなさい、ティルティ。レイニには確認を取らないと」

「確認？」

「魔石を起動させると魔法が暴発するかもしれないでしょう？　ユフィとイリアに距離《きょり》を取らせないと。あと魔石を起動させてレイニに何か変化が出たらどうするの？」

レイニはただでさえ魔石を持っている前代未聞の存在だ。何が起きても不思議じゃない。魔石を起動させることで影響《えいきょう》を受けて、精神まで魔物のようになる可能性だって捨てきれない。慎重《しんちょう》にことを進めようとする私にティルティは目を細めた。

「貴方《あなた》の言いたいことはわかるけれど、だからって後回しにもできることじゃないでしょ？　実際、選択肢《せんたくし》はない筈《はず》よ？」

「それは……そうだけど。でも、本人の覚悟《かくご》を決める時間だって……」

「――いえ、大丈夫《だいじょうぶ》です、アニス様。私……やります」

私の言葉を遮《さえぎ》るように言ったのは意外にもレイニだった。少し怯《おび》えたような顔をしているけれど、意を決したように私を見ている。

「……ティルティ様の言う通りです。私が力を制御しないと、私は死ぬしかないんですよね？　どの道、試さないという選択肢はない筈です。なら大丈夫です。もし何か起こしたら迷惑《めいわく》をかけちゃうかもしれませんけど……」

「……そのために私がいるんだよ。本当に良《い》いんだね？」

「はい」

私の念押しにレイニは小さく頷《うなず》いた。レイニがやると決めたなら私が止めるのも無粋《ぶすい》だと思い、私は口を閉ざした。

レイニの合意を得たのを確認したティルティがレイニの背後に回り、レイニの背中に手を当てる。ティルティは一度、私に確認を取るように視線を向けてくる。ティルティに私は頷いて返す。

「ユフィとイリアは念のため、距離を取っておいてね」

「はい」

「わかりました」

レイニの力が暴発した時のことを考えて、ユフィとイリアには距離を取って貰《もら》う。二人が距離を取ったのを確認してから、ティルティのレクチャーが始まった。

「良い？　魔力の操作に必要なのは体内の魔力を感じて、魔力の操作に慣れることよ。魔力は体内に保有できる量が決まってる。そして余った魔力は呼吸や体液と一緒《いっしょ》に排出《はいしゅつ》されるわ。アニス様、レイニの魔石は心臓にあるのかしら？」

「ええ。私が調べた時、心臓に普通はない異物を感じたわ」

私の返答を聞いて、ティルティが興味深そうにレイニの背中を撫《な》でる。ティルティの指の感触《かんしょく》にレイニがビクビクとしながらも顔を強張《こわば》らせている。

「……なるほど。確かに魔石らしきものがあるわね。魔力の通り道にはなっているみたいだけど、魔石そのものが活性化はしてないって感じね。無意識に発動するだけの魔力は魔石自体が蓄《たくわ》えているみたいだけど、意識して使ってないから不活性な状態なのかしら？」

「わ、わかるんですか？」

「触診《しょくしん》すればなんとなく魔力の流れはわかるのよ。私は自分の体調管理に必要だったし、アニス様は私の診察《しんさつ》に必要になったから感覚を覚えたのよ」

魔力の量の違《ちが》いはあれど、この世界の人間は魔力を持っているものだからね。自分の中を流れる魔力の感覚を摑《つか》めれば、相手の身体《からだ》に直接触《ふ》れればなんとなく魔力の感覚がわかる。私もそれでレイニの魔石を確認したし。

「まずは大きく息を吸いなさい。吸い込んだ息に合わせて、お腹《なか》に意識を集中させるの。ちゃんと魔力を感じようと意識を集中させればお腹に魔力が溜《た》まっていくのがわかるわ」

レイニが目を閉じて、ティルティの指示に合わせるように息を吸って深呼吸を繰《く》り返す。何度目かの深呼吸を終えたレイニにティルティが語りかける。

「お腹に魔力が溜まったと感じたら息を大きく吐きなさい。溜めていた魔力が息に合わせて吐き出されるわ。魔力の流れを感じたらその感覚を覚えて。今度はそれを全身に巡《めぐ》らせるの。お腹から胸へ、胸から腕《うで》へ。腕から足に行って、またお腹に戻る」

レイニがゆっくりと息を吐き出す。そして、また大きく息を吸う。何度か深呼吸を繰り返していたレイニの様子を窺《うかが》っていたティルティが肩に手を添《そ》えながら言う。

「良い調子よ。魔力の流動は意識できてるわね。今度はその魔力を心臓に留《とど》まらせるの。すると魔力が心臓に溶《と》けていかない？」

「……はい。確かに胸に何かあるような……まるで堰《せ》き止められてるような気もします」

「良い子ね、その感覚よ。焦《あせ》らず、ゆっくり、少しずつ魔力を注ぎ込んで解きほぐすように意識してみなさい」

ティルティに促《うなが》されるまま、レイニが一定のリズムで呼吸をしながら魔力を操作する。意識を集中させるために瞳《ひとみ》を閉じて、レイニの息遣《いきづか》いの音がよく聞こえるほどに場が静かになる。

レイニが暫《しばら》くその状態でいると、不意に背中にぴりっと静電気のように何かが走った。同時にレイニの纏《まと》う気配が変わっていく。今までレイニに感じていた何かが一つになって纏まっていくような、そんな気配だ。

渦《うず》を巻くようにレイニの気配が集中していき、そして落ち着く。するとレイニが大きく息を吐いて目をゆっくりと開いた。私はそのレイニの瞳を見て驚《おどろ》いてしまった。

「レイニ、目が――」

「目……？」

レイニが熱に浮かされたように私に視線を向ける。その瞳の色はいつもの灰色ではなく、真紅に染まっていた。その変わり果てた瞳の虹彩《こうさい》の奥で妖《あや》しい光が揺《ゆ》らめいている。

「何……これ……？　え、歯が……」

「歯？」

レイニがぼんやりとしたまま、口を半開きにする。そこには明らかに鋭《するど》く尖《とが》った犬歯に変わった歯が見えた。ますますヴァンパイアっぽくなっているレイニに思わず駆《か》け寄る。

「レイニ、一回魔力を落ち着かせて。ゆっくり放出するの」

「私が促すわ。レイニ、私の魔力の誘導《ゆうどう》に従いなさい」

「はい……」

レイニが目を閉じて、ゆっくりと息を吐き出す。私はレイニの手を取り、ティルティが後ろから支えるように両肩《りょうかた》に手を添える。どれだけそうしていたか、レイニの魔力が落ち着いたのを確認できた。それと同時にレイニも再び瞳を開く。

瞳に浮かんでいた妖しい光は消えているものの、瞳の色はすっかり真紅になっていた。

「目の色が変わってる……何か視界に変化はある？」

「いえ、特には。でも、目に違和感《いわかん》というか……」

「は、はい。なんというか、魔力を通しやすいというか……」

「……魔眼かしら？　魅了《みりょう》を相手にかけるなら定番の手段だけれども……」

目に魔力を込め、固有の魔法を使う魔物は存在している。そういう特殊《とくしゅ》な力の媒体《ばいたい》となる目を魔眼と私は呼んでる。レイニが魔石を活性化させたことによって変化が表に出たのかもしれない。

「後、歯とか爪《つめ》も同じですね。魔力を込めれば牙《きば》みたいに伸《の》ばしたり、硬《かた》くしたりできるみたいです」

「ふむ……肉体の変化ね。興味深い力だわ、同じような効果を発揮するような魔法は思い付かないもの。魔力で覆《おお》うような魔法はあるけれど、肉体そのものの変化ではないし」

ティルティが興味深そうに会話に交じってくる。けれど、レイニの正面にはいかないようにしている。魔眼と聞いて警戒《けいかい》しているのかもしれない。

「レイニ、魅了はどう？　意識して抑《おさ》えられそうかしら？」

「はい、なんだか……今まではずっと息苦しいというか、モヤがかかっているような感じだったんですけど、今凄《すご》い意識がはっきりしていて、なんとなく力の使い方もわかるような気がするんです。流れを止めるんじゃなくて、最小限にすれば……」

「違和感？」

「やっぱりね」

満足げに息を吐《は》くティルティに私は思わず小首を傾《かし》げる。何がやっぱりなんだろう？

「やっぱり？」

私が疑問に思っているのに気付いたのか、ティルティが得意げな表情を浮かべる。

「レイニの漏《も》れ出る力は制御《せいぎょ》できてない垂れ流しの力で動かしてるものよ。だったら一度動きを正常化させれば、そっちの方が制御できるだろうと思ってたの。何せ魔石《ませき》はレイニの体内にあって当たり前のもの。不活性化の状態である方が健全じゃなかったのよ、多分」

「……なるほど」

言われれば確かに納得だ。魔石は魔物にとって身体の一部、臓器のようなものと考えると正常な動きをしていないから不具合が起きていたのだと考えることもできる。

今回、レイニが魔力を通して制御下に置くことで初めて、レイニは正常な状態に戻《もど》ったとも言えるのかも。レイニも魔石に魔力を流すまでは息苦しさなどを感じていたと言っていたから、あながちこの仮説も間違いじゃないのかもしれない。

「ユフィ、イリア。大丈夫そうだ、もうこっちに来ても平気だよ」

「はい」

私からの許可が下りるとユフィとイリアが足早にこちらに近づいてきた。

ユフィは私の傍《そば》に、イリアはレイニの傍まで寄っていき、レイニの顔を覗《のぞ》き込んでいる。

「レイニ様、大丈夫ですか？」

「はい、大丈夫です。……あの、私を見て、何か変わった感じしますか？」

レイニがどこか期待したような顔でイリアに問いかける。魅了の力を自分で抑え込んでいる手応えがあるのか、その声はどこか明るい。

けれど、問われた側のイリアの反応はどこか渋《しぶ》い。ただジッとレイニの顔を見ていたけれども、首を左右に振《ふ》った。

「……いえ、特に変わったような感じはしませんが。目の色が変わったのが不思議に思う程度でしょうか？」

「えっ……？」

イリアの返答は、レイニの期待した答えではなかったんだろう。固まってしまうレイニの前にティルティが移動する。レイニの瞳を覗き込むように観察したティルティは、一つ頷いてからレイニに喋《しゃべ》りかける。

「大丈夫《だいじょうぶ》よ。今の貴方が何かしてるって感じはしないわ。……となると多分、魅了というのは感情そのものの操作というよりは、認識の刷り込みに近いのかもしれないわね」

「刷り込み……？」

「卵から孵《かえ》ったばかりの雛《ひな》が最初に見たものを親だと認識するという話があるでしょう？　恐《おそ》らくだけど、視線を合わせたりすることで自分を庇護《ひご》の対象だという認識を刷り込むのよ。それが貴方《あなた》の魅了の力の仕組みなんじゃないかしら？」

「認識の刷り込みか、確かにそれらしいかも。今は魔石を制御下に置いているから認識を更新《こうしん》し続けてる訳じゃないってことね」

ティルティの仮説に私は掌《てのひら》の上に拳《こぶし》を乗せて納得した。

レイニの目の色が変化したのは、相手に認識の刷り込みを与《あた》えるための魔眼という触媒《しょくばい》に変化したと考えれば辻褄《つじつま》が合う。目と目が合ったら恋《こい》に落ちる、というように認識を刷り込むみたいな感じなんだろう。

「ですが、それならレイニ様を庇護しようと思い続ける筈《はず》では？　生徒たちがレイニ様に悪感情を抱《いだ》くようになるのはおかしいのではないでしょうか？」

「刷り込みはあくまで刷り込みで、感情そのものを弄《いじ》ってる訳ではないわ。認識と感情が一致《いっち》しないなんてことはよくあるし、その差が大きくなればなるほど歪《いびつ》になっていくでしょうね。その歪さが無自覚にストレスになって、結果としてレイニへの悪感情に反転するなんてこともあると思うわよ」

イリアの疑問に対して、ティルティが嬉々《きき》とした様子で自らの仮説を語っている。まるで水を得た魚みたいだ。

魅了はもっと複雑なものかと思ってたけれど、それぐらいわかりやすい仕組みだったなら歪になる関係にも説明がつく。

「……議論が盛り上がるのは良いのですが。レイニも疲《つか》れているようですし、ここで一息を入れませんか？」

こほん、と小さく咳払《せきばら》いをしてからユフィが私たちに言う。ユフィの言葉にレイニが申し訳なさそうに縮こまってる。レイニも緊張《きんちょう》が続いていたからユフィの言うことは尤《もっと》もだ。

「それもそうね。うちのメイドにお茶を用意させるわ、少し休憩《きゅうけい》にしましょう」

＊　＊　＊

（……アニス様も、ティルティも凄いですね）

私の一声で休憩を取る流れになったのを見つつ、ふと、そう思う自分に気付きました。

レイニの魔石の存在を察知し、更《さら》には力の仕組みまで解明し、解決策を提示すること。

私にはどう足掻《あが》いても叶《かな》わないことでした。

「？　ユフィ？　どうかした？」

「いえ、何でもありません」

「そう……？」

心配そうに私の様子を窺ってくれたアニス様を躱《かわ》しつつ、私はそっと息を吐きました。

アニス様が私を婚約破棄《こんやくはき》に関わる話からそれとなく遠ざけようとしていたのは感じていました。ですから、アニス様がレイニの謁見《えっけん》に同席するということを決めた時、私が遠ざけられたことに疎外感《そがいかん》を覚えてしまいました。

私自身、婚約破棄から時間が経《た》った今、思うこともあります。けれど、結局それは私の努力が不足していたために招いたこと。私に誰《だれ》かを責めたいという気持ちはありません。

私はそうであらねばならない立場でしたし、レイニという誰も想像できない要素を抜《ぬ》きにしてもアルガルド様との関係は良好ではありませんでした。

レイニの魅了だけが悪いのではありません。私にもできることが、しなければならないことがあったのに、その役割を果たせなかったことも悪いのです。ならば、せめて自分の失敗は取り戻したいと思うのです。

そのために私ができることは何なのでしょうか？　アニス様の助手という立場でここにいますが、助手というのならティルティの方が助手のように思えてしまうのです。

（……ティルティが、悪い訳ではないのですが）

どうしてかアニス様とティルティが議論を交わしているのを見るのが少し辛《つら》いです。

思わず胸を撫《な》でて、少しでも自分の気持ちを消し去ろうとしますが上手《うま》くいきません。

「──ねぇ、ユフィリア様？」

「ッ……!? な、なんですか？」

不意に間近で聞こえた声に顔を上げます。私を覗き込むように見ていたのはティルティでした。彼女は私を食い入るように見ていますが、何も言いません。

「ふぅん……？」

「あの……」

「ちょっと付き合いなさいよ、禁書を書庫に戻しに行くから」

「え？」

「アニス様、ちょっとユフィリア様を借りるわよ？」

「は？」

唐突《とうとつ》なティルティの宣言に私は呆気《あっけ》に取られてしまいました。私が止める前にティルティがアニス様に向けて声をかけます。アニス様は何を言っているんだ？ と言わんばかりに表情を歪《ゆが》めます。

「いきなり何よ？」

「良《い》いじゃない。ユフィリア様とは少し二人で話してみたかっただけよ。本を書庫に戻してくるだけだから、すぐ戻ってくるわよ」

「……いや、ティルティだから信用がならないんだけど」

「ダメなの？」

「ダメって言うか……ユフィ？」

どうする？　と問いかけるようにアニス様が困り顔で私を見てきました。正直、私もいきなり話を振られたのでどう答えるべきなのかわかりません。

「いーからいーから。たまには私だって交流を結びたいと思う相手がいるのよ」

「……ますます胡散臭《うさんくさ》いんだけど」

「なに、保護者がいないと一対一で話もできないの？」

「うむむむっ」

そう言われてしまってはアニス様も何も言えなくなってしまいます。そして、私も。

「……アニス様、大丈夫です。ちょっと行ってきますね」

「ユフィ……」

「何も取って食う訳じゃないんだから。ほら、行きましょう？」

ティルティの誘《さそ》いに乗って、私は彼女と二人で部屋を後にしました。

廊下《ろうか》を歩いている間、ティルティはずっと無言でした。私はただ彼女の後を追うことしかできず、歩いている内に書庫と思われる部屋に辿《たど》り着いてしまいました。

「一応、釘《くぎ》を刺《さ》しておくけれど。ここのことは内緒《ないしょ》よ？」

「他にも禁書があるのですか？」

「ええ。ほら、どうぞ？」

「……失礼します」

促《うなが》されるままに中へ入ると書庫の香《かお》りが鼻を擽《くすぐ》りました。この匂《にお》いは嫌《きら》いではありません。昔から読書は好きでしたので、本の香りも慣れ親しんだものです。私が中に入った後、ティルティも書庫の中へと入って鍵《かぎ》を閉めました。

扉《とびら》を閉めると暗くなった書庫でしたが、ティルティが小さく呟《つぶや》くと、ぼんやりと明かりが灯《とも》されました。離宮《りきゅう》でも使われている魔道具の照明ランプで、ここにも使われているのかと感心してしまいます。

「この棚《たな》ね、本の位置は決めてあるのよ」

部屋の広さはそうでもありませんが、幾《いく》つもの本が棚に収められています。つい興味に惹《ひ》かれて、部屋の中を見回してしまいます。

その間にティルティが手に持っていた本を棚へと戻《もど》します。そこが元々収められていた位置なのでしょう、本と本の間にティルティが持っていた本がぴったりと嵌《は》まりました。

「──さて、それで？　何か私に言いたいことがあるのかしら？　ユフィリア様」

「え？」

「さっきから随分《ずいぶん》とただならぬ視線を向けられていたと思ったのだけど、私の気のせいかしら？」

「……気付いていたのですか？」

ティルティが気付いていたのでしたら、アニス様にも気付かれていたのでしょうか？

思わず私は自分の頬《ほお》に触《ふ》れてしまいましたが、突然《とつぜん》ティルティが吹《ふ》き出しました。

「大丈夫よ、多分気付いていたのは私と、あとはイリアぐらいでしょう。アニス様は自分に向けられる悪意には敏感《びんかん》だけれど、好意を持つ人の感情には鈍《にぶ》いのよねぇ」

「……はぁ」

「──嫉妬《しっと》？」

嫉妬。ティルティにそう言われて、思わず眉間《みけん》にしわが寄って、唇《くちびる》を引き結んでしまいました。この胸の中心に居座って、息を重苦しくするようなものは嫉妬なのでしょうか？

「えっ、自覚なしなの？　……なんというか、本当に綺麗《きれい》に育ったお嬢様《じょうさま》なのねぇ」

「……嫉妬しているように見えましたか？」

「それ以外の何に見えるのか逆に聞きたいぐらいよ。私はアニス様とは違《ちが》って自分に向けられる感情の判断ぐらいはできるわ」

呆《あき》れたように溜息《ためいき》をつくティルティ。思えば、侯爵《こうしやく》令嬢らしからぬ彼女には会った時から思うことがあったように思います。以前からアニス様と知り合いだという、その互《たが》いに理解し合った距離《きより》感《かん》に自分にないものを感じていたような、そんな気持ちを。

自分にないものを持っていて、アニス様との距離が近い彼女に対して嫉妬していたのだと思えば納得してしまいました。同時に、自分がこんなに重苦しい感情を抱いてしまったことに気持ち悪さが沸《わ》き上がってきました。

「あぁ、もう。まさかここまで純粋《じゆんすい》だとは思わないじゃない……ちょっとつついてやろうって思っただけなのに」

「……申し訳ありません」

「謝らないでよ、逆に困るわ」

髪《かみ》を掻《か》き混ぜるように掻いていたティルティが舌打ちを零《こぼ》しました。自分が彼女にそんな態度を取らせてしまったのだと思うと、申し訳なくて肩《かた》を縮めてしまいます。

「……そうね、ユフィリア様。一つ聞いていいかしら？」

「何でしょうか？」

「どこまで本気なの？」

ティルティからの問いかけの意味がわからず、私はきょとんとした顔を浮《う》かべます。

「あの、何がですか？」

「本気でアニス様の助手のつもりって聞いてるのよ」

その問いかけに私は心臓が摑《つか》まれたような気持ちになってしまいました。一瞬《いっしゅん》、正しく呼吸ができなくて引き攣《つ》ったような音が零れ落ちていきます。

どうしてそんなことを問うのか、そう聞きたくても声になりません。脳裏に親しげに議論を交わすアニス様とティルティが浮かんで、言葉が何も出てこなくて……。

「そんな顔するんじゃないわよ……あぁ、もう。どう聞けば良いのかしら？　扱《あつか》いにくい子だわ、貴方《あなた》って。別に私は貴方がそれでいいなら助手でもなんでもやれば良いって思うわよ？　アニス様が貴方を助手として置いておきたいって気持ちはわかるもの」

「え？」

「私は正直興味ないけど、貴方がアルガルド王子から婚約破棄されたのはレイニが原因だったんでしょう？　騒《さわ》ぎの原因もわかったんだし、貴方の不名誉《ふめいよ》もドラゴン討伐《とうばつ》の功績である程度、回復してるでしょ？　わざわざアニス様の助手をする意味あるの？」

「……どうしてそんなことを聞くのですか？」

思わず目を細めてティルティを見てしまいます。一体、彼女が私に何を聞きたいのかがハッキリしません。

「だって、貴方が公爵令嬢としての務めを果たそうっていうならアニス様の所にいつまでもいられる訳じゃないでしょう？」

「……そ、れは」

「アニス様が貴方を助手にしたのは名誉を挽回《ばんかい》させるためでしょ？　その目的は達成されたし、騒ぎの原因になったレイニの謎《なぞ》は解明された。レイニに目が曇《くも》ってた子息たちも原因がわかったなら再教育でどうとでもなるでしょ。だったら貴方がもうアニス様の助手をしてる理由なんてないいんじゃないの？　名誉挽回がまだ不十分だって言うなら、それはそうだとは思うけど、それも時間の問題でしょ。あの規格外がやらかすんだもの」

「……ですから、どうしてそんなことを聞くのですか？」

「──中途半端《ちゅうとはんぱ》なままでアニス様の所にいると、絶対後悔《こうかい》すると思ってるからよ」

淡々《たんたん》とティルティに言われた言葉に、今度こそ私は身が絞《しぼ》られたように動けなくなってしまいました。そんな私を見て、ティルティが鼻を鳴らします。

「別に貴方のため、なんて言うつもりないわ。むしろアニス様のためよ」

「アニス様の……？」

「アニス様はユフィリア様を気に入ってるみたいだからね。……だから、中途半端にぶら下がってるだけなら止《や》めておきなさい」

ティルティは手をひらひらと振《ふ》って私に言いました。けれど、私は言葉も発せられず、指先すら動かせなくて立ち尽《つ》くすことしかできません。

ぶら下がってるだけ、中途半端。それは……それは、私が感じていた無力感そのものです。私はティルティのようにアニス様と議論をできる訳ではないのですから。

「だから、そんな泣きそうな顔しないでよ……助手を本気でやるつもりなら止めないわよ。でも、それで良いの？　って確認よ」

「良いの、とは……？」

「アニス様の傍《そば》にいたらわかるでしょ？　アイツは基本的に異端《いたん》なのよ。今はまだ陛下がいるから良いものの、アルガルド王子が国王になったら、この国内にアニス様の居場所はあるの？」

ティルティから告げられた言葉に、私は頭を強く殴《なぐ》られたような衝撃《しょうげき》に襲《おそ》われました。

「アルガルド王子はアニス様のことを毛嫌《けぎら》いしているものね。今みたいに離宮に籠《こ》もってるからって良いとも言われないかもしれない。臣籍《しんせき》に下るとしても、王都から離《はな》れた辺境の領地を貰《もら》ったりするのが一番平和かしら？　貴方、それに付き合えるの？」

確かに陛下が退位し、このままアルガルド様が王になったら……アルガルド様との折り合いが悪いアニス様は王都に居場所がなくなってしまうかもしれません。

だから王都を離れ、辺境の地へと居を移すかもしれない。それは起こりえる未来です。

それに私が付き合えるかと、そう聞かれて私は咄嗟《とっさ》に返答できませんでした。

（……私は、どうしたいんでしょう？）

自分の意思で望むことを。願いだけで言えば、このままアニス様と共に歩んでみたいという思いはあります。あの人を見守っていたいと、その背を支えたいと。私はその願いを叶《かな》えて良いのでしょうか……？

「厳しいことを言うけれど……貴方にはアニス様の助手以外にもやっていける道があるのよ。アニス様の味方になりそうな貴族と婚姻《こんいん》を結んで、アルガルド王子が即位《そくい》した後にアニス様を支援《しえん》するとか、そういう方向の道もある訳じゃない？」

「……そう、ですね」

「あー、もう。ちょっとつつくつもりがなんで人生相談なんてしてるのよ。別に勝手にすれば良いとは思うけど……私だってアニス様とは腐《くさ》れ縁《えん》よ。付き合いが長い、数少ない友人の曇った顔なんて見たくないもの。だからユフィリア様に中途半端でいてもらっちゃ困るの。貴方、大事にされてるもの。何かあったらアニス様はまた騒動《そうどう》を起こすわよ？」

ふん、と鼻を鳴らしてティルティが言い切りました。その言葉に足踏《あしぶ》みをしてしまっているように進めない私は申し訳なさに視線を下げてしまいます。

「ティルティは、アニス様と仲が良《い》いのですね」

「ただ互いに遠慮《えんりょ》がないってだけよ、仲が良い訳じゃないわ」

「でも……」

「でも何もないの。──だって、私、アニス様と決してわかり合えない点があるもの」

「……わかり合えない点？」

そんな点が二人の間にあるのでしょうか？　思わず不思議な気持ちになってティルティの顔を見てしまいます。そこで私はギョッとしてしまいました。

ティルティの表情が感情の消え失《う》せた真顔だったからです。ランプに照らされた無表情が嫌《いや》に印象に残り、思わず喉《のど》を鳴らしてしまいました。

「私は、魔《ま》法《ほう》を忌《い》み嫌ってるから」

「……魔法を？」

「幼い頃《ころ》から私を苦しめて、人生を狂《くる》わせたこんな才能を、そんな呪《のろ》われた力を素晴らしいものだと喧伝《けんでん》する貴族が嫌いよ。魔法なんていっそ廃《すた》れてしまえば良いとさえ思ってる。だから私はアニス様が魔法に憧《あこが》れてるっていう点は吐《は》き気《け》がするほど、嫌いよ」

薄《うつす》らと笑みを浮かべて言うティルティ。その声は、明らかに本気で言っていました。

「私はアニス様が魔学を追求するのも、魔道具を作るのも愉快《ゆかい》だと思ってる。だから手を貸しても良いって思ってるわ。でもね、その思いは真逆なの。私は魔法が魔道具という形で平民の手に渡《わた》って、今の魔法の在り方が壊《こわ》れてしまえば良いと思ってる。でもアニス様は魔法が純粋に好きなのよ。心の底から憧れて、子供みたいに目をキラキラさせて、魔法が素晴らしいものなんだって信じてる。それが自分に与《あた》えられなかったのだとしても、ね。馬鹿《ばか》みたいでしょ？」

吐き捨てるような口調で、けど声は優しく聞こえる矛盾《むじゅん》。ティルティのちぐはぐな態度に私は目を奪《うば》われるばかりでした。

彼女が魔法を恨《うら》み、憎《にく》んでいるのも本当なのでしょう。アニス様を嫌っているというのも。それでもティルティはアニス様を友人と呼び、アニス様の夢に手を貸しても良いと思っている。そこにかける願いが、たとえアニス様と重なることがなくても。

「私とアニス様の距離を見て悩《なや》むぐらいなら、しっかり考えておきなさい。貴方が自分で何をしたいのかを。私は面白いから手は貸すけど、アニス様の願いに寄りそうつもりはないもの。貴方がその支えになりたいって思うならそれで良いけど、楽な道じゃないわよ？」

ティルティから告げられた言葉に、私は何も返すことができませんでした。それでも、せめて小さく頷《うなず》きました。

きっと、この答えを出す時が来たら。それは私にとって大きな選択《せんたく》になると、その予感を覚えてしまったから。

＊　＊　＊

クラーレット侯爵《こうしやく》家別邸《べってい》から離宮《りきゆう》に戻《もど》ってきた後、寝《ね》る前の身支度を済ませて、私室で一人思いを馳《は》せているとアニス様が心配そうに私を訪ねてきました。

「……ユフィ、なんかティルティに失礼なことされなかった？」

アニス様に心配をかけてしまっているということに少しだけ胸が苦しくなってしまいましたが、私は笑みを浮かべて返します。

「大丈夫《だいじようぶ》ですよ」

「……でも、なんか元気がないよ？」

顔に出ていたでしょうか、思わず顔に手を伸《の》ばすとアニス様が眉《まゆ》を寄せました。これは隠《かく》せそうにないですね。諦《あきら》めたように私は息を吐いてアニス様へと向き直ります。

「……これからのことを考えてまして」

「これからのこと？」

「レイニの事情も、一連の騒ぎの原因も見えてきましたから」

「はい。時間はかかりますが、事態は収束していく筈《はず》です。……だから、先のことを」

「まぁ、そうだね」

心配そうなアニス様の表情が幾《いく》らか柔《やわ》らかくなりました。恐《おそ》らくですが、ティルティが私に対して将来を考えろ、と言ったとは思ってないのだと思います。

「……そっか」

「……中途半端は私も嫌ですから」

「中途半端？　何が？」

アニス様が私の呟《つぶや》きに不思議そうに首を傾《かし》げます。立たせたままなのも良くないと思い、ベッドに座って隣《となり》を手で叩《たた》いて示します。アニス様は私の意図を察してくれたのか、私の隣に腰《こし》を下ろしてくれました。

アニス様も寝る前の支度は終えていたので、普段《ふだん》は結んでいる髪《かみ》が下ろされています。

隣に並んで座るアニス様から視線を正面へと移して、ぽつぽつと自分の思いを口にします。

「ようやく今までのことを振り返って、自分がアルガルド様の婚約者《こんやくしゃ》として至らなかったのだと思うようになりました。アニス様に助けられて、名誉の回復の見込みも立ちました。けれど……私自身も変わらなくては意味がありません」

「……うん」

「私はアニス様に恩を感じています。それにアニス様の助けになりたいとも思っていますし、目を離せないとも思ってます。魔学は素晴らしい学問だと思いますし、魔道具は今後、人のためになる発明だと確信しています。なら、私も力になりたいと思っていましたけれど……正直、今、私が何かできてるとは思えません」

視線を落とし、自分の掌《てのひら》を見つめて。そうして呟いた言葉に、アニス様の手が私の手を包み込むように取りました。

「……ごめん。そんなにユフィが気にしてると思ってなかった」

「アニス様が私に気を遣《つか》ってくれているのはわかっています。私に無理をさせないように、自由でいさせてくれたんですよね」

「……うん。ユフィはさ、今まで与えられた仕事を凄《すご》い一生懸命頑張《いっしょうけんめいがんば》ってたでしょ？　だからさ、もっと自分の時間というか、自由な時間を持って欲しくてさ……」

「はい。この離宮で過ごした時間は短いですが、どれも新鮮《しんせん》で、楽しいと思えることばかりでした。だから、ここが本当に居心地が良くて……アニス様にはどれだけ感謝しても、きっと感謝の言葉が尽きることはないと思います」

きゅっ、とアニス様が私の手を強く握《にぎ》りました。その手を私も握り返します。

「このままでいたいと、初めて思ったかもしれません。でも、それは許されません。私はマゼンタ公爵家の娘《むすめ》で、貴族の娘として果たさなければならない義務があります」

「……うん」

「できれば、その責務を貴方《あなた》の傍で、貴方の力になるように果たしたい。私は貴方のために何ができて、何をすべきなのか。……助手と言っても、ティルティの方が知識もありますし、助手としてはいまいち役に立ててないと思ってしまいまして」

「それは私が悪いよ！　ユフィに気を遣いすぎて、逆に空回りしてたっていうか……！」

慌《あわ》てたようにアニス様が私との距離《きょり》を詰《つ》めて、申し訳なさそうに眉を寄せながら言います。その眉に指を当てるようにして、アニス様との距離を取ります。

「はい、それもわかってます。だから、私ももっと自分から動かないといけないと思ったんです。アニス様の隣にいても恥《は》ずかしくないように」

正直、まだ私は自分の将来を思い描《えが》けないでいます。貴族の義務とは口にしていますが、家に戻るつもりはありません。令嬢《れいじょう》として社交界に戻るのも、また何か違《ちが》うのです。

不確かなことばかりで、自分の未来を描けないでいる私ですけど。きっと、アニス様が見ている世界を垣間見《かいまみ》てしまったからなのでしょう。私は、まだ入り口に立っているだけなのだと気付かされたから。

「……アニス様は、どうしてそんなに魔法が好きなのですか？」

私が投げかけた問いに、アニス様は私の手を握りながらも視線を天井《てんじょう》に向けました。

「んー、なんでって言われると、もう好きだからって理由しかないかな。理由はそれだけ簡単なもので、ただ憧れてる。きっと恋《こい》をするくらいにね」

「自分は魔法が使えなくてもですか？」

「それは……凄く残念だけど。それでも私は今の自分がそんなに嫌《きら》いじゃない。私だから見えるものもあると思ってるし、私だから生み出せたものもある。それは誰《だれ》かに譲《ゆず》れることじゃないから」

そう言いながら浮《う》かべるアニス様の笑顔は、とても眩《まぶ》しいほどでした。目はキラキラとして光に満ち溢《あふ》れています。そこに輝《かがや》かしいものがあるのだと、信じて疑わないように。

──私は、貴方のそんな横顔にどうしようもなく惹《ひ》かれてしまうのです。でも、遠くを見つめる貴方はそのまま飛んでいってしまいそうだから、どうか、せめて。

「……私も、好きになりたいです」

ティルティは魔法の才能を呪《のろ》いだと言いました。だからアニス様と願いは嚙《か》み合わないのだと。彼女にとって魔法は忌むべきものだから。では私にとって魔法とは？　その答えは、まだ見つからないけれども。

「アニス様」

名を呼んで、握り合わせた手を離《はな》さないように。私も望んでいいでしょうか？　ここにいたいと、そんな我が儘《まま》を通すために。貴方といたいと思うから、魔法《まほう》を好きになりたい。そんな私でも良いでしょうか？　ただ、私は貴方の隣にいて、貴方の夢を一緒《いっしょ》に見たいのです。貴方の隣にいるのが私であって欲しいと、そう思ってしまうのです。

この魔法の才能がある意味を、貴方のためにと言っても良いでしょうか？　口に出せないままの思いを心に押し込めるように封《ふう》をして、私はそっと肩《かた》をアニス様に預けます。

「……今日はこのまま、こっちで寝て良《い》い？　ユフィ」

私の振《ふ》るまいを甘えていると取ったのか、アニス様が優しくそう言いました。私も小さく頷きます。心の中で小さく、ごめんなさいと呟いて。まだ、一人で立てそうにない私を許して欲しいと願いながら。

もうちょっとだけ待っててください、アニス様。必ず、私は貴方に追いついてみせますから。貴方が好きな魔法を、私も好きになりたいのです。私の魔法が貴方の願いのままにあれるように。そんなささやかな願いですけど、それが今の私の目標ですから。

4章　魔学の価値

クラーレット侯爵家別邸でレイニの身体検査をした後、ティルティが離宮に出入りするようになった。主な目的はレイニの更《さら》なる身体検査だ。

イリアは王城に用事があるということで席を外しているので、離宮のサロンにいるのは私とユフィ、レイニとティルティの四人だ。ティルティは外出する際には黒いヴェールで顔を隠しているので非常に怪《あや》しい。そんなに日光が嫌いなのか。

「それで、レイニだけどやっぱり吸血衝動《しょうどう》が出るようになったの？」

「はい……」

ティルティが話題にしたのはレイニの吸血衝動についてだった。魔石を活性化させてからレイニにはヴァンパイアの吸血衝動が起きるようになっていた。レイニは自分の身体《からだ》に起きるようになってしまった衝動が申し訳ないのか、また畏縮《いしゅく》して小さくなってしまった。

「どうにも普通《ふつう》に生産する分の魔力が魔石に取られてて、魔力の不足を体が感じると吸血衝動という形で現れて、魔力を他者から摂取《せっしゅ》しようとするみたいなんだよね」

　ヴァンパイアは血を吸うことによって、血に含《ふく》まれている魔力を自分のものとして取り込むことができる。一般的《いっぱんてき》に魔力の譲渡《じょうと》は簡単なものではなく、よほど相性が良い者同士で行わないと効果が見合わない。

　そして他人の魔力を取り込むと酔《よ》いにも似た症状《しょうじょう》を併発《へいはつ》してしまうため、大量には受け取ることができない。だから知る人ぞ知るみたいな補充《ほじゅう》方法なんだけど、ヴァンパイアは魔石を介《かい》することで他者の魔力を己の魔力とすることに長《た》けているみたいだ。

「ふぅん？　それで血は吸わせてるの？　あと血を吸われたからってヴァンパイアになる訳ではないのね？」

「はい、敢《あ》えてそうしようとしない限りは……あと、血はイリア様が……」

「私とユフィも一度吸わせたんだけど、やっぱり身分を考えるとイリアが納得しなくて。なのでレイニの魔力供給係はイリアの仕事になったわ」

　私とユフィの血を吸って貰《もら》ったのは比較《ひかく》対象のためだったけれど、流石《さすが》に常に私たちがやるのを許す訳にはいかないとイリアが強く主張し、レイニの吸血衝動が起きた時はイリアが血を与《あた》えている。

「しかし不思議なものよね。魔石を意識するようになってから自然と使い方が思い出せるというのだから」

「はい。魔石を使ってるからなのか、他の人と比べて感覚が違うので苦労していますけれど……」

「でも、その使い方だってヴァンパイア独特のものだからね。やっぱり魔石が今まで経験してきたものを蓄《たくわ》えているんだっていう仮説はあってると思うよ」

「ヴァンパイアとは、ヴァンパイアの魔石を持つ者たちが引き継《つ》ぐ魔法体系と言うべきね」

レイニは元々、水属性の魔法が得意だったらしい。今も水属性の魔法を中心に腕《うで》を上げている。その中にはユフィでも難しいような魔法もあって私たちを驚《おどろ》かせている。

ティルティ曰《いわ》く、レイニの扱《あつか》う魔法は普通の魔法ではなく、レイニが持つヴァンパイアの魔石の恩恵《おんけい》によるものらしい。

この恩恵とはヴァンパイアの魔石が一種の記憶《きおく》装置になっていて、魔石を継承《けいしょう》させることで蓄えた知識を伝え、真理に到達《とうたつ》することを目指したんじゃないかと仮説を立てている。

魔石自体は気付かれることがなければどんどんと次の世代へ引き継がれていき、運良く目覚めた者に知識や経験を引き継がせることで、真理の探究という大望を繋《つな》ごうとした。そんな執念《しゅうねん》さえ感じる。

「ともあれ経過は安定してるみたいで良かったわ。レイニだけじゃなくて、アニス様もね」

「ある意味、レイニが来てくれて助かったわ。色々と参考になったし」

今、私とティルティで経過を観察している実験も順調だ。ある意味、このタイミングでレイニが離宮《りきゅう》に来てくれたのは精霊《せいれい》の導きだったのかもしれないと思う。

レイニも離宮での生活に慣れてきて、最近はユフィと一緒に勉強をしている。レイニは天才という訳ではないけれど、とても努力家だ。教えられたことを必死に覚えようとしてる姿は魅了《みりょう》の力がなくても微笑《ほほえ》ましくて好ましい。

……何故《なぜ》かついでに私も勉強させられてるんですけどね。どうしてそうなった……？

（まぁ、ユフィが楽しそうだからいいけど……）

最近、レイニの一件があったとはいえ、ユフィに気を遣いすぎて助手として仕事を振れてなかったことは反省点だ。私の体調管理や見張りを頼《たの》んでいたと言えばそうだけど、それだと貢献《こうけん》している実感がなかったのも事実なんだろう。

そんな中で私とレイニに勉強を教えるのは案外楽しそうにやってるみたいでホッとした。私も王族として学ぶことはあると言われると否定できない。だからといってマナーを学ぶのは、うん、ちょっと面倒《めんどう》だと思っちゃうけど。

ヴァンパイアの生態調査や、力の制御《せいぎょ》も少しずつ解析《かいせき》が進んでいるし、レイニの魅了が勝手に発動するのも、心安らかな環境《かんきょう》にいれば問題はないという確証がほぼ取れた。

調査結果は父上と母上にも送っているし、父上たちから他の事情を知る人たちにも伝えられていると思う。今の所、大きな問題は起きていない。

（平和だなぁ……）

できればこのまま何事も起きなければ良いのに。最近はアルくんの婚約破棄《こんやくはき》にドラゴンの襲来《しゅうらい》、そしてヴァンパイアの実在が確認されるとか、ちょっと並べてみても問題が起きすぎだと思う。

平和でありますように。内心で小さく祈《いの》った直後、外に出ていたイリアが戻《もど》ってきた。その表情を見て、私は猛烈《もうれつ》に嫌《いや》な予感がした。

一見、いつもの無表情にも思えるイリアだけど、その表情と身に纏《まと》っている空気が険しい気がする。

「ただいま戻りました。……姫様《ひめ》」

「おかえり、イリア。……どうしたの？　何かあったの？」

「……はい、とても残念なことに」

深々と溜息《ためいき》を吐《は》き出すイリアに私は思わず天を仰《あお》ぎたくなった。イリアがここまで言うってことはかなり残念なことが起きたらしい。平和であるように祈った直後に問題が発生するとか、どんな確率？

「何があったのですか？」

「姫様に招待状が届いております。……魔法省から」

魔法省。そう告げるのと同時にイリアが差し出した封筒《ふうとう》は、確かに魔法省からのものだ。私は思わずこれでもかというほど眉《まゆ》を寄せてしまった。

「なんで魔法省から……」

「何か不味《まず》いんですか？」

私と魔法省の因縁《いんねん》を詳《くわ》しく知らないレイニが困惑《こんわく》したように呟《つぶや》く。答えてあげたいけど、まずは内容を確認しないといけない。封を開けて、私は魔法省からの手紙を確認していく。

「……うわ、面倒くさ……」

思わず低い声で呟いてしまった。レイニが怯《おび》えたように身を竦《すく》ませてるけれど、気にしている余裕《よゆう》がなかった。それだけ魔法省からの手紙が面倒なものだったからだ。

「アニス様？　内容にはなんと？」

「……ドラゴンの素材について講演会を開いて欲しいって。要約すると、ドラゴンの素材を一体何に使うつもりなのか、その使用用途《ようと》を説明しろだって」

文面は貴族らしい言い回しで、時折棘《とげ》を刺《さ》すような皮肉を織り交ぜてくるのはいつものこと。内容は私が言った通り。報酬《ほうしゅう》として受け取ったドラゴンの素材の使い道を魔法省の面々に講演して欲しいとの内容だ。

私から内容を聞いたユフィが眉を寄せながら手紙を手に取った。そして内容を確認するにつれてユフィの表情が暗くなっていく。

「……アニス様、これは一体？」

「ふん。どうせ私に難癖《なんくせ》をつけて、可能だったら素材を取り上げようって思ってるんでしょう！　前にもあったわよ！　その時は別の素材だったけど！」

私が研究に使っている素材は私の私費で集めたものだ。だから基本的に私が何の素材を使おうと魔法省に文句を言われる筋合いはない。けれど、魔法省が私に難癖をつけてくる場合がある。

それは魔道具が違法《いほう》ではないかと訴《うった》えること、言ってしまえば宗教裁判のようなものだ。私自身がどうにかなることはないけれど、不当として魔道具の開発を中止させられ、場合によっては開発中のものを取り上げられることもある。

「えぇっ⁉　それって、例えば禁書みたいにアニス様の発明を禁止物扱いにして取り上げようとしてるってことですか？」

私の説明にレイニが目を見開かせて驚きを露《あら》わにした。流石にレイニもそれはどうなのかと思ってくれているようで、ホッとしてしまう。

「そうよ。確かに私が作るものは、信仰《しんこう》にそぐわないものや、影響《えいきょう》を及《およ》ぼすものがあるのは事実よ。私も別にそれが正しい話し合いの下に判断されるなら別に良《い》いの。でもアイツ等は人の足を引っ張るだけ引っ張りたいだけなのよ！」

「わかるわ……私もやられたもの」

私の苛立《いらだ》ちに同意するようにティルティがやさぐれたように呟く。ティルティの場合、取り上げられたのは新薬だけど。ただ私と違《ちが》ってティルティはその一回で面倒になって、もう新薬を調合できても公表しないようになった。

私も発明品ができたら、まず魔《ま》法《ほう》省よりも父上に最初に直接持ち込むようにしていた。父上の判断を聞いてから魔法省に届け出るか決めるためだ。普《ふ》段《だん》は父上が許可したと言えばそこまで口うるさくは言われないんだけど、たまに先んじて手を打たれることがある。

それが素材を調達したタイミングを悟《さと》られた時だ。冒険者《ぼうけんしゃ》の活動をするようになってから自分で魔物を狩《か》って素材を調達するのに苦労をしていなかった。

だからこそ人の目についたり、噂《うわさ》されたりすることも増えた。魔法省がいちゃもんをつけてくるようになったのもその頃《ころ》からだ。

「魔法省ってそんなこともするんですか？」

「してくるわ、ただ違法って訳じゃないのよ」

「どうしてですか⁉」

「私が使用用途を決めてないなら、その素材は魔法省が預かりたいからって買い取ろうとしてくるのよ。それは正当な取引と言えるわ」

「買い取り？」

不思議そうにレイニは首を傾《かし》げる。どうして買い取るという話になるのかわからないという顔だ。私は溜息を吐《つ》きながら説明する。

「魔法省はエリート揃《ぞろ》いだもの、資金力も十分あるわ。組織の予算としても、個人資産としても。だから私が使い道を決めてないなら自分たちに買わせろって迫《せま》るの。それで私が断ればそっと陰口《かげぐち》を叩《たた》くのよ、強欲《ごうよく》だの、怪《あや》しい実験をしてるだの、色々とね」

「……魔法省の長官って、モーリッツ様のお父様ですよね？」

「あぁ、そうだね」

「……そんな酷《ひど》いこと、許されるんですか？」

「許されないけれど、それが横行してしまうだけの権力と立場があるのも魔法省なのよ」

これだけ言うと本当に魔法省は嫌な人の集まりだけど、ちゃんと仕事をしてるにはしてるんだよ。私がやろうとしてることや、成し遂《と》げたいことが魔法省の仕事や思想、理念と嚙《か》み合わないのが悪いと言われたら認めるしかない。

「それに魔法省の全員がって訳じゃないのよ。純粋《じゅんすい》に魔法の腕前《うでまえ》と優秀《ゆうしゅう》な成績を認められている研究者もいるわ。でも、政治家としての立場が強くなるとどうしても、ね」

魔法省は国政の相談役でもある。エリート意識が高いし、国の文化や秩序《ちつじょ》を牽引《けんいん》しているのは自分たちだという自負がある。だから私と対立しちゃうんだけど。

魔法省側からすると自分たちが譲歩《じょうほ》してやってるのにあの王女様は、って思ってるだろうけどね。だから素材の使い道を決めてないからって黙《だま》り込んでも鬱陶《うっとう》しいし、かといって下手な構想を口にしようものならこれでもかと騒《さわ》ぎ立ててくる。

「……モーリッツ様は確かに、少しプライドが高いとは思っていましたけど……」

「シャルトルーズ伯爵《はくしゃく》子息だけじゃないわよ。魔法省にいる人たちが特に酷いってだけ。それに元々、貴族と平民を隔《へだ》てる壁《かべ》は大きいわ。魔法を使えるのか使えないのかってのはそれだけこの国では大きなことよ？　レイニだってわかってるでしょ？」

私の指摘《してき》にレイニは唇《くちびる》を引き結んでしまった。レイニだって平民から貴族になり、たまたま魔法の才能があったから学院に入れられてしまった。だから魔法を使える者と使えない者の溝《みぞ》が大きいことは嫌でもわかってる筈《はず》。

そして、私は王族なのに魔法が使えないうつけ者。ある意味で平民以上に癪《しゃく》に障《さわ》る存在なのだということは私も自覚している。

「それにしても、タイミングが最悪ねぇ？　ドラゴンの素材は目立ってたものね。口実の機会を探ってたんじゃないかしら？」

「あぁぁあっ！ 止《や》めてよ、本当に！ しかもタイミングが最悪！ 断りたくても断れないじゃない！」

どうしてタイミングが最悪かって、ここで魔法省からの提案を蹴《け》れば絶対に噂されることになる。今までは私自身の評価がどれだけ落ちようと気にしてなかった。

でも今はダメだ。今はユフィを名誉《めいよ》回復のために預かっていて、更《さら》にレイニも保護している状況《じょうきょう》だ。ここで魔法省を刺激《しげき》してしまうと二人を巻き込んでしまう可能性が高い。

ユフィはまだ後で挽回《ばんかい》できるとしても、レイニが噂になるのは不味い。レイニに注目が集まってしまえば私がレイニに何かを問い詰《つ》めたことをシャルトルーズ伯爵に知られてしまう。

最近、レイニを見ないのは私が何かしたからじゃないかと言われると非常に困ってしまう。それで万が一、レイニを保護していると知られればどんな噂を立てられるかわからない。

つまり今現在、魔法省からの提案を断るのは良くない状況という訳だ。

「何かしら構想や計画を魔法省に説明してこないといけないって状況になった訳ね。どうするの？ 流石《さすが》にアレはまだ公表するつもりはないでしょ？」

「当たり前でしょ！　というか、アレは公表するつもりはないわよ！　何か別の案を考えないと……あぁもう、魔法省めぇ……！」

ドラゴンの素材は貴重品だ。私は私の取り分を一欠片《かけら》たりとも譲《ゆず》るつもりはない。けれど、私の悪評をこのタイミングで立てられるのはユフィとレイニに迷惑《めいわく》をかけてしまう。かと言って、魔法省を納得させられるだけのアイディアが浮《う》かばない。

「……アニス様、私に任せて貰《もら》えませんか？」

「ユフィ？」

ユフィは何か考え込むように顎《あご》に手を当てていたけど、いきなり顔を上げて提案した。突然《とつぜん》とも取れるユフィの提案に私は目を丸くしてしまう。

「ユフィに任せるって……どういうこと？」

「魔法省にアニス様が嫌《きら》われているのは承知の上です。ただ、正規の手続きを踏《ふ》まえているのに断るのは私たちの状況が良くないです。ですが、私ならどうでしょうか？」

「……ユフィが表立って動くってこと？」

「正直、私はアニス様と魔法省の因縁をちゃんと認識できていません。ですが、その理由がアニス様の普段の振《ふ》る舞《ま》いや、魔学の思想、魔道具の存在なのは理解しています。それなら私が間に立つことで軋轢《あつれき》を抑《おさ》えられるのではないかと考えました」

真剣《しんけん》な眼差《まなざ》しのユフィに私は思わず息を呑《の》んでしまう。多分、魔法省はドラゴンの素材を私が大量に持っていることが気に入らないんだろうし、私が何かやらかすかもしれないことに気を張ってるだけだと思いたい。だから私の出方を窺《うかが》おうと仕掛《しか》けてきたんだと考えられる。

どうしても私と魔法省の間には因縁があるから、私が表立って出てしまうと魔法省とはいがみ合うことになってしまう。でも、私じゃなくてユフィが立つのならどうだろう？

「良いんじゃないかしら？　魔法省が毛嫌《けぎら》いしてるのはアニス様であって、ユフィリア様であればまた違った反応になるとは思うし、ありだとは思うわよ？」

ティルティがそう言ってくる。ありかなしかで言えば、私もありだとは思ってる。貴族と交渉《こうしょう》するとなれば私よりも次期王妃《おうひ》として教育も受けた公爵令嬢《れいじょう》であるユフィの方が上手《うま》くやれると思う。

正直に言えば、今までは私と魔法省の間に立って交渉できるような人なんていなかった。イリアも学院に通わずに侍女《じじょ》として王城に上がったから、魔法省の連中からは軽んじられている。

精々いるとしたら父上だけど、魔道具や素材に関して父上は中立の立場だ。父上は基本的に私のしでかしたことのフォローはしてくれるけれど、私に対して肯定的《こうていてき》じゃないから当てにできない。

「……いくらユフィでも私の傍《そば》にいるなら何か言われるかもしれないよ？」

「アニス様」

私の言葉にユフィが眉を寄せた。それで私も流石に気を遣《つか》いすぎたと自覚した。そうだね、ユフィがやりたいと思うなら私がやるべきことはその背中を押すことだ。

「……わかったよ。でも、ユフィが立つにせよ魔法省が文句を言えないような案を出して説明しなきゃいけない。その案を考えないと……」

「それも私に一つ、提案があります」

――頭を悩《なや》ませる私に、ユフィが提案した内容は私にとって驚《おど》くべきものだった。

＊　＊　＊

講演会の日、私たちは王城へと上がる準備を進めていた。

講演会の後にはちょっとした立食会もあるらしいけど、あくまで講演会は講演会。イリアにドレスを着ていった方が良いんじゃないかと言われたけど、私は断固として断った。

「アニス様、準備は良いかしら？」

「ティルティ」

外出時のいつものヴェールで顔を隠《かく》したティルティが私に声をかけてきた。

今日の講演会には珍《めずら》しいことにティルティも私たちと同行すると言い出した。名目上は協力者ということで来るらしいけれど、本人曰《いわ》く特等席で見物に行くだけとのこと。

普段引き籠《こ》もってるし、魔法省と折り合いが悪いティルティに招待状なんて届いてないからね。実際、協力者であることには間違いない。今回、魔法省に持ち込むための〝目玉〟を用意したのはユフィだけど、その検証に付き合っていたのはティルティだからだ。

「アニス様、ティルティ、お待たせしました」

ティルティと言葉を交わしていると、イリアとレイニを後ろに引き連れてユフィがやってきた。今日はイリアが気合いを入れて化粧《けしょう》をしたのか、ユフィはいつもより綺麗《きれい》に飾《かざ》り立てられていた。

「あら、化粧をすれば流石ねぇ？　アニス様」

「そりゃ、ユフィは美人だからね」

ティルティが茶化すように言うので、私も同意するように頷《うなず》きながら返す。そんな私たちを見てユフィが呆《あき》れたように溜息《ためいき》を吐く。

「何を言ってるんですか……それより、そろそろ時間です。参りましょう」

「うん。それじゃあイリア、レイニと留守番よろしくね」

「畏《かしこ》まりました、姫《ひめ》様」

「頑張《がんば》ってくださいね！」

イリアはいつも通りに、レイニは笑みを浮かべて見送ってくれた。レイニも離宮《りきゅう》で過ごす内にイリアに懐《なつ》いたみたいだし、魅了《みりょう》の効果があったとはいえイリアが私以外にも関心を向けてるのは良い変化だと思う。

イリアとレイニの二人に見送られて私たちは離宮から王城へと向かう。講演会の時間は夜で、月明かりが王城までの道を照らしている。

王城で開く講演会はそんなに珍しいものではない。王城には幾《いく》つか、パーティーなどの集まりのための会場が用意されている。今日はその一つを使う予定だ。規模は魔《ま》法《ほう》省だけが主導だったので大きな会場ではないんだけど。

王城に入り、もう少しで会場に着くという所で一人の人物が立っていることに気付いた。その人物を見て、私は眉《まゆ》を寄せてしまった。それは嫌《いや》な意味で見知った顔だったからだ。

「ご無沙汰《ぶさた》しております、アニスフィア王女殿下《でんか》」

細身の長身で、パッと見た印象は理知的な青年。銀髪《ぎんぱつ》を背の所で纏《まと》めていて、その顔には眼鏡がかけられている。眼鏡の奥の瞳《ひとみ》は冷ややかな青色で全体的に冷たい印象を与《あた》える。

彼は丁重に一礼をして挨拶《あいさつ》をしてきた。

「……これはどうも、ヴォルテール伯爵子息殿《どの》」

「ラングで構いません。……何度もそう申している筈なのですがね」

眼鏡を指で押し上げながら言う。その仕草はもう見慣れたものだ。相変わらず腹が立つ相手だね、こいつは！

ラング・ヴォルテール、ヴォルテール伯爵家の長男で次期当主だ。魔法省の若手の中でも優秀《ゆうしゅう》な奴《やつ》で、発言力も高い。実際、口だけじゃなくて魔法の腕前《うでまえ》もピカ一らしい。らしい、というのは実際の腕前を見たことがないからだ。

「王女殿下ご一行のために案内役を申し出ました。どうぞ、よろしくお願い致《いた》します」

「わざわざご苦労様。案内役なんて、もうちょっと立場が下の人にやらせたら良かったんじゃないの？」

「これは異なことを。この国を救った救国のドラゴンキラーには私ですら霞《かす》むでしょう」

「よく回る口だこと……」

私を褒《ほ》めてるように見えて、そこに敬意の色なんてない。かといって嫌悪感《けんおかん》とかも表に出してないから本当に淡々《たんたん》としている。

「助手として同行したのは、クラーレット侯爵家《こうしやく》の……」

「ティルティ・クラーレットよ。ただ私は見届け人、自分の関わった研究の成果が正しく評価されるのかどうか見に来ただけ」

「……数年前のことを気にしておられるのであれば、正式に魔法省に抗議《こうぎ》の文を届けて頂ければ対応致しますが？」

「できるの？　魔法と精霊《せいれい》にしか目が行ってない視野が狭《せば》まった信奉者《しんぽう》風情に」

「……侯爵家の令嬢といえども口を慎《つつし》むのがよろしいかと」

一瞬《いっしゅん》、ラングの頬《ほお》が引き攣《つ》ったけれど、何事もなかったようにそう言った。ティルティも触《ふ》れられなければ仕掛けるつもりはないのか、腕《うで》を組んで黙《だま》りこくった。

「……そして、ユフィリア・マゼンタ公爵令嬢様」

「はい」

ユフィが一歩、前に出てラングと向かい合う。すると、ラングが一瞬だけ目を丸くさせた。それから誤魔化《ごまか》すように咳払《せきばら》いをしてから、胸に手を当てて深く頭を下げた。突然頭を下げられたことにユフィは目を丸くする。

「ヴォルテール伯爵《はくしやく》子息殿？」

「ラングで構いません。お会いしたいと思っておりました、ユフィリア公爵令嬢様。このような形で対面となったこと、とても口惜《くや》しく思っております。婚約破棄《こんやくはき》の一件、さぞ心を痛めたことかと思います。心中、お察し申し上げます……」

「……ラング様に頭を下げられる理由などございません。どうか頭を上げてください」

ラングに突然頭を下げられたユフィは少し困ったような顔をしたけれども、すぐに令嬢としての表情を取り繕《つくろ》って静かに告げる。ユフィにそう言われて頭を下げていられなかったのか、ラングは顔を上げる。それでも表情は苦々しいままだ。

「……貴方《あなた》の噂《うわさ》はお伺《うかが》いしていました。卒業後は是非《ぜひ》とも、魔法省への進路を考えて頂ければとも思っていた矢先、まさかの報《しら》せに耳を疑いました。非常に残念に思っております」

「私を高く評価頂き、ありがたく思います。しかし、かの婚約破棄の一件は私にも非があったこと。今回の講演会でアニス様の助手として名誉《めいよ》挽回《ばんかい》していく所存でございます」

「……王女殿下の助手として、ですか」

今までどこか軽やかだったラングの口調が少し重くなる。ちらり、と私へと向けた視線は睨《にら》んでいるようにも思えた。

「……立ち話もなんです。時間まで控《ひか》え室《しつ》をご用意させて頂いております。ご案内致しましょう」

ラングが促《うなが》したので、私たちは揃《そろ》って控え室へと向かっていく。その間、会話はなかった。ラングが案内した控え室では侍女たちが控えていたのか、一礼をした。

ラングに促されて着席をすると、侍女たちがお茶の用意を始めている。魔道具がないので魔法を使って火を灯《とも》しているのを見るとなんだか新鮮《しんせん》だった。

「改めて、此度《こたび》は魔法省からの要請《ようせい》に応じて頂き感謝しております」

「断ったらうるさいでしょうに」

はん、と私が鼻を鳴らして言うとラングの眉間《みけん》に思いっきり眉が寄った。

「それだけドラゴンの素材の価値が高いが故にとご理解ください、アニスフィア王女殿下」

「全部持っていった訳じゃないんだから良《い》いでしょ？　ドラゴンは私が倒《たお》したんだから、私が素材を得る権利がある」

「いつも言っていますが、何も私共は貴方から素材を取り上げたいがために言っているのではありません。正当な価格を以《もっ》て取引をし、国庫を潤《うるお》して民に還元《かんげん》するために……」

「それはラングの理想でしょ。私も本当にそうなってるなら文句は言わないよ。そうじゃないから文句をつけるんだ」

「貴方様の悪評について言っておられるのであれば、それはアニスフィア王女殿下の振《ふ》る舞《ま》いにも問題があるからだと、どうしてわかって頂けないのでしょうか？」

私とラングの交わした視線の間に火花が散る。だからコイツと顔を合わせるのは嫌なんだよ、魔法省のエリートで絵に描いたような〝理想の優等生〟様だから……。

「一つ、よろしいでしょうか。ラング様」

私とラングの睨み合いを収めたのはユフィだ。ユフィは静かにラングを見据《みす》える。

「何でしょうか、ユフィリア様」

「お恥《は》ずかしながら私は学院を卒業できなかった身です。なので魔法省のことも詳《くわ》しくは把握《はあく》しておりません。また、アニス様とのご関係についてもです。アニス様からお伺いした内容だけであれば偏《かたよ》りが出るもの。良ければラング様からご説明を賜《たまわ》りたく思います」

「説明、とは？」

「私は魔法省がアニス様に対して、些《いささ》か強く当たっているのではないかと思っています。もし、それが誤解だと言うのであれば双方《そうほう》にとっても悲しいことではありませんか？　アニス様もこのように頑《かたく》なになられてしまうほど、互《たが》いの因縁《いんねん》は深いものなのだとは察しております。しかし、その架《か》け橋《はし》となることが助手としての私の務めかと思いまして」

……思わず私は苦虫を噛《か》み潰《つぶ》したような顔をしてしまう。こんな風に仲裁されてしまったら私は何も言えなくなってしまう。

ちらり、とラングの顔を見ればその視線はユフィに真《ま》っ直《す》ぐに向けられていた。ラングは眼鏡に指を伸《の》ばして、位置を直すように指で押し上げる仕草をしている。

「なるほど。アニス様からどのように私たち、魔法省のことを聞いているのかは些か気になる所ではありますが……そもそも、私たちが強く出ていると言われるのであれば、アニスフィア王女殿下を思ってのことでございます」

「なるほど。つまりアニス様には問題があるということですね？」

「逆に問いますが、ユフィリア様はアニスフィア王女殿下に何も感じられないのですか？」

「具体的には、どのような？」

「品位に欠ける行動が、王族としてあまりにも目に余るとは思わないのですか？」

「それは否定できないことかと」

　ユフィ、そこは否定しないのね！　ただ口には出せなかった。私が口を開くとろくなことにならなそうだから静かにお茶を飲む。ティルティも我関せずといった様子でそっぽを向いたままだ。

「我々魔法省はパレッティア王国の未来を、その最先端《さいせんたん》を担うことを期待された者としてアニスフィア王女殿下の目に余る行為《こうい》を諫《いさ》めねばと思ってのことなのです」

「では、素材の取引を断った後、悪評を立てられるというのは？」

「貴族社会において隙《すき》を見せればつい口が軽くなる者もおります。諫める気持ちが先走るあまりに口さがない者もいるのでしょう」

「貴方はどうなのでしょうか？　ラング様」

　ユフィの問いかけにラングの眉がぴくりと上がる。表情が僅《わず》かに揺《ゆ》らいだ影響《えいきょう》か、またズレてしまった眼鏡を直すように指で押し上げている。

「私はアニス様が何故《なぜ》、魔法省にそこまで諫言《かんげん》せねばならぬと決意させるのか理解できていません。王族としての慎みがない、なるほど。これには私も同意致します。ですが、本当にそれだけなのでしょうか？」

「……ユフィリア様こそ、何を問いたいと言うのでしょうか？」

「魔法省がアニス様を咎《とが》めるのは、魔学は禁書と同様に規制対象である、と。そうお考えだからなのでしょうか？」

ラングの目が細められた。その瞳が一度だけ、私を忌々《いまいま》しそうに見たような気がする。視線を合わせたくなくて逸《そ》らしたけど。

「魔学、魔学ですか……ユフィリア様はどのようにお考えなのですか？」

「突飛《とっぴ》で理解に苦しむ点は多くあります。しかし、それが時に真理を突《つ》く考えだと感心することもあります」

「……魔法省とて、ドラゴン討伐《とうばつ》に大きく貢献《こうけん》した魔道具の有用性は認めています。そして魔道具を生み出した魔学には価値がある。それは国王陛下もお認めになっていることでありますす。しかし……」

「しかし？」

「──その思想は、あまりにも異端《いたん》です」

ラングははっきりとした声で、そう言い切った。

「アニス様の魔学《まがく》は理解に苦しむ点が多い。そして精霊信仰《せいれいしんこう》を覆《くつがえ》しかねない視点、思考はあまりにもこの国の王族として相応《ふさわ》しくないのでは、と私は懸念《けねん》しております」

……あぁ、そうだね。もう何年も、ずっと言われ続けてきたことだ。私が魔法が使えないと知った時から、それでも魔法を使うことを諦《あきら》めなかったその日から。

私に普通《ふつう》の魔法使いであることが許されないなら、異端と呼ばれる手段でしか手にすることが許されないなら。私は全てを敵に回してでも自分の魔法を追い求めることを諦められない。

私の考えが異端であることも、この国の根幹を為《な》す精霊信仰を崩壊《ほうかい》させかねないことも理解してる。だから嫌《きら》われるなんて仕方ないってことも、全部わかってる。

「──なるほど」

思考に沈《しず》んでいた私の耳に、ユフィの静かな声がするりと入り込んできた。

「アニス様が異端の思想を持つことは王族として相応しくない。それは私にも理解できました。しかし、だからといってアニス様が王族として不適格かと言われれば違《ちが》うのではないでしょうか？」

「……何ですと？」

ラングが眉《まゆ》を顰《ひそ》め、ユフィを見据える。ユフィは背を伸ばして、姿勢良く座りながら言葉を続ける。

「耳を塞《ふさ》がれた者に音楽を嗜《たしな》むことができるでしょうか？ 嗜むことができない物事の意味を語ることができるでしょうか？ 私たちが当たり前に与《あた》えられているものを与えられなかった彼女に私たちと同じ言葉を望むのは、本当に正しいことなのですか？ 与えられなかったことこそが罰《ばつ》だと言うのならば、アニス様は一体どのような罪を犯したと言うのでしょうか？」

朗々と歌うようにユフィが言葉を重ねる。私はつい、口を半開きにして聞き入ってしまっていた。

ユフィは私を見ることなく、ただ前を見据えている。揺るがないその姿は完璧《かんぺき》と称《しょう》された公爵令嬢《こうしゃくれいじょう》としての姿なのだと、そう知らしめるように。

「アニス様は最初から不信心だったのか。最初から異端なる考えを抱《いだ》いていたのか。アニス様はただ一度も精霊《せいれい》に歩み寄ろうとしなかったのか。さて、一体、何がアニス様の罪だと言うのでしょうか？ 魔法の才能を授けられなかったのは信仰《しんこう》に背いた考えを抱いたから？ それとも加護が与えられなかったから？ 一体、どちらが先なのでしょう？ ラング様、貴方は一体どのようにお考えになりますか？」

……怖《こわ》い。初めてユフィに恐怖《きょうふ》を感じた。その問いかけには一切の感情が込められていない。ただ純粋《じゅんすい》に答えを問うだけのもの。そこにユフィ自身の感情は何もない。

——まるで鏡のようだ。ユフィの問いかけは嫌《いや》でも自分自身に己の正しさを問わせる。そこに綻《ほころ》びがあれば容赦《ようしゃ》なく自分の首を絞《し》める。そんな錯覚《さっかく》を感じさせる問いかけに嫌な汗《あせ》が背中を流れていく。

ラングは何も答えない。その額から一筋の汗が伝い、頬《ほお》を伝っていくのが見えた。視線はユフィから逸らすことが許されていないと言わんばかりにユフィに奪《うば》われ続けている。

すると、不意にユフィが柔《やわ》らかく微笑《ほほえ》んだ。隣《となり》に座っていた私の手を取り、そっと握《にぎ》る。温かい手の温もりに私は思わず戸惑《とまど》ってしまう。

「アニス様が真に異端か、それともただ新たな境地を見出《みいだ》したのか。それは私一人で判断できることではございません。しかし、私は魔学に光を見ました。それは決して精霊や魔法を否定するものではなく、寄り添《そ》い、共に歩んでいける道だと思っています。私は今日、その理解を多くの人に伝えられれば幸いだと思っております。ですので今日の講演は是非《ぜひ》楽しんで頂ければと思います」

ユフィがそう言葉を結ぶのと同時にノックの音が聞こえてきた。どうやら話し込んでいる間に講演会の時間が来ていたようだ。

「それでは参りましょうか」

最初に立ち上がったのもユフィ。握ったままの手を引くようにして、ユフィは私に視線を向けて微笑みかけてくれるのだった。

＊＊＊

案内人の誘導《ゆうどう》で講演会の会場に入ると自然と視線が私たちに集まった。私が向かった壇《だん》上《じょう》には事前に魔法省に預けてあった魔女箒《まじょほうき》が安置されている。

ユフィとティルティと一緒《いっしょ》に壇上へと上がり、会場にいる講演会を聞きに来た人たちへと視線を向け、一礼をする。

私たちに対しての反応は様々だ。私の想像した通り値踏《ねぶ》みをするように見る人が多い。

意外だったのは、熱心にこちらの話を聞こうとする者たちが少なからずいること。

参加者を観察してばかりではいられない。私は息を吸って呼吸を整える。ユフィと打ち合わせはしたけれど、魔道具や魔学の解釈《かいしゃく》による講演部分は私が行わないといけないから、気合いを入れないと。

「皆様《みなさま》、ご機嫌《きげん》よう。本日の講演を務めさせて頂きますアニスフィア・ウィン・パレッティアです。本日はこの講演会を開いて頂き、大変嬉《うれ》しく思っております。今日は、先日私が討伐したドラゴンの素材、その使い道についての講演となります」

早口にならないようにと意識しながら私の告げた挨拶《あいさつ》にまばらな拍手《はくしゅ》が起きる。拍手が収まるのを待ってから、私は一つ息を吸う。

「早速ではございますが、講演を始めさせて頂きたいと思います。ドラゴンの素材の使用用途《ようと》を説明する前に、皆様にご覧になって頂きたいものがございます。それがこの飛行用魔道具である魔女箒です」

私は魔女箒を手に取り、それを胸の位置まで上げて、講演を聴《き》いている人たちが見やすいように意識しながら持つ。

「風の精霊石を使った発明ではありますが、細かな部品も細工師と打ち合わせたものでございます。作製までの手間はかかりますが、この魔女箒があれば人は空という未踏《みとう》の領域へと踏《ふ》み出すことができます」

私が魔女箒で提示できる利点は、交通の便の改善だ。パレッティア王国で長距離《ちょうきょり》移動となれば移動手段は馬となる。馬に乗るのは基本的に騎士《きし》で、馬を操れない人は馬車を利用することが主となる。

馬は育成や飼育の手間を考えれば高値だ。魔女箒も決して安いとは言わないけれども、それでも一度扱《あつか》い方を学んでしまえば馬よりも素直だ。

正直、私は馬に乗るのが慣れない。馬車だって整備されてない道を進めば揺れるし好んで乗っていたいとは思わない。

対して魔女箒は乗り手の魔力を消費するものの、疲《つか》れ知らずだ。馬は生き物だから休ませないといけないけど、魔女箒はその必要がない。この一点だけ見ても魔女箒の有用性は示されていると言っても良い。

「流石《さすが》に荷台を引くような力はありませんが、王都と近隣《きんりん》の町、村、そしてまたその近隣の村への移動が格段に便利になることでしょう。これが私の作製した魔女箒の利点となります」

「アニスフィア王女殿下《でんか》、質問をよろしいでしょうか？」

私の説明が一段落するタイミングを見計らって一人の男性が手を上げる。

「その飛行用魔道具によってもたらされる利益が素晴らしいことは大変よくわかりました。しかし、本日はドラゴンの素材の使用用途を説明する講演会では？」

「はい。ですが事前知識として魔女箒の解説が欠かせなかったため、先にお時間を頂きました。先日、私が交戦したドラゴンですが、その翼《つばさ》は特殊《とくしゅ》な力場を発生させ、あの巨体《きょたい》を空に浮《う》かせる効果を発揮していることを確認しました。これは魔女箒の発展に非常に有用なものとなります」

「ここからの説明は私が引き継《つ》ぎましょう、アニス様」

今まで私の傍《そば》で控《ひか》えていたユフィが一礼して前に出る。打ち合わせ通り、私は魔女箒を抱《かか》えたまま後ろへと下がる。

私に代わって前へと出たユフィに少しどよめきが起きる。そんな人たちに向けてユフィは改めて一礼をする。

「アニスフィア王女の助手を務めさせて頂いておりますユフィリア・マゼンタです。今回、魔法省の方々にはこのような場を開いて頂き、魔学による展望ある未来を語る機会を得たことを大変嬉しく思います。ここからは魔法使いとしての観点の説明も交えるため、不肖《ふしょう》ながら私が説明を引き継ぎたく思います」

「魔法使いとしての観点、ですか？」

「はい。先日、ドラゴンと交戦した際、私も事前に魔女箒による飛行を体験しておりました。この経験により、私は魔法による飛行が可能であることを証明致《いた》しました」

「なんと！」

今日で一番、大きなざわめきが起きた。魔法で空を飛ぶということ、それも自力での飛行ということで興味深そうに魔法省の人たちの視線がユフィへと集まる。

「……見事にまぁ、目の色変えちゃって」

後方へ下がったため、隣の位置にいるティルティが皮肉るように言った。ティルティを窘《たしな》めていると、ユフィが続きの説明をするために口を開いた。

「魔法による飛行は可能ですが、飛行のためには訓練が必要になるでしょう。問題も数多くあるため、今後はレポートにして指南書を纏《まと》めたく思っています。そして、魔法による飛行を体現した私だからこそ、魔道具による飛行、魔法による飛行の問題点を挙げることができると自負しています」

「両者にはそれぞれ問題点があると、その認識でよろしいか？」

再び問われた質問にユフィは大きく頷《うなず》いて見せる。そう、二つの飛行方法が編み出されたけれど、現状どちらにも問題点が存在している。

まず魔法による飛行、これは単純に魔法の制御《せいぎょ》が難しい。更《さら》に空を飛ぶために魔法の資質が要求される。主に風魔法、そして精度が高い制御が可能なセンスがいる。

「飛行魔法の習得は困難であり、また習得できたとしても魔力の消費が激しく、制御が難しいものとなっています」

「ふむ……つまり人を選ぶということですな」

「はい。体感してみて、私以外に習得するにはシルフィーヌ王妃《おうひ》様や、我が父と並ぶ腕前《うでまえ》が要求されることでしょう」

最初に起きた期待のどよめきは、やがて落胆《らくたん》の溜息《ためいき》へと変わる。天才のユフィでも制御が難しいと言わせる飛行魔法《まほう》。数多くの適性も要求されて、ものにできるのは一握《ひとにぎ》りと言われれば狭《せま》き門なのだということは魔法が使えない私にもわかる。

「一方で魔女箒ですが、こちらは使用者の資質を選ばないという点で非常に優れています。しかし、優れていると同時に全体的な技術が未熟と言えます。ですので魔女箒で空を舞《ま》うのは非常に危険と言わざるを得ないでしょう」

魔女箒の問題点は、道具や技術としての未熟さだ。なにしろ、私が理想とするイメージで作り上げてしまった魔女箒は他の人が使うことを想定していない。

私は箒で飛ぶ魔女のイメージがはっきりしているから飛行ができるだけで、他の人にも同じように飛べというのは無理難題に近い。それにティルティのような普段《ふだん》から運動しない人には飛ぶ時の姿勢を維持《いじ》するのも大変だと言われた。

更に落下時の危険も指摘《してき》された。飛べるのは良いとしても、飛行用魔道具を世に広めるつもりなら箒という形状は好ましくないとユフィに言われてしまっている。……個人的に使う分には気に入ってるんだけど。

「そこでドラゴンの素材を飛行用魔道具に使うことを考えたのです」

「ドラゴンの素材を飛行用魔道具に？」

「はい。ドラゴンの身体《からだ》の構造や部位によっては魔法の触媒《しょくばい》になることから、ドラゴンの素材を組み込むことで、もっと安全な飛行用魔道具を作ることができるのではないかと考えました。考案した図面の資料をご用意しておりますので、ご確認をお願いします」

離宮《りきゅう》の全員で用意した資料を会場に回るように渡《わた》して目を通して貰《もら》う。

それはドラゴンの身体を意識しながらも、魔女箒とも異なる形をしたものだ。私が魔女箒の欠点を指摘されて思い付いた新しい飛行用魔道具の形。

「空を舞うドラゴンのように、ということで仮の名前を〝エアドラ〟と名付けております。魔女箒と異なるのは、馬に乗る要領で身体を固定することができる点です。手綱《たづな》の代わりに取っ手をつけることで安定した姿勢を保つことができます。ただ、この構造を形にするためにはドラゴンの素材は必要不可欠と言えます」

ユフィは乗馬と言ったけど、私のイメージは前世の〝バイク〟という乗り物。ただ普通《ふつう》のバイクではなく、水上バイクみたいな形をしている。走るのは水の上じゃなくて、空の上だけどね！

この形になったのは、この世界の人間が馴染《なじ》みやすい形状なのと、ドラゴンの素材を流用するためにドラゴンの構造を真似《まね》る必要があったからだ。そこに私が前世の知識からバイクを思い出して当て嵌《は》めていった結果、今の形に落ち着いたという経緯《けいい》だ。

「研究が進めば、ドラゴンの素材を使わずとも量産ができるようになる展望もございます。交通の便の改善だけではありません、貴族の邸宅《ていたく》に一つ備えることで領地に起きた急な案件にも対応、万が一、賊《ぞく》に襲《おそ》われても緊急脱出《きんきゅうだっしゅつ》できるなど幅広《はばひろ》い用途でご提供できるかと思います」

「……なるほど。確かに箒で空を飛ぶと言われれば珍奇《ちんき》なものだが……」

「これもまだ奇《き》っ怪《かい》な形ではありますが、乗馬の応用も利くとなれば親しみが持てますな」

珍奇って言われてしまった。いや、言われてみれば私も否定はしないんだけど、複雑な気分だ。でも、人に受け入れて貰う形を作るってことは大事なんだなと私も改めて思い知らされた。マナ・ブレイドが受け入れられたのも、わかりやすい形だったからなんだな。

「……ドラゴンの素材の使用用途については以上となります。そして皆様には、もう少しお時間を頂きたく思います」

……あれ、ユフィ？　これ以上、何か言う予定だっけ？　私が戸《と》惑《まど》っていると、ユフィが静かに口を開いた。

「飛行用魔道具によって齎《もたら》される経済効果などは、先ほど私たちが説明した通りでございます。ですが、魔法省の方々にはアニス様の発明が精霊《せいれい》や神々への冒瀆《ぼうとく》ではないかと疑念を抱《いだ》かれてしまうことを、私は懸念《けねん》しております」

ユフィ、そこを切り込んでいくの⁉ 見るからに顔色を変えた人たちが何人もいるよ⁉ ティルティも吹《ふ》き出して、笑いを堪《こら》えてるし！ ちょっと、どうしていきなりそんな話を始めたの⁉

私が動揺《どうよう》しているのを知ってか知らずか、ユフィは言葉を続けていく。

「確かにアニス様の発想は既存《きそん》にない大胆《だいたん》な、言い換《か》えれば余人には理解できないものに見えるでしょう。私自身、そう見られることは理解しています。しかし、身近に見てきた私から伝えさせて頂くのであれば、魔学は精霊信仰《せいれいしんこう》とは形が異なった精霊たちへの敬意の表れであるということです」

ユフィはただ朗々と語る。堂々と演説をするユフィの姿に会場の注目が集まっていく。かく言う私も目が離《はな》せない。誰《だれ》もがユフィの言葉と空気に飲まれていた。

「世を知り、理を知り、魔法を知り、その全てが合わさり魔学は生まれています。魔学とは学問であり、決して信仰や伝統を蔑《ないがし》ろにするものではありません」

はっきりとユフィは言い切った。確かに私は人とは違《ちが》う思想を持っている。けれど魔学や魔道具の発明は、この国で生まれ育ったからこそ生まれたものなのだと。ユフィはそう言ってくれている。

……その言葉だけで、もう胸がギュッと締《し》め付《つ》けられるようだった。

「むしろ魔学とは、今まで我等が受け継いできた伝統と叡智《えいち》があってこそ生まれたものなのです。私はアニス様がこの国に生まれたことこそ、誇《ほこ》るべきものだと思っています」

ユフィが私に視線を向けて微笑《ほほえ》む。その微笑みが本当に優しそうな笑みで、何故《なぜ》か目の奥が熱くなった。そんな恥《は》ずかしいこと、真正面から言われたら赤面するでしょ！　止《や》めてよ、ここ講演の場なんだよ⁉

心の中で私が抗議《こうぎ》していることなんて気付かないんだろう。ユフィは再び私から会場へと視線を向ける。胸を張り、その胸の上に己の片手を添《そ》える。

「どうか異端《いたん》だからと決めつけるのではなく、その眼《め》を開き、見て、聞いて、考えて欲しいのです。魔学とは学びの道を行くもの。過去を知り、現在《いま》を感じて、未来を見るものなのです」

不意に私の肩《かた》に誰かが手を置いた。それはティルティの手だった。ティルティの表情はヴェールで隠《かく》されているけれど、面白がって笑っているのがわかった。

面白がってるんじゃない、私はそれどころじゃないんだよ！

「自ら学びの道を断たないでください。全ては精霊の意思と御名《みな》と共に、アニス様が精霊の加護を賜《たまわ》らなかったのは無才だからなのではなく、その才を精霊がお認めになったが故なのだと私は皆様《みなさま》にお伝えしたく思います」

こんなにも認めてくれる人がいる。前に立って、私のために訴《うった》えてくれるユフィがいる。

私は幸運に恵《めぐ》まれている。イリアがいて、父上や母上がいて、一握りでも私のことを理解して助けてくれる人がいる。それだけで本当に幸せだった。

否定されるのは辛《つら》い。傷つかない訳じゃないし、認められたいって思う気持ちはいつだって私の胸の中で残っていた。そんな思いが許されたような気がした。

……目の奥の熱が涙《なみだ》になって落ちたのを気付かれないように服の袖《そで》で素早く拭《ぬぐ》う。

「精霊と交わした契約《けいやく》から始まった我が国の興り、それから一体どれだけの時が経《た》ったでしょうか？　私は思うのです。今こそ、変化と共に我等は歩むべきなのだと。ここまで歩んできた礎《いしずえ》と共に、皆様と共に未来を目指したく思うのです。今日は、その良き日のための第一歩となればと思うばかりでございます」

ユフィが一礼と共に言葉を切る。ゆっくりと静かな拍手《はくしゅ》が響《ひび》き渡る。そして拍手の音は次第に増えていき、少しずつ拍手の音が会場内を包んでいった。

5章　狂乱《きょうらん》の夜、来たりて

「アニス様たち、大丈夫《だいじょうぶ》でしょうか……？」

「心配ですか？　レイニ様」

ぽつりと呟《つぶや》きを零《こぼ》した私にイリア様が問いかけてくる。アニス様たちがいない離宮はとても静かで穏《おだ》やかだ。肩の力を抜《ぬ》いて、イリア様が淹《い》れてくれたお茶を飲む。

まさか私が王城の、それも離宮で生活をするなんて考えたことがなかった。生まれた頃《ころ》からお母さんに連れられて旅をしていた私は、お母さんが亡くなってから孤児院《こじいん》で暮らしていた。

母を失ってからの私の人生は散々なものだった。孤児院の子供たちは私に意地悪をしたし、それを見た別の子供との間で喧嘩《けんか》にもなった。男の子の間で取り合いになる私を女の子たちは調子に乗っていると言って、とにかく人間関係に恵まれなかった。

自分の望まない人間関係に苦しめられて、いつしか周囲に期待することを止めた。そんな日々を過ごしていた私の転機が、父親との出会いだった。

私はお母さんの生き写しのようにそっくりらしく、私の事情を聞いて自分の子供だとわかったお父様は私を引き取り、貴族の子として育てようとしてくれた。今まで辛い生活をさせてしまったこと、お母さんを守れなかったことをお父様はとても悔《く》いていた。

お義母様《かあさま》はお父様がお母さんを愛していたことを承知の上で嫁《とつ》いできたらしい。だから血の繋《つな》がらない娘《むすめ》になるのに、とても温かく迎《むか》え入れてくれた。それが本当に嬉《うれ》しくて、信じられないほどに幸せだった。

偶然《ぐうぜん》、私が魔法《まほう》を使えると知った時は自分のことのように喜んでくれた。きっと貴方《あなた》のためになるからと貴族学院の入学も勧《すす》められた。不安はあったけど、こんなに温かく迎えてくれた新しい家族のために何かしたかった。

（……でも、まさか私がヴァンパイアなんてもので、不思議な力があるなんて……）

改めて言われれば、今まで不可解だったことにも納得が行くようになった。だから貴族学院での生活は思い返せば思い返すほど心苦しかった。もしも、私が自分の力に気付くことができていたらこんなことにはなってなかったのに。

不可抗力《ふかこうりょく》だとアニス様は言ってくれる。でも、私は酷《ひど》いことをしてしまった。人の気持ちを惑《まど》わして、多くの人に取り返しの付かないことをさせてしまった。この罪をどう償《つぐな》えば良いのか私にはわからない。

今も保護されているだけで、私はアニス様たちに何も恩返しができてない。お客様のままでいたくはないのに、それでも私にできることなんて何も……。

「レイニ様」

「ひゃっ」

つん、と眉間《みけん》を指で突《つ》かれた。イリア様が指を突《つ》き出した格好で溜息《ためいき》を吐《つ》く。

「悩《なや》みすぎると幸が逃《に》げていきますよ」

「イリア様……」

「慰《なぐさ》めではありませんが、難しい物事ほど解決には時間がかかります。簡単に解決できるのであれば、誰も悩んだり苦しんだりもしません。……冷めますよ？」

指摘《してき》されたとおり、一口つけただけでお茶を全然飲めていなかった。確かに冷める前に頂くべきだと思い、再び口をつける。貴族の家に引き取られてからお茶を飲む機会が増えた。どうしてお茶を飲むとホッとするのかはよくわからない。でも、嫌《きら》いじゃなかった。

お茶を用意したり、テキパキと仕事をしたりしているイリア様は格好良い。一応、身分は私よりも高い筈《はず》なのに侍女《じじょ》だからと様付けをしてくれる。……その姿に憧《あこが》れを抱いてしまう。

「どうかしましたか？」

「いえ、何も」

自分はヴァンパイアで、普通に生きていくのは難しい。将来のことを思えば不安はある。それならどう生きていけば良いのかを考えてみる。

真っ先に浮《う》かんだのがイリア様だ。侍女、アニス様の傍《そば》でイリア様みたいに働けたなら恩返しもできるかもしれない。……今度、侍女の仕事を教えて貰《もら》おうかな。

──そう思った時だった。突然《とつぜん》、私たちのいたサロンの明かりが途絶《とだ》えたのは。

「えっ？」

時刻は夜。明かりがなくなれば一気に何も見えなくなる。何が起きたのか、と戸惑っていると口を塞《ふさ》がれた。

「静かに」

私の耳元で囁《ささや》いたのはイリア様だった。その声にはどこか緊張《きんちょう》が走っていた。

「レイニ様、落ち着いて聞いてください。──何者かが、離宮《りきゅう》に侵入《しんにゅう》しました」

「えっ？」

「離宮は知っての通り、人手が少ないです。万が一ということでアニス様が備えていましたが、まさか使う日が来るとは……」

「だから明かりが消えて……？」

「魔道具の盗難《とうなん》や強奪《ごうだつ》に備えて、非常停止したのでしょう。魔道具の知識がなければ再起動できません。……問題は侵入者です」

ごくり、と息を呑《の》んでしまいました。侵入者がいる、その事実にどくどくと心臓が嫌《いや》になるほど高鳴り、鼓動《こどう》が速まっていく。荒《あら》くなりそうな呼吸をイリア様が背を撫《な》でて落ち着かせてくれた。

「……どう、するんですか？」

「……離宮を出ましょう。王城に向かい、保護してもらうしかありません。このままここで隠れていても見つかってしまっては危険です。幸い離宮の構造は把握《はあく》しています。ある程度なら目を瞑《つぶ》っても私は移動できます」

確かに離宮に長く勤めているイリア様なら視界が不自由でも移動ができそうだ。震《ふる》える私の手を握《にぎ》って、イリア様が立たせてくれます。

「息を潜《ひそ》めて、静かに。物音には注意を。気配があったら隠れましょう。返事をする場合は手を一回握ってください、止まって欲しい場合は二回です。いいですね？」

耳元で囁くような小声に、指示に従って手を一回握り返す。イリア様が私の手を引きながら暗闇《くらやみ》の中に沈《しず》んだ離宮の中を移動していく。

廊下《ろうか》に出れば窓から月明かりが差し込んでいる。その光を避《さ》けるようにしてイリア様が静かに移動していく。私も必死に息を殺し、物音を立てないようにして、付いていく。

(でも、一体、誰が……?)

アニス様は今、王城で魔法省から求められた講演会をしている。それを狙《ねら》って? 目的はドラゴンの素材? それとも魔道具? 緊張を誤魔化《ごまか》すためなのか、私の思考はグルグルと回っていく。

ふと、違和感《いわかん》を覚える。でも、何がおかしいのかわからない。何かがおかしいのはわかっても、理由がはっきりしない。その疑問にイリア様の手を二回握ろうとした瞬間《しゅんかん》だった。

「──これは! レイニ様、失礼します!」

「えっ⁉」

「視界が利かないのが仇《あだ》になりました! ──霧《きり》です! 毒かもしれません、吸い込まないように! 窓から出ます、しっかり掴《つか》まってください」

霧。違和感の正体にようやく合点がいった、霧で空気が湿《しめ》っていたんだ。明かりがなくて霧が充満《じゅうまん》していることに気付かなかった。毒かもしれない、という忠告に私は息を止める。同時にイリア様が私を横抱《よこだ》きに抱《かか》えて、近くの窓に向かって走り出す。

イリア様が私を庇《かば》うように肩から窓にぶつかり、その勢いで窓が破られる。イリア様と私は宙に投げ出されて、視界が一気に月明かりによって開けていく。

「──相変わらず判断は早いな。だが、詰《つ》めが甘い」

その声が耳に届いた時、私は幻聴《げんちょう》を聞いたのだと思った。同時にイリア様が手を放し、私は地面に転がった。痛む身体《からだ》を押して顔を上げると、イリア様がスカートの裾《すそ》を引くように翻《ひるがえ》すのと同時に魔法を行使するのが見えた。

「──〝ファイアアロー〟！」

炎《ほのお》の矢が形となり、私が聞いた声の方へと向けて飛翔《ひしょう》していく。炎の矢の残滓《ざんし》でできた明かりがイリア様の横顔を照らす。その顔には、焦《あせ》りと驚愕《きょうがく》の色が広がっていました。

イリア様の放った炎の矢は、まるで何かに阻《はば》まれるようにして消えていく。良く見ればそれは氷の壁《かべ》。その氷の壁の後ろから、何かが勢い良く伸《の》びてくる。

「──ッ、ぁ!?」

勢い良く伸びたそれは、水の鞭《むち》。まるで蛇《へび》のように空中で身を撓《しな》らせ、イリア様の肩《かた》を貫《つらぬ》いた。咄嗟《とっさ》に避《よ》けようと地を蹴《け》ったイリア様がそのまま叩《たた》き付けられるようにして大地に縫《ぬ》い止められる。

「──イリア様ッ！」

イリア様の血が舞《ま》う。何度も頂いた、あの血の香《かお》りがする。私は悲鳴を上げながらイリア様に駆《か》け寄ろうと立ち上がって、腕《うで》を掴まれた。

腕を摑んだ人の顔が月明かりに照らされて、はっきりと映し出される。私はただ信じられない思いで、咄嗟にどうして、と呟く。

「──謝罪もしない。許しを乞《こ》うこともしない。……ただ残念だ、レイニ」

──次の瞬間、私の胸に抉《えぐ》られるような痛みが走って、私の視界は真っ赤に染まった。

＊＊＊

（……帰りたいなぁ……）

魔法省に頼《たの》まれた講演会は無事に終わり、私は憂鬱《ゆううつ》な気持ちでいっぱいだった。

見事な講演をしてくれたユフィは色んな人に囲まれて談笑中、ティルティはちゃっかり料理を回収して隅《すみ》の方で舌鼓《したつづみ》を打っている。私もちょっと料理をつまんで、会が終わるのを待つだけって思ってたんだけど……。

「アニスフィア王女殿下《でんか》、此度《こたび》の講演会はお見事でございました。どうか、私めとご歓談《かんだん》頂ければと思うのですが、如何《いかが》でしょうか？」

「はい？　……えーっと」

立食会が始まって、料理を回収して壁の華《はな》になろうとした私を阻んだのは一人の少年。

癖《くせ》のついた銀髪《ぎんぱつ》に、怪《あや》しげな紫色《むらさきいろ》の瞳《ひとみ》。パッと見の印象は神経質そうな少年だ。

なんか見覚えはあるんだけど、名前が出てこない。私が疑問に思っていると、その少年は貴族らしい一礼をしてから名乗りを上げる。

「モーリッツ・シャルトルーズでございます。王女殿下とは直接の交流はございませんでしたが……」

思い出した、シャルトルーズ伯爵《はくしゃく》の息子じゃん!? えっ、なんでわざわざ私に話しかけてきてるの？　というか、どうしてここにいるんだろう？　謹慎《きんしん》してるんじゃないの？　アルくんとナヴルくんはまだ謹慎中なのに。

「アニスフィア王女殿下には大変お世話になりました。それとご迷惑《めいわく》もおかけしてしまったので、謝罪の機会を頂きたく……」

「私が、何か？　直接貴方《あなた》との接点はないけど」

「ユフィリア様のことです。短慮《たんりょ》を働いたことを猛省《もうせい》せよ、と父からもお叱《しか》りを受けました。アニスフィア王女殿下の機転があったとはいえ、大変失礼なことをしてしまったと思っております……」

「はぁ……」

モーリッツだっけ？　こいつ、笑顔だけど何を考えてるのかよくわからない。典型的な貴族の笑みに私は微妙《びみょう》な表情になってしまう。

どうにも腹の底が読めない相手だ。口では言うものの、ユフィのことをどう見ているのか定かではないし。それにモーリッツの謝罪には誠意を感じられない。

「今回、この場を提案したのも私でございまして。なんとか名誉《めいよ》挽回《ばんかい》の機会を、と。良ければ私の名を覚えて頂ければと思います」

「……理由を尋《たず》ねても？　貴方はアルく……アルガルドと懇意《こんい》にしていたのでは？」

この講演会を企画《きかく》したのが魔法《まほう》省長官の息子だったとは驚《おどろ》きだ。正直に言えば意外だ。それに彼は元々アルくん側にいた訳だし、どうにも動機が見えない。

「先の一件で、私も考えを改めまして……目を背けていた魔道具を開発した王女殿下自らのご説明を拝聴《はいちょう》したく思いまして講演会を企画させて頂きました」

「魔法省の主導じゃなくて、貴方が言い出したってのが妙《みょう》だけど……それに考えを改めるって、どういう意味かしら？」

「今までは評価することができなかった魔学を、改めてアニスフィア王女殿下からお教えを授かる機会を頂きたいと、そう捉《とら》えて頂ければ」

……やっぱりどうにも食えない。真意が掴みづらくて相手にしていたくない。

「そうですか。しかし、今は既《すで》に立食会に移行していますし、ご歓談の相手は私以外にも幾《いく》らでもいるのでは？」

「私とはご歓談を頂けないと？　……やはり、我が身の不明をお怒《いか》りになっているのでしょうか？」

「……は？」

いや、別に貴方なんてどうでも良い。でも、そんなことを思っているなんて口に出せず、どうしたものかと痛み始めた頭で考える。

ふと、会場に視線を巡《めぐ》らせると壁の華になっていたティルティと目が合った。何やってんのよ、と視線で訴《うった》えられたけれど、それは私が聞きたい。丁度良い、ティルティを口実に離《はな》れよう！

「失礼、少々友人と話があるので……」

「王女殿下のご友人ですか？　是非《ぜひ》、私にもご紹介《しょうかい》頂けませんか？」

ちょっと、なんでそんなにぐいぐい来るのよ。はっきり言って迷惑なんだけど⁉　とにかく離れよう。なんだか不気味だ。

「友人は人見知りなものでして、ご遠慮《えんりょ》くださいませ」

「あぁ、アニスフィア王女殿下！　そんなことを仰《おっしゃ》らないでくださいませ！」

し、しつこい！　というか身振《みぶ》りが大袈裟《おおげさ》！　声も大きい！　何事かって私の方に視線が集まってきたじゃない。

あっ、ティルティが私を睨《にら》んできた。あれはこっちに来るんじゃないっていう視線！薄情者《はくじょうもの》め、助けなさいよ！

「あの、シャルトルーズ伯爵子息。私は何も思っておりませんので、謝罪などは不要です」

「それでは私の気が済みません！　どうかお許し頂けるまで、私と言葉を交わして頂きたいのです……！　我が身の悔恨《かいこん》、どのように言葉にすれば伝わるのか！」

く、食い下がるわね!?思わず眉間《みけん》に皺《しわ》が寄りそうになったので、顔に力を込めて堪《こら》える。何なの？　突然《とつぜん》どうしたの？　情緒《じょうちょ》不安定なの？　というかどう逃《に》げれば良いのよ、これ!?

「他の方の目もございます。どうか何卒《なにとぞ》お控《ひか》えください。今宵《こよい》の講演は終えておりますので、又《また》の機会を頂ければと……」

「そこをなんとか……！」

ダメだ、こっちの話を聞いてくれそうにもない。ここは改めてきっぱりと断って、踵《きびす》を返そうとした時だった。

――キィイン、と。甲高《かんだか》い音が遠くから響《ひび》き渡《わた》った。会場の皆《みんな》も耳にしたその音に私は目を見開かせる。この音は知っている。知らない筈《はず》がない。だって、これは私が開発したものだ。

「──イリア……？」

これはイリアに渡しておいた緊急《きんきゅう》事態を告げる警報装置によるものだ。離宮《りきゅう》は王城からやや離れているけれど、かといって遠い訳でもない。防犯も兼《か》ねて、私に何かあった時に王城に知らせられるよう、緊急事態を想定して用意したものだ。

今日まで使われることがなかった警報音に私はすぐさま飛びだそうとする。けれど、その動きは遮《さえぎ》られてしまった。

「何だ、今の音は⁉　会場の者たちを集めろ！　外に出すな‼」

私の腕を掴みながらモーリッツが声を荒《あら》らげて指示を下す。何の音かと囁《ささや》き合っていた者たちと、モーリッツの指示に従って人を集め出した者たちが一箇《いっか》所に集まろうとする。だけど、そんな人の流れなんて私は気にしていられなかった。けれど、腕を掴まれていては動くこともできない。

「ちょっと、離してよ！」

「いけません！　今の音が何なのか、それがわかるまでは会場から出ては……！」

「あれは私の魔道具のものよ！　離宮で何かあったんだ！」

「……ならば、尚更《なおさら》です！　危険ですのでどうか落ち着いてください……！　誰《だれ》ぞ、誰ぞここに！　アニスフィア王女殿下が乱心である！　手を貸してくださいませ！」

誰が乱心しただって⁉　モーリッツが私の腕を掴む力は強く、指が食い込む。痛みと苛《いら》立《だ》ちから、私の頭の奥でぷつりと何かがキレるような音がした。

私の感情に呼応するかのように〝背中〟から熱が全身に駆け巡る。沸騰《ふっとう》するように魔力が私の身体《からだ》から漏《も》れ出す。淡《あわ》いオーラのように全身から魔力が浮《う》かび上がり、私は勢いのままにモーリッツの腕を掴み上げる。

「ぎぃ、ぎゃぁぁぁあっ⁉　がぁぁ、あぁ、は、離せ！　離せぇッ⁉」

みしみしと骨が軋《きし》む音が、肉が締《し》め上げられる音が響く。モーリッツが情けない悲鳴を上げるのを聞いて、キレていた私は歯を剝《む》くようにして告げた。

「――こっちの台詞《せりふ》よ！　離せって……言ってるでしょうがぁッ‼」

そのまま片手でモーリッツの腕を掴んだまま、大きく振《ふ》りかぶるようにして叩き付ける。その勢いでようやくモーリッツの手が私の腕から離れた。同時に、鼓膜《こまく》に突《つ》き刺《さ》さるような悲鳴が響き渡る。

誰もが私を見ていた。怯《おび》えるように、恐《おそ》れるようにして。私の怒りに反応して吹《ふ》き荒《あ》れた魔力は未《いま》だに私の身体に揺《ゆ》らめくように纏《まと》わり付いている。

「ド……ドラゴン……！」

誰かが、震《ふる》える声で私を指さしながら言った。思わず舌打ちが零《こぼ》れるけれど、構ってられない。一刻も早く離宮へと向かわなければならない。

「──何を、している！　ゲホッ……！　この、化物姫《ひめ》を取り押さえろ!!」

癇癪《かんしやく》を起こすような絶叫《ぜつきよう》が響き渡った。それはモーリッツのものだった。彼は血走った目で私を睨んでいた。それは怒りであり、同時に恐れも混じっているものだった。

位置的に見下ろすような位置にいたモーリッツは、私と視線が合うと這《は》うようにして私から距離《きより》を取ろうとする。でも、ばたつく手足は上手《うま》く動いておらず、距離を取れない。

「ひ、ひぃぁ、この、化物めぇ!!」

そして、あろうことかモーリッツは錯乱《さくらん》したように私に魔法を放とうとしている。本当に撃《う》つつもりなのか、私は一瞬《いつしゆん》判断に迷って動きが遅《おく》れる。単純な魔力を固めた砲弾《ほうだん》が私に向けて放たれた。

咄嗟《とつさ》に手を掲《かか》げて庇《かば》おうとしたけれど、その間に勢い良く割り込んできた影《かげ》があった。

割り込んできたのはユフィだ。ユフィはいつの間に回収していたのか、アルカンシェルを抜《ぬ》いて魔力刃《まりよくじん》を展開し、そのままモーリッツの放った魔力弾を掻《か》き消す。

「ユ、ユフィリアァッ!!」

鮮《あざ》やかに割り込んできたユフィに、モーリッツの表情が醜悪《しゆうあく》に歪《ゆが》む。憎《にく》み、恨《うら》み、妬《ねた》み、それらが入り交じってドス黒く染まった感情がモーリッツから吹き荒れる。

しかし、それをユフィは一瞥《いちべつ》しただけで、すぐに興味を失ったように私へと視線を向ける。アルカンシェルを握《にぎ》ってはいない方の手を私に向けて差し出す。

「アニス様！」

「ユフィ！　離宮側の窓へ！」

ユフィの手を取り、私たちは二人で駆《か》け出す。ユフィは離宮に向かう最短ルートを導き出していたようだった。そのまま二人で窓に向かって走りだそうとすると、道を塞《ふさ》ぐように何人かが杖《つえ》を構えながら立ち塞がる。

「――退《ど》きなさい！　王女殿下《でんか》の道を塞ぐとは何事ですか！」

威圧《いあつ》するように放たれたユフィの叱責《しっせき》に立ち塞がった者たちの動きが固まる。その一瞬の間に、まるで床《ゆか》から染み出してくるように闇《やみ》が広がった。

その闇は私とユフィ以外の人の足を搦《から》め捕《と》っていく。這い上がる闇にどんどんと動きを封《ふう》じられていく人々の光景に目を丸くしていると、背後から声が飛んできた。

「なによ、なによ？　ええ？　楽しそうなことをしてるじゃない！　反乱？　反乱なのかしら？　でもね、アイツが必死になってるのよ。邪魔《じゃま》しないでくれるかしら？　相手は私がしてあげるからさぁ……！　ほらほらぁ！　どうしたのよぉ!!」

「ティルティ！」

あの馬鹿《ばか》、加減なしで魔法を使ってる！　這い出る闇はティルティの魔法だ。床だけに止《とど》まらず、会場全体から染み出すように溢《あふ》れた闇が無差別に人々を縛《しば》り上げて動きを封じていく。

「属性の複合……ここまで鮮やかで、制御《せいぎょ》も凄《すご》い……！」

ユフィがティルティの魔法を見て感嘆《かんたん》の声を上げている。ティルティは体質さえなければユフィに比肩《ひけん》しうる実力がある。ただ、その体質が一番の問題なんだけど！

「何やってるのよ、アニス様！　さっさと行きなさい！　邪魔よッ！」

「アンタこそ何やってるのよ、馬鹿ッ！」

「いいから！　ここは私が引き受けてやるって言ってるのよ！　巻き込まれたいの⁉」

ティルティの怒鳴《どな》り声に私は一瞬、判断を迷う。けれども先ほどの音がどうしても耳から離れない。迷う私の脳裏にイリアの顔が浮かぶ、それが迷いを振り払《はら》った。

「やりすぎたり、誰かを殺したりするんじゃないわよ、馬鹿ティルティ！　ユフィ！」

「はい！」

私とユフィは、互《たが》いの手を繋《つな》いだまま窓の方へと向かって走る。もうすぐ窓だという所で私が一歩、先に前に出る。合わせるようにユフィが先んじて風魔法を放ち、窓が破砕《はさい》する音が響き渡る。

　そのまま宙へと飛び出した私とユフィ。するとユフィが腕《うで》を引くようにして、私を抱《かか》え込む。ユフィが私を抱え込んだ腕に力を込めて、離宮の方角を睨んだ。

「飛びます！」

「お願い！」

　ユフィの飛行魔法《まほう》が発動して、一直線に離宮へと向かっていく。そして離宮の外、そこに月明かりに照らされた人影《ひとかげ》が見えた。

「ユフィ！　あそこ！」

　私の指示にユフィは方向を変え、段々地面との距離が詰《つ》まってくる。もうすぐという所で私はユフィの手から離れて着地する。遅れてユフィが着地して、私たちはその光景を目にしてしまった。

　――真っ赤な血に染まったレイニが倒《たお》れている。レイニの傍《そば》には肩《かた》を押さえながら蹲《うずくま》るイリアがいる。イリアの身体は小刻みに震えている。

　私は息を呑《の》んだ。レイニとイリアを挟《はさ》んだ先、その向こうに立っている者が一人。風によって雲が流れ、遮られた月光が強まる。

　そこに立っていたのは――〝私とよく似た〟白金色の髪《かみ》を靡《なび》かせている少年。胸を切り裂《さ》くためか、無造作に破ったのだろう服は血に濡《ぬ》れている。

そして、私と視線が合った瞳《ひとみ》は……不吉《ふきつ》なまでに真紅に染まっていた。

「――……用意周到《よういしゅうとう》なことだ。どうやっても、何をしても。やはり最後には立ち塞がるか」

その声に、私は自然と拳《こぶし》を握り込んでしまっていた。骨が軋むような音が鳴り、爪《つめ》が掌《てのひら》に食い込む。どうして、と漏れかけた声を呑み込み、私は彼を――アルくんを睨んだ。

「……これは、一体どういうことなのですか……？　アルガルド様ッ！」

「……ユフィリアか」

アルくんは、鬱陶《うっとう》しげにユフィへと視線を向けた。ユフィもまた信じられないというような顔でアルくんを見つめている。

私は一歩、踏《ふ》み出す。アルくんは動かない。ユフィがアルくんを警戒《けいかい》するようにアルカンシェルを抜いて構えている。そのまま私はイリアとレイニの傍まで辿《たど》り着く。私が傍まで来たことでイリアが顔を上げた。

「……アニス、様」

顔を上げたイリアの表情は茫然《ぼうぜん》自失《じしつ》としたものだった。肩を射貫《いぬ》かれたのか、血が止まらずに流れ落ちている。その肩を射貫かれた側の手を力なくレイニの手に重ねている。

「……ぁ……わ、たし……も、申し訳……あり、ませ……」

「良いから、喋《しゃべ》らないで」

カタカタと震えるイリアに短く声をかけ、膝《ひざ》をついてレイニを覗《のぞ》き込む。レイニはまだ浅く呼吸をしていた。その胸が痛々しいほどに暴かれている。何度か血が込み上げてきたのか、レイニが血混じりの咳《せき》をしている。

「レイニ」

「……ぁ……アニス……さ、ま……？」

焦点《しょうてん》が合っていなかったレイニの視線が私に向けられる。私を見ると、少し気が抜けたのか表情が緩《ゆる》む。同時にその顔色は徐々《じょじょ》に悪くなっていく。

「……ぁ、わ、た……し……」

「しっかりしなさい。大丈夫《だいじょうぶ》よ、気を確かに持って」

「……アニ……アル……様……ま……せき……」

上手《うま》く声にならないのに、それでも必死に伝えようとしているレイニの唇《くちびる》にそっと指を当てる。

「わかってる。これ以上、喋らなくて良い。後は任せて。……ユフィッ！　二人の治療《ちりょう》、任せた」

私は抑え込んでいた感情を乗せて、声を低くして叫《さけ》んだ。私が立ち上がるのと同時に入れ替《か》わるようにしてユフィが膝をつく。アルカンシェルを片手に握りながら、イリアの傷を回復魔法で癒《いや》し始める。

「……ッ……アニス様。イリアはともかく……レイニは……」

「わかってる。でも、レイニはヴァンパイアだ。可能性はまだある」

「ですが！　これは、明らかに魔石を──」

「──わかってる、わかってるから。それでも手を尽《つ》くして。お願い」

「……わかり、ました」

レイニははっきり言って致命傷《ちめいしょう》だった。心臓を狙《ねら》ったように胸が引き裂かれてる。それでもまだ息があるのは、もうそれだけで奇跡《きせき》だった。

その事実はレイニが人から外れつつあったことを知らしめている。その奇跡を齎《もたら》したのはレイニの魔石だ。だけど、今のレイニにはその魔石がない。確実に奪《うば》われている。そして奪ったのは──。

「……話は済んだか？」

「……ご挨拶《あいさつ》だね、アルくん」

アルくんはただ静かに佇《たたず》んでいた。風が私たちの間を流れていき、雲が払われた月明かりが私たちを照らしている。

「魔法省の講演会はアルくんの差し金？」

「さて、な。あれはモーリッツが言い出したことだろう？」

「それを知ってるってことは隠《かく》しているんだか、いないんだか……」

溜息《ためいき》を吐《つ》く。モーリッツは私を離宮《りきゆう》から離《はな》したかったんだろう。その目的はアルくんが離宮で目的を果たすためだ。つまり、レイニの魔石を強奪《ごうだつ》すること。

そこから導き出されるのは――アルくんとモーリッツはレイニがヴァンパイアであることに気付いていた、という可能性だ。そして魔法省がそれを後押ししているということは長官を務めているシャルトルーズ伯爵《はくしやく》家も揃《そろ》ってグルの可能性がある。

「随分《ずいぶん》と舐《な》めた真似《まね》をしてくれる」

「最初に舐めた真似をしてくれたのはどっちだ？　ドラゴン討伐《とうばつ》の際の独断専行は父上もさぞかし頭を痛めていたとも」

「……そもそもレイニに魅了《みりよう》されてたんじゃないの？　よくも手にかけられたものね」

「レイニのことは好ましく思っている。――で？　それが理由になるのか？」

何を言っているのだ、と呆《あき》れ混じりにアルくんは言い放った。私は思わず息を止めてしまった。嘘《うそ》を言っているようにも思えない。本当に本心からアルくんはレイニのことを好ましいと思っていて、そう思いながらレイニの心臓を抉《えぐ》ったのだ。

「王族ならば、己の感情に振《ふ》り回されて判断を誤るなどあってはならない。そう叩《たた》き込まれている。感情など、二の次だとも」

「……だからレイニから魔石を奪うことも躊躇《ためら》わないって？　それが本当に正しい判断だと思ってるの？　答えなさい、アルくん。――自分がヴァンパイアになることが、王族としてどう間違《まちが》ってないか説明してみなさいよ！」

アルくんの胸には一文字の傷痕《きずあと》がある。まるで何かを埋《う》め込み、その後に塞いだような傷痕だ。そして瞳の色の変化から、アルくんが何をしたのかは一目瞭然《いちもくりょうぜん》だ。

アルくんの狙いはヴァンパイア化のためのレイニの魔石だった。私を離宮から引き剝《は》がし、表に出られないために離宮に留まるしかなかったレイニを狙った。

「そもそもヴァンパイアだってことをどうやって知ったの？　どうやって気付いて、なんで父上たちに何も報告しなかったの！　ましてや、その力を利用しようなんて！」

「――貴方《あなた》にだけは言われたくはないな。なんだ、その〝ドラゴンのオーラ〟のようなものは？　それとて、私がヴァンパイアの力を求めたのと同じことではないのか？」

アルくんの指摘《してき》に私は思わず言葉を詰まらせる。そう、このオーラは〝ドラゴン〟の力を用いたものだ。その点、ヴァンパイア化しようとしたアルくんと違《ちが》いがないと言われれば否定はできない。

但《ただ》し、私は魔石を直接取り込むのではなく、〝肌《はだ》に刻み込んだ〟。ドラゴンの魔石などの素材を溶《と》かし込み、作り上げた特殊《とくしゅ》な塗料《とりょう》で背中に竜《りゅう》を象《かたど》った刻印を彫《ほ》った。

この刻印は私の魔力を餌《えさ》にして、ドラゴンの魔力を発生させる。私は間接的にドラゴンの魔力を手にしたようなものだ。直接、魔石を体内に取り込むのとはまた別の、似て異なった魔物の力を取り入れる方法。私はこの手法を〝刻印紋《もん》〟と呼んでいる。

パレッティア王国での背中への刻印というのは本来、重罪人であることを示すためのものだ。だから最初はユフィも渋《しぶ》い顔をしていた。必要なことだからと言って宥《なだ》めたけれど。

この刻印紋を起動すると、まるでドラゴンを象るようにオーラが浮《う》かび上がる。先ほど会場で恐怖《きょうふ》に引き攣《つ》った人たちがいたのは私のオーラを見たせいだろう。

「……私とアルくんじゃ立場が違う」

「そうだな。貴方は王位継承《けいしょう》権を捨てた王女で、そして私は王位継承権第一位の王太子だ。立場は違う」

「だったら、なんで」

「元々、これは最後の手段だった。私の計画を散々掻《か》き回してくれたお陰《かげ》で自分がなるしかなくなった」

「計画……？」

「私の王位を確実にするため、レイニのヴァンパイアの能力を用いて国を掌握《しょうあく》することだ」

「……は？」

私はアルくんが何を言ったのか理解できなかった。ヴァンパイアの力を用いて国を掌握する？　王位を確実にするため？　あまりの内容に頭がクラクラしそうになる。

「最初の綻《ほころ》びはユフィリア、貴様だ」

「……私？」

レイニに回復魔《ま》法《ほう》を施《ほどこ》しながらも、ユフィが困《こん》惑《わく》したように呟《つぶや》く。アルくんは忌々《いまいま》しいとばかりに鼻を鳴らしながら続ける。

「お前はレイニの魅了の影響《えいきょう》を受けなかった。いや、受けても尚《なお》、揺《ゆ》るがなかった。私の計画を成功させるためにはユフィリアは邪魔《じゃま》だった。故に排除《はいじょ》しようとした。レイニの能力があれば多少、無理を押しても貴様の地位を崩《くず》すことができると踏んだからな」

「な……っ⁉」

何を、とユフィが口にすることはできなかった。集中が乱れて、レイニに向けている回復魔法が途《と》切《ぎ》れそうになったからだ。慌《あわ》てて魔法へ意識を集中させるユフィの額から大量の汗《あせ》が流れ落ちていくのが見えた。

「次の誤算が貴方だ、姉上」

「……私がユフィの地位と名誉《めいよ》回復のために引き取ったから？」

「そうだ。こちらはレイニと引き離され、謹《きん》慎《しん》を命じられた。表立って動けず、レイニとの接触《せっしょく》も断たれた。父上たちがレイニの魅了で判断を甘くしてくれれば、と願ったが、それもまた姉上に潰《つぶ》された。ドラゴン討伐の功を得ることで自由を得ようとしたのも含《ふく》めて、本当に忌々しいほどに貴方は私の邪魔《じゃま》をしてくださったよ」

「なんでそんな計画を立てたのよ。そんなことをしなくても、アルくんは次の王だ。ヴァンパイアの力になんか頼《たよ》らなくたって……！」

私が信じられない思いから声を荒《あら》らげそうになる。けれど、それ以上に強い声でアルくんが私の言葉を遮《さえぎ》るように告げる。

「——本気で言っているなら、貴方は本当に何も興味を示さず、ただ己の願いに溺《おぼ》れていただけなのだろうな」

アルくんの視線が鋭《するど》くなり、私を射貫くように見据《みす》えている。今までに感じたことのないほどの冷たい殺気だ。

「本当に私がこの国の次期国王だと、心の底から認めている者はどれだけいると思う？　耳にしたことがないとは言わせない、〝魔法の才能がアニスフィア王女にあったのなら〟という声を」

アルくんの言葉に思わず唇を噛《か》んで視線を下げてしまいそうになった。そういう声がなかったとは言えない。自分も思ったことだってある。

私にも自由に魔法を使える才能があればって。私が魔法を使えるのだったら魔学を素直に賞賛できたという人がいたことも知っている。

「気付いているのだろう？　だから貴方は決して事を構えようとしない。貴方は決して、その才能を認められていないのではない。──恐《おそ》れられているのだと、違うか？」

「……知らない、そんなの知ったことじゃない」

「貴方は、化物だよ」

化物と、そう言い放たれた言葉が思ったより深く胸に刺《さ》さる。異端《いたん》と言われてきたけど、化物とまで言われたことはなかった。思わず乾《かわ》いた笑い声が零《こぼ》れ落ちてしまう。

「ただの人では化物には追いつけない。──ならば手にするしかないだろう、変わり果てるしかないだろう。そこにしか道がないのであれば」

「違う！　アルくんが望まれたのはそんな王様じゃない。人と人との繋《つな》がりを大事にして、皆《みんな》で手を取り合って和を以《もっ》て国を治める王だ！」

「──それを飾《かざ》りの王と言わずして何と言う⁉」

私の反論に対して、激昂《げきこう》したようにアルくんが強く叫ぶ。アルくんに強い勢いで返されたことで私の言葉が止まる。その間にもアルくんの怒《いか》りは燃え上がるように高まっているみたいだ。

「人と人の繋がり？　手を取り合うだと？　私は——俺は見てきたぞ！　この国の貴族の有様を！　平民との間に蟠《わだかま》る溝《みぞ》を！　その全てはパレッティア王国が築き上げた歪《ゆが》みそのものだ！　魔法を使えぬ民を人とも思わず、傲慢《ごうまん》に振る舞《ま》う貴族！　魔法という恩恵《おんけい》は権力の象徴《しょうちょう》へと成り代わり、醜《みにく》く富と自尊心を膨《ふく》れあがらせるばかり！　そうだ、魔法が全てだ！　王家の血など箔《はく》を付けるだけのためのものだ！　俺はただのユフィリアのための当て馬でしかない！　ただユフィリアに宛《あて》がうための王だ！　俺はこの国を保つための歯車に過ぎない！　そこに、俺などいない！　俺という者である必要もない‼」

血を吐くような、凄絶《せいぜつ》な絶叫《ぜっきょう》だった。吐き出した息が肩《かた》を震《ふる》わせている。目は吊《つ》り上がり、真紅の瞳《ひとみ》と相まって悪鬼《あっき》の如《ごと》き表情へと歪んでしまっている。

「変わらぬさ！　変わらんのさ！　この国の在り方が変わらない限り、この国は停滞《ていたい》したままだ！　そして繰《く》り返《かえ》す！　血筋を！　権威《けんい》を！　伝統を！　魔法を！　行き着く果てはそこだ！　それでは民との溝は埋まらない！　今日までの長き歴史の間に、民にどれだけ貴き血が混ざったと思う⁉　故に先代の王が、貴き血を再び取り入れるために平民の名誉を讃《たた》えて貴族の位を授けると！　そう定めた時に臣下は何をした！」

父上の先代、つまり私たちのお祖父《じい》様の時代だ。長き時代において、平民にも貴族の血が混じり、平民の中にも潜在的《せんざいてき》に魔法の才能を持つ人が紛《まぎ》れるようになった。

そして当時、貴族ならぬ魔法使いが盗賊《とうぞく》として悪名を轟《とどろ》かせていた。そうした民の中に潜在的に宿る火種をお祖父様は良しとしなかった。その血を再び貴族として国に取り入れるために政策を定め——そして、臣下の反乱にあった。

平民を貴族にすることを認められなかった者たちによる反乱だった。貴族ならぬ魔法使いなど認められぬと、その者たちを貴族とすることもまた認められぬと、国は割れかけた。

当時、王太子だった父上の兄は反乱の旗頭として立ち、国は荒《あ》れ果《は》てる一歩手前だった。その時代に活躍《かつやく》したのが父上や母上、グランツ公を始めとした私たちの親の世代だ。

そんなことがあったから、じゃあ意識が変わったかと言われるとそうとも言えない。長年、この国は魔法と共にあった。魔法によって積み上げてきた歴史と伝統、そして権威は廃《すた》れることはない。魔法を使える貴族と、魔法を使えない平民の間に深くて見えない溝があるのは、この国が積み上げてきた歪みだと言われれば私は否定の言葉を持たない。

「この国は病んでいる、ゆっくりと腐《くさ》り始めた巨木《きょぼく》のように。誰《だれ》かが新たな芽を育てなければならない！　なのに、誰もそこに目を向けない！　天才だと謳《うた》われた者でさえ、今を保つことが最善だと信じて疑わず、誰もが輝《かがや》かしい才能に目を奪《うば》われて追随《ついずい》するだけだ！」

アルくんの叫《さけ》びに、ユフィが息を呑《の》んだのが手に取るようにわかった。アルくんが誰のことを言っているのか、当然のようにわかってしまった。

「ならば掴《つか》むしかない！　変えられぬ常識を打ち破るほどの力を！　そのための力を！　それがどれだけ人道から外れようとも、俺は飾りのための王じゃない……！　俺が俺であれない王に一体どれだけの価値がある！　腐り続ける国を繋ぎ止めるためだけの王など、ただの楔《くさび》に過ぎない！」

「……アルくん」

「俺に才能がないなんてことは、俺が一番よくわかっている。何にも秀《ひい》でず、どんなに努力しても〝努力すれば手が届く〟程度のことしかできない！　そう、貴方がいるからだ！　姉上！　いいや、アニスフィア・ウィン・パレッティア！」

敢《あ》えて名を呼び、アルくんは声を叩《たた》き付けるように告げる。王女としての名が私の肩に重くのし掛《か》かってくる。

その重さからずっと逃《に》げたかった、だから捨てた筈《はず》だった。第一王女としての責任――王位継承権を私は放棄《ほうき》した。

「貴方への嘲《あざけ》りは畏《おそ》れの裏返しだ！　誰も貴方の革新的な発想に怯《おび》えている！　現状を保ちたい貴族にとって、これほど恐ろしい怪物《かいぶつ》はいないだろう！」

腕《うで》を振《ふ》り、声を震わせるほどに荒らげながらアルくんは叫ぶ。私を怪物と呼んで、まるで糾弾《きゅうだん》しているようだ。

「何より貴方《あなた》は貴族の権威を脅《おびや》かした！　魔学という異端の発想！　魔道具という恐ろしき産物！　民が貴方を望むのも当然だ、貴族が貴方を畏れるのも当然だ！　民にとっての貴方は未知なる開拓者《かいたくしゃ》であり、貴族にとっては国に潜《ひそ》む怪物そのものだ！　見事なものだよ！　凡愚《ぼんぐ》と怪物、比べるまでもない！」

「……だから、自分も力を求めたって言うの？　その力がどれだけ危険なものかわかってるの？」

「必要な力だ。この国を支配し！　在り方を変えるためには！　俺が頂点に立ち、新たな国の形を打ち立てる！　そうだ、貴方が見限ったものだ！　貴方が捨てた権利だ！　貴方が選ばなかった未来だ！　捨てた未来ならば、俺が拾っても何も文句はないだろう⁉」

アルくんの声が、一瞬《いっしゅん》だけ遠く聞こえた。自分が地に立っている実感が一瞬なくなる。それでも私は立っている。今、ここに立っている。彼の目の前に立っているんだ。

「……アルくん、一つ聞くよ」

声をかけながらも、私の手はホルダーに下げていたマナ・ブレイドへと伸《の》びる。両手にマナ・ブレイドを握《にぎ》りながら、アルくんを真《ま》っ直《す》ぐに見つめて私は問いかけた。

「──君にとって、魔法って何？」

「──呪《のろ》いだよ、姉上」

……アルくんの返答が聞こえる。忌々しいと言わんばかりの怨念《おんねん》に満ちた声だった。

「あぁ、そうだ。呪いだ、魔法も、王家の血も、王子という身分も、与《あた》えられた理想像も、斯《か》くあるべきという姿は全て俺にとって呪いだ。俺という人を空虚《くうきょ》にするものだ。ならば全てを壊《こわ》そう。失わなければ果ての先が見えぬというのなら、俺は全てを捨てても良い」

「そっか」

一度、空を仰《あお》いだ。月は眩《まぶ》しいまでに輝いている。その眩しさを瞼《まぶた》の裏に収めるように目をゆっくりと閉じた。

込み上げてくるこの思いに、どんな名を付ければ良いのだろう。わからないし、わかりたくなかった。名前のない感情を心の奥底に沈《しず》めて、私は目を開く。

「――良いでしょう、〝アルガルド〟。それは、確かに私が捨てたものなのでしょうね」

声を平静にして、感情を殺す。余分な思考も要らない。全てが冷えていく。刻印紋《もん》には魔薬と同じ副作用があり、闘争心《とうそうしん》が昂《たか》ぶりやすい。そんな私の中に渦巻《うずま》く熱を心の奥へと押し込んで、手の中に閉じこめ、握り潰すように。

「ですが、認める訳にはいきません。私が捨てた未来を貴方が拾うのだと言うのならば、私は貴方の捨てる現在《いま》の権利こそを拾いましょう」

――この国は病んでいるのかもしれない、それは否定できない。

でも私は見過ごすことを良しとした。勿論《もちろん》、自分ができる範囲《はんい》で手を伸ばした。一人でも多くの人が笑っていられれば良いと祈《いの》りを込めた。――それでも私はこの国の在り方を変えることを放棄した。

長い時間が、魔法《まほう》という在り方が、人を歪めてしまったのかもしれない。貴族はその歪みに巻き込まれ、民が望まぬ者へと変わってしまったのかもしれない。今では魔法は権威の象徴となり、欲望《よくぼう》を満たすためのものでしかないのかもしれない。

それでも、私がそれを変えようとするなら。それは、この国を壊すような形でしか為《な》し得ないことは簡単に想像できた。……だから私は諦《あきら》めたんだ。

「何のために私がキテレツと呼ばれるように振る舞ったか貴方はわかっていますか？　ええ、貴方のためと言っても貴方はそれを呪いだと呼ぶのでしょう。ですが改革は変化を強います。その変化のためには痛みを与えなければならない。わざわざそうまでして改革を急ぐ必要がどこにあると言うのです？　飾りの王？　良いではないですか、王家が安泰《あんたい》であれば国が平和である証拠《しょうこ》です。それが何の問題だと言うのですか？」

だから貴方が王になってくれれば良かったって、ずっと思ってたよ。アルくん。才能はないかもしれないけれど、君が頑張《がんば》り屋で、我慢《がまん》強い子だって知っていた。たとえ時間がかかっても最後までやり遂《と》げる子だって信じられた。

「人にできることしかできない？　当たり前ですよ、人なんですから。精一杯《せいいっぱい》やって、人ができる範囲で頑張れば良かったじゃないですか。力ではなく、願いと言葉を託《たく》して」

アルくんには私が化物だって思うぐらい、私はやっぱり目についたのかな。でも、それが貴方のためだと思ってたんだ。私が相応《ふさわ》しくないと思われれば、誰も私を立てようだなんて馬鹿《ばか》な考えは起こさないと思ったんだ。

「力を以て変える変革が、支配が、本当に民の望んだものなのですか？　それをわからぬ貴方に──王を名乗る資格など、ない」

貴方の手を引いて、いっぱい連れ出したね。貴方に夢を語ってみせたね。笑ってくれた思い出は、もうずっと昔だけど私は覚えてるよ。

私のせいで、貴方にいっぱい迷惑《めいわく》をかけたね。貴方がそうなってしまったのが私のせいだと言うなら、仕方ないよ。仕方ないから、私が姉として責任を取る。

「──それに、私と〝同じ土俵〟で勝てると自惚《うぬぼ》れましたか？　アルガルド」

「──姉上ェッ!!」

「力が全てだと言うのなら、私を下して見せなさい。貴方はただ良き王になれば良かった。よく悩《なや》み、相談し、人と理想を分かち合い、誰かの手を取り、輪を繋いでいく王となるように教えられた筈です」

「貴方にはそれが価値ある王の姿なのかもしれない、だが！　それでは何も変えられないんだ！　そのような王に、今を変えるような力などない！」

「──今を守ろうとする、その価値を！　否定する王など私は認めない！」

父上は決して押しの強い王とは言えなかった。不足している覇気《はき》は母上やグランツ公が補っていたほどだ。でも、父上は人が穏《おだ》やかで、のびのび育つことを良しとした王だった。

私はたくさん許されてきてしまった。ただ私の自由を父上は許してくれた。でも、私が手にしたものはアルくんには与えられなかったものだ。それが今、漸《ようや》くわかってしまった。

貴方には、私たちの願いや祈りは呪いにしかならなかったんだね。それに気付かなかった私は、多分きっと罪深い。血を分けた姉と弟なのに、随分《ずいぶん》と遠くなっちゃった。

「〝人でなし〟の王が治める国に、国の未来も、民の幸福も何もないのです」

「いいや、違《ちが》う。〝ただの人では変えられない〟ものがあるのだ。それを壊してでも進まなければ国にも、民にも明日はないのだ！」

「たとえ、それが真《まこと》だとしても！　急激な変化に民も国も耐《た》えられはしない！　培《つちか》った歴史が長ければ、その痛みは尚《なお》のこと！」

「だから貴方は恐《おそ》れただけだ！　変えることを！　背負うことを！　貴方が何を語る！　何を咎《とが》められる！　貴方に……一体何の権利があると言える！」

「──とち狂《くる》った弟を止める。それは姉としての権利です」

「今更《いまさら》、世迷《よま》い言《ごと》を！」

「ええ、本当に──今更ですね」

本当にどうしようもないぐらいに今更だ。それでも、私には譲《ゆず》れないものがある。

「魔法を呪いなどに変えさせはしない。魔法は明日への祈りと、幸せを願うものでできてる。──私はそれを証明してみせる」

「それこそ今更だ！　誰が貴方の言葉に耳を貸す！　国を割らねば、最早《もはや》届くまいよ！　平民と貴族の溝《みぞ》はこのままでは埋《う》まらず、歪《ゆが》んでいくだけだ！」

「だからと言って、今割られようとしている国を見過ごすことも私にはできません。それに、本当にその方法で国を変えられると思ってるんですか？　アルガルド」

アルくんを咎めるように、けれど乞《こ》い願《ねが》うように。本気でそう思っているのかと、私は問いかける。たとえ、望まぬ答えしか返ってこないとわかっていても。

「──止《や》めろ、俺をそんな目で見るな！　俺を値踏《ねぶ》みするな！　俺を憐《あわ》れむな！」

「アルガルド……」

「俺は変える！　変えなければならない！　この汚泥《おでい》に塗《まみ》れた現実を！　衰《おとろ》え、沈《しず》みゆく国の在り方を！　たとえ誰であっても！　俺の邪魔《じゃま》はさせない！」

「……あぁ、本当に。揃《そろ》いも揃って親に顔向けできない馬鹿者ばかりで父上と母上に申し訳ない」

マナ・ブレイドを構える。――もう、通じない言葉を交わす時間は不要だ。

「構えなさい、アルガルド。――貴方の定義を、否定します」

＊＊＊

――アルガルド・ボナ・パレッティアは凡才《ぼんさい》の王子だった。勿論、彼とて努力をしていた。しかし、どれだけ血が滲《にじ》むような努力をしても才能という輝きを前にすれば目を向けられない。それが彼に与えられた悲しい現実だった。

彼の隣《となり》に立つのは精霊《せいれい》に愛されたとも言われたユフィリア・マゼンタ公爵令嬢《こうしやくれいじよう》。王子でなければ見劣《みおと》りをするという囁《ささや》きがいつだって彼の耳に届いた。

そして、いつだって比べられるのは異端《いたん》の最先端《さいせんたん》と言われたアニスフィア・ウィン・パレッティア王女。魔学という発想と、魔道具という発明は賛否はあれどもよく目を惹《ひ》いた。

アルガルドには、何もなかった。目を奪《うば》うような才能も、劇的な発想も何一つなかった。だから力が必要だった。どれだけ努力を重ねようとも目を向けられないのであれば、最早世界を変えるしかないと。

――あぁ、なんて悲劇。救われる者など、この悲劇にはいないのだ。

――アルガルド・ボナ・パレッティアは永遠に幸せにはなれない。
翼《つばさ》を持たぬ者には、空を自由に舞《ま》う幸せを得ることができないのだから。

――アニスフィア・ウィン・パレッティアも永遠に幸せにはなれない。
翼を持とうとも、国という楔《くさび》に縛《しば》られて自由を得られないのだから。

――……もし、違いがあるのだとしたら。
空を舞える者には、地に足をつけることを選ぶ権利があった。
翼を持たぬ者には、何かを選ぶという選択肢《せんたくし》がなかった。

――これは、そんな姉と弟の話だ。

6章　誰《た》がためにある王冠《おうかん》

(――定義、開始)

冷えた思考はよく回る。アルくんの素質は幼少の頃《ころ》と変わらずなら水と氷に適性がある。ヴァンパイア化で適性が大きく変わってないなら、その二属性の魔法で攻《せ》めてくる筈《はず》だ。でも確定じゃない。定義に至るための情報が不足してる。それならアルくんの出方を窺《うかが》うしかない。小手先と言わんばかりに一気にアルくんとの距離《きょり》を詰《つ》めて斬《き》りかかる。アルくんは私の初撃を回避《かいひ》して、距離を取るように地を蹴《け》って後ろに下がる。

「〝ウォーターカッター〟!」

水の刃《やいば》が迫《せま》る。今度はマナ・ブレイドを振《ふ》り抜《ぬ》いて切り払《はら》う。弾《はじ》けた水飛沫《みずしぶき》を突《つ》き破《やぶ》り、速度を殺さないように地を蹴って再びアルくんとの距離を詰める。

あと一歩で間合いに入れるという所で、アルくんが指揮者のように腕《うで》を振るう。散った筈の水を呼び集めるように無数の水の刃が展開され、時間差で私に向かって射出される。

私は前へと進むための動きを横飛びへと無理矢理《むりやり》変えて、転がるようにして姿勢を整える。

（迎撃《げいげき》が上手《うま》い、けど、それだけだ）

アルくんの魔法は巧《たく》みだ。ただ、巧みなだけだ。ユフィほど洗練されている訳でもない。ティルティのような暴威《ぼうい》でもない。これならば対応が可能な範囲だ。

再び水の刃が連続して迫る。私は背の刻印に魔力《まりょく》を叩《たた》き込んで、ドラゴンの魔力を引き摺《ず》り出す。背中から腕へ、腕からマナ・ブレイドへ。横に一文字を描《えが》くようにマナ・ブレイドを振るい、迫った水の刃を纏《まと》めて切り飛ばす。

「〝ウォーターランス〟！」

水の刃では薙《な》ぎ払われるだけだと判断したのか、今度迫ったのは巨大《きょだい》な水の槍《やり》だった。これは移動しながら薙ぎ払うのは無理だ。水の刃を薙ぎ払うために伸《の》ばした魔力を刀身を縮めることで圧縮していく。

「――ハァッ！」

短く吐《は》き出した吐息《といき》と共に水の槍を両断する。速度をつけて私へと向かっていた水の槍はマナ・ブレイドの刃によって両断され、槍という形を失ってただの水へと変わる。

しかし、そこで追撃の手は止まらなかった。弾け飛んだ水が空中で不可解な動きを見せた。それは私を包み込み、丸い檻《おり》のように形を変えていく。水の檻は不規則に広がったり、縮まったりして震《ふる》えている。

（刃を伸張《しんちょう》させないと届かない……）

ならば、と纏めて切り裂《さ》こうと魔力を込め直した一瞬《いっしゅん》の隙《すき》だった。肌《はだ》に棘《とげ》が刺《さ》すような冷気を感じた。

「——不味《まず》……！」

「——〝アイシクル・プリズン〟ッ!!」

不味い、と言いかけた言葉は途中《とちゅう》で切れた。私を囲んでいた水の檻は、檻の内側へと棘を伸ばすように私へと迫ってくる。檻はどんどんと狭《せば》まっていき、逃《に》げ場《ば》がなくなっていく。魔力を込めようと刃の長さが中途半端《ちゅうとはんぱ》になったのが良くなかった。

避《よ》けきれなかった水が私に絡《から》みつき、絡みついた先から凍《こお》り付いていく。凍り付き始めた水を見て、私は無理矢理、水の檻を突き破るように飛び出した。突き破った水が遅《おく》れるようにして凍り付いていくのを、私は魔力を手に集めて鱗《うろこ》を剥《は》がすように氷を剝ぐ。

跳《は》ねるように跳《と》んで、勢いを殺すために強く踏《ふ》み止《とど》まる。その瞬間《しゅんかん》、周囲が暗くなった。頭上へと視線を向ければ巨大な水の鎚《つち》が私を押《お》し潰《つぶ》そうと迫っていた。

「——〝ウォーター・ハンマー〟」

大きく振りかぶった水の大鎚。私は短く息を吐き出して地を蹴る。向かう先は鎚を振り抜いた姿勢のアルくんだ。流石《さすが》に大《おお》振《ぶ》り過ぎて、隙ができてるよ！

地を這《は》うように姿勢を低くして、大股《おおまた》で勢い良く、速度をつけて前へと跳ぶようにして水の大鎚を回避する。その勢いを殺さぬまま、私は全身を回転させながらアルくんへと迫り、マナ・ブレイドが私を中心に風車の羽根のように回る。

マナ・ブレイドの魔力刃《まりょくじん》がアルくんを斬り裂く。月明かりに照らされども夜、マナ・ブレイドの発光はとても鮮《あざ》やかに剣閃《けんせん》を残す。尾《お》を引くようにして残光が消え、遅れるようにしてアルくんの腕から血が噴《ふ》き出した。

「ガァッ……ッ！」

（チッ……浅いッ！）

アルくんも身を捻《ひね》って回避したのか、胸を裂く筈の一閃は腕を裂くだけに終わる。私はアルくんの横をすり抜ける。勢いを殺しきれず、一度姿勢を崩《くず》してしまう。流れに逆らわず、受身を取りながらマナ・ブレイドを地面に突き立てて顔を上げる。

アルくんは腕を押さえていたけれども、流れていく血がまるで巻き戻《もど》しをかけたように傷を塞《ふさ》いでいく。

（治癒《ちゆ》？……いや、それだけじゃない。ヴァンパイアの再生能力も合わさってるのか。あの程度の傷なら塞がれて終わり……）

思ったよりも厄介《やっかい》そうだ、と口の中だけで呟《つぶや》いておく。

「〝アイシクル・ランス〟！」

腕の傷を塞いだアルくんがすぐさま攻撃《こうげき》に転じる。放たれた氷の槍を一歩後ろに引きながら刀身を伸ばしたマナ・ブレイドで叩き落とす。そのままステップを踏むようにして、また前へ。アルくんとの距離を詰めていく。

アルくんは先ほど、傷を負っていた腕を掲《かか》げる。傷を塞いでいた瘡蓋《かさぶた》がぐにゃりと揺《ゆ》らめき、アルくんの手に血の色をした水の槍を握《にぎ》らせる。その槍が急速に固まっていき、私へと向けて突きを放つ。

紙一重で槍を躱《かわ》し、髪《かみ》が何本か持っていかれる。それも気にせずに更《さら》に踏み込む。そのまま伸びきったアルくんの懐《ふところ》へと入り込むように身を低くし、勢い良く地を蹴って膝蹴《ひざげ》りを叩き込む。

「かっ……た……！」

まるで何かを仕込んでいるかのような硬《かた》さに眉《まゆ》を顰《ひそ》めてしまう。アルくんも無傷とは言わないけれど、思ったよりも効果がなかった。恐《おそ》らく身体強化、いや、ヴァンパイアの肉体変化を応用したものかもしれない。

（わかっていたけれど、ヴァンパイアの性質は厄介すぎる……！）

ヴァンパイアはとにかく生存に特化した種族と言える。肉体変化による防御《ぼうぎょ》、再生能力など、敵に回せばこんなにも厄介なのだと実感させられる。

アルくんが懐に入り込んだ私を嫌《きら》うように蹴りを入れる。それを腕を交差させて防ぎながら自分も後ろに跳んで距離を取る。びりびりと痺《しび》れる腕の感覚を誤魔化《ごまか》すように振りながらアルくんへと向き直る。

アルくんが私に指先を向ける。その指に水の弾丸《だんがん》が形成されていき、私へと迫る。

「〝ウォーター・バレット〟」

迫ってくる水の弾丸を咄嗟《とっさ》にマナ・ブレイドで切り払おうとして――嫌《いや》な予感がした。

首を横に避けて弾丸を回避すると、ただの水とは思えない重々しい着弾《ちゃくだん》の音が後ろの方から聞こえてきた。汗《あせ》が一筋、私の頬《ほお》を伝って落ちていく。

（何……？　水だけじゃない……中に何か込めた？）

半身になりながら後方を確認すると、着弾した所には礫《つぶて》が転がっていた。水の弾丸の中に氷の礫が交ぜられていたらしい。飛距離《ひきょり》はともかく、水の弾丸だと思ってマナ・ブレイドで切り裂こうとしていたら危なかったかもしれない。

「魔道具にしか頼《たよ》れない貴方《あなた》の弱点は、魔道具そのものだ。マナ・ブレイド、その魔道具が物理衝撃《しょうげき》に弱いことは知っている」

「それで私を対策したつもり？　それは見通しが甘いよ、アルくん」

「見通しが甘いかどうかは、試してみるさ」

強がってはみたけれども、弱点を突かれていることは事実だ。それでも対応していかなければならないとアルくんを見ていると、アルくんが腕を天へと掲げた。

私はハッとして空を見上げる。そこにはさっき放たれた氷礫《ひょうれき》が無数に空に形成されているのが見えた。拳大《こぶし》の氷礫は鋭利《えいり》な三角錐《さんかくすい》のような形で、空より降り注ぐ時を待っている。

「〝アイシクル・レイン〟」

氷礫の雨がアルくんの号令を受け、私に向かって降り注ぐ。マナ・ブレイドで切り払うのは無理だ、面に対する攻撃には対応できない。

逃げるのも間に合いそうにはないし、下手に距離を取ってしまえばアルくんに良いようにやられてしまう。ここで下がるのは下策。

(なら――これなら、どう⁉)

私は刻印紋《もん》によってドラゴンの魔力を呼び起こし、身に纏うことでドラゴンの魔力を使うことができる。なら、逆説的に言えばドラゴンにできていたことは私だってできる筈だ。

思い出すのは、私に向けて放たれた死を感じさせた閃光《せんこう》。あれほどでなくても良い、むしろあれを拡散させるイメージで放つ！

「〝――――〟ッ!!」

それはドラゴンの咆哮《ほうこう》とも言うべきもの、その衝撃波《しょうげきは》が私の吐息に合わせて広がっていく。

私に迫ろうとした氷礫の雨は次々と空中で破砕《はさい》されていき、私にその残骸《ざんがい》が降り掛《か》かる程度だった。

キラキラと氷の飛沫が月光を帯びて輝《かがや》く。私とアルくんは、氷礫の飛沫を浴びながらも向かい合う。

「……末恐《すえおそ》ろしいな」

ぽつりと、アルくんがそう呟いた。その瞳《ひとみ》は逸《そ》らすことなく私を見つめている。かつてとは違《ちが》う、真紅の瞳。その瞳には様々な感情の色が見えたような気がする。

あまりに複雑に入り交じった感情は、ただその大きさを私に知らせるだけだ。アルくんは狂《くる》おしいまでに私を見つめている。

「しかし、皮肉な話だ。これほどの力を示した所で、貴方は恐れられるだけだ。異端《いたん》だと罵《のの し》られ、その価値は認められない」

「……異端なのは自分が一番、よくわかってますよ」

「澄《す》ました所で何になる？　自分が異端だとわかりながらも、異端であることを止められないのならば貴方は何がしたかった？　そうまでして貴方がなりたかったものとは何だ？

答えろ、答えてみせろ、アニスフィア・ウィン・パレッティア！」

私の沈《しず》めた感情を、奥底へと追いやった感情を暴こうとするかのようにアルくんが叫《さけ》ぶ。

そこには怒《いか》りがあった。そこには憎《にく》しみがあった。どうしようもないほどに許せないと叫んでいた。その負の感情は私がアルくんに与《あた》えたものなんだろうな。

……痛かった。身体《からだ》ではなく、どうしようもなく心が痛かった。唇《くちびる》を一度、噛《か》みしめる。

その痛みが私をまだ、冷静でいさせてくれた。

「私は私だよ。他の何者にもなれない。ただ魔法《まほう》に憧《あこが》れただけの人だよ、私は」

「あぁ、そうだ。俺は知っている。貴方がそういう人だということを」

「……アルくん」

「ならば、尚更《なおさら》こうするしかない。そうでなければ、俺は俺にすらなれない。俺は歯車ではいられない、あるべき者になることもできない！　求められるのは、ただ他者のための誰《だれ》かだ！　そこに俺などいない……いないんだ！　俺はそんなものになるために生まれてきた訳じゃない！」

「それが、貴方に願われた幸せだとしても？」

「何が幸せだ！　空虚《くうきょ》な人形であれと、人の和を為《な》すための王になれと！　俺である価値が一切ない王など、何のための王だ⁉　民のためか⁉　貴族のためか⁉　国のためか⁉

そんなものなど、生贄《いけにえ》と変わりはしない!!」

アルくんが絶叫《ぜっきょう》する。その心を苛《さいな》むものを、傷を晒《さら》すように心を曝《さら》け出している。私はそこで初めて、ようやく久しぶりにアルくんと再会できたような気がした。

今まではどこか遠くて、壁《かべ》を隔《へだ》てたような違和感《いわかん》があった。アルくんと話しているのに同じ場所にいないような、目線があっていないような、そんな違和感が解消されていく。

でも、だからこそ——私は、アルくんを否定しなきゃいけない。

「今更《いまさら》、何を言ってるの？」

「何……？」

「国王も、王家も、全部象徴《しょうちょう》だよ。象徴であれば良いんだ。象徴に個性なんて誰も求めてない。もし個性を求めるのだとしても、それは優秀《ゆうしゅう》であること、人を惹《ひ》き付ける魅力《みりょく》があることだけだ。当たり前の感情なんて邪魔《じゃま》なだけ。そう教えられなかったの？」

「あぁ、そうだ！　そう教えられてきた！　それが王であるために必要なことだと！　ならば貴方はどうだと言うのだ！　あるがままに振《ふ》る舞《ま》い、魔法の才さえあればと言われた貴方はなんだ！　人を惹き付ける魅力があることが王が幸せである条件だと言うのならば、俺は最初から幸せを手にする権利もなかったということか！」

アルくんの叫びに私は視線を逸らしてしまいそうだった。それでも、視線を逸らす訳にはいかなかった。

本当は多分、もっと早く向き合わなきゃいけなかったんだろう。それでも私は目を閉じて、耳を塞いだ。離宮《りきゅう》という自分の都合の良い場所で安寧《あんねい》と共に生きてきた。

——逃《に》げたんだ、私は。異端であることは私が一番よくわかってる。それでも魔法を諦《あきら》められない私に現実はただ息苦しいだけ。自分の理想を追求すれば世間を騒《さわ》がせることもわかってる。……それでも、この憧れは止められない。

そんな私のせいで運命が狂ってしまう人がいた。それがアルくんだった。改めて突《つ》きつけられた現実に私の息が震《ふる》える。

「……ただ普通《ふつう》の王族だったら、そんなことも考えなかったんだろうね、何を間違《まちが》ってしまったんだろう。私たちは、どこから間違えたんだろうね。アルくん」

「何もかもだ。何もかもだろう、この国があり、俺たちが生まれてしまったことから間違えてしまったんだろうよ。それでも——だからといって、諦められるか？　こんな思いをするために産み落とされたと言うなら、俺が壊《こわ》してやるさ！　こんな国など、世界など！」

「……馬鹿《ばか》だよ、アルくん。君は、馬鹿だ」

どうして、そんな風になっちゃったんだよ。あぁ、私が悪いのかもしれない。それでも言いたくなってしまう。だって君は恵《めぐ》まれてるじゃないか、私なんかよりもずっと。

「──アルくん、貴方の間違いは、人生を楽しめなかったことだよ」

「何……？」

「今からでも良い、楽しめば良い。楽しくない人生だから嫌なことだって考える。それなら変えれば良い。それで良いじゃない。恨《うら》みだとか、憎しみだとか、私はそんなもので世界を変えたくなかった。たとえ、私が魔法を使えなくても魔法は尊いものだから」

──そう、それだけは何を否定されても、私の中で絶対に揺るがしたくないものだから。

「私は今でも信じてる。私は魔法を信じて憧れてる。ずっと、これからもだ。それだけで十分、幸せなんだよ」

「世界を変えることは望まず、自分を変えることも望まない。それがどれだけ世界に沿わないと知っても、そう言うのか？」

アルくんが歯を剝《む》くようにして私を見ながら問いかける。それに私は一度目を伏《ふ》せる。

何度問いかけられても、私が返す答えは変わらない。

「──それが、私であるということだから」

私の返答にアルくんの顔が歪《ゆが》む。それは正に怒りを詰《つ》め込んだ憤《ふん》怒《ぬ》の表情だ。

「その中途半端《ちゅうとはんぱ》な貴方が俺は嫌いだ！　俺は貴方が憎い……心の底から、貴方を忌《い》み嫌うしかない！　その傲慢《ごうまん》が、どれだけ俺に辛酸《しんさん》を舐《な》めさせたか！　知ろうともせずに、己のための道を進むのはさぞかし幸せだっただろうな！」

アルくんの手に握《にぎ》られた血の槍《やり》が、アルくんの心を示すように凶悪《きょうあく》なものへと変化していく。人を痛めつけ、傷つけるための武器へと。

「俺は――貴方を越《こ》える、越えなければならない。変えなければ進めない！」

「……一つだけ言わせなさい、アルくん」

怒り狂うアルくんに対して私は静かに告げる。息を吸い、呼吸を整えてから告げる言葉は祈《いの》りにも似ていた。

「だったら、楽しみなよ。今まで望まない人生を歩んできたんでしょう。私に歩まされたというなら、否定はしない。だったら今からでも楽しみなよ、これが貴方の望みだったんでしょう？　私を越えることが、私と同じ土俵に立つことが、国を力で支配することが、何よりも貴方が望んだ道なのでしょう？　だったら――せめて、満足するまで付き合うわ」

ごめんね、なんて言えない。辛《つら》かったね、なんて言っても伝わらない。私にできるのは全部受け止めることだ。どんなに切実でも、アルくんの願いを叶《かな》えさせてはやれない。

力によって意思すらも支配されてしまう国の在り方を、私は認める訳にはいかない。

「疲《つか》れ果てて、もう進めないと、そう言うまで付き合って上げるわ。その上で貴方を負かすわ。全部、全部、私にぶつけなさい。その上で言ってあげるわ。――私に勝とうなんて馬鹿ね、って！」

本当に馬鹿な子だよ、アルくん。でも、私も馬鹿だからさ。こんな形で受け止めてからじゃないと気付けなかった。だから、せめてこれだけは願わせて欲しい。

「もっと笑って、もっと怒《おこ》って、もっと悲しんで、その上で楽しみなさい。この瞬間《しゅんかん》こそ人生の最高の瞬間だと、そう思えるまで私に向かってきなさい。その上で、全部叩《たた》き潰《つぶ》す。アニスフィア・ウィン・パレッティアは王族失格のうつけ者、どうしようもないキテレツな王女様。それが私の立ち位置よ！　私は──王族の責任を以《もっ》てして、貴方《あなた》を否定する」

「本当に傲慢な人だ！　──だからこそ、俺は貴方を越えよう！　俺には元から何もない。異端にしか縋《すが》れるものがないのならば、そこに貴方が立《た》ち塞《ふさ》がるならば、越えてみせるとも！　あぁ、このためだ！　全てはこのためにあったんだ！　この結果でしか救われない！　姉上……いや、アニスフィア・ウィン・パレッティア！　どちらが王に相応《ふさわ》しいか、ここで決着をつけよう！」

「……なのに王位なんて望んでない、ってのはお互《たが》い様《さま》かな。本当に不毛だね、私たち」

思わず苦笑を浮《う》かべてしまう。本当に私たちは馬鹿で、どうしようもない。本当に申し訳ないぐらいに父上と母上に合わせる顔なんてない。

心の奥底に閉じこめた感情を、少しずつ浮かび上がらせていく。悲しいし、悔《くや》しいし、怒りだって覚える。でも、だからこそ私とアルくんは同じだったんだ。

同じ音叉《おんさ》が響《ひび》き合うように私たちの感情が重なる。互いに認められないと、互いが気に入らないと、互いを否定しなければならないと。言葉を交わさずとも、視線で、空気で、私たちは悟《さと》っていく。

正直言って、気は重い。なんでこんな不毛な喧嘩《けんか》をしなきゃいけないのかって冷静な頭は考えている。でも、そうじゃない。そうじゃないんだ。もう理屈《りくつ》での決着なんてないんだ。どれだけ不毛でも、この淀《よど》んだ感情の清算は綺麗《きれい》になんか終われない。

「本当にただの喧嘩だね」

「……はっ、なるほど。言《い》い得《え》て妙《みょう》だ」

「笑えない規模の喧嘩だけどね。でも、喧嘩でしかない。私たちにとって、これは喧嘩だ。あぁ、思えばアルくんと喧嘩したことなんてなかったなぁ」

「……そうだったか？」

「うん。アルくんはさ、本当に――素直で、良い子だったからさ」

ごめんね。私、知ってた。アルくんは素直で、良い子で、頑張《がんば》り屋だから。だからなんでしょう？　私が許せなくなったのはさ。私がいると王になれないと思っちゃったのはさ。

「……だから貴方は傲慢なんだ。一方的だよ、貴方は。あの日からずっと――」

「……？」

少しだけアルくんが視線が逸《そ》らした。けれど、それは一瞬《いっしゅん》のこと。私たちの視線が再び絡《から》み合う。アルくんが構えを取ったのを見て、私もまた構えを取る。

「来なよ、アルくん。全部受けきった上で、貴方を否定してやる」

「改めさせてやる、姉上。いつまでも姉が先を行くばかりではないと」

「死ぬほど、後悔《こうかい》させてやるわよ！　私に挑《いど》むなんて馬鹿な考えに至った自分が愚《おろ》かだったって思わせるほどに徹底的《てっていてき》に泣かす！」

「泣くのは貴方だ、姉上！　貴方を泣かす、そうだ！　貴方が俺の愚かさを否定すると言うなら、俺は貴方の傲慢さを否定する！」

「あぁ、そう。なら傲慢だって言われるように振る舞ってあげましょうか！　――救ってあげるわ、アルくん！　憤《いきどお》りも、憎《にく》しみも、悲しみも、不満も何もかも全部！　全て受け止めてね！」

「――……ッ……ァ……アニスフィア――ッ!!」

今日、一番の憤怒の形相を浮かべてアルくんが私に向かってきた。私もまた、アルくんを迎《むか》え撃《う》つために踏《ふ》み出す。その一歩は酷《ひど》く重い。それでも負けじとそれを振り払《はら》うように、強く地面を蹴《け》る。

力を込めすぎたのか、感情が抑《おさ》えられなかったのか。一筋だけ涙《なみだ》が零《こぼ》れ落ちていった。

＊＊＊

――もし、過去に戻《もど》れるのだとしたら。私は愚かな自分の頬《ほお》を打たずにいられるでしょうか？

アニス様とアルガルド様が交わしていた会話を聞いてそう思うのです。思わず唇《くちびる》を血が出るほどに噛《か》みしめてしまいます。

しかし、今は自分の至らなさを悔《く》いている時間はありません。レイニに施《ほどこ》した回復魔法《まほう》は、まるで底の抜《ぬ》けた器に水を注ぐような行為《こうい》にも等しいです。それでも諦める理由にはなりません。

このままレイニを死なせてしまうようなことになってしまえば誰《だれ》にも顔向けできないと、最早《もはや》執念《しゅうねん》にも似た思いで回復魔法に意識を注ぎ続けます。ですが、レイニの傷は塞がる気配はありません。疲労《ひろう》で浮き出た汗《あせ》が頬を伝って落ちていきます。

すると、回復魔法を施していた手をレイニの手が握り返してきました。意識が朧気《おぼろげ》だったレイニが血混じりの咳《せき》をしながら私に視線の焦点《しょうてん》を合わせました。

「ユ……フィリ……ア……さ……」

「喋《しゃべ》らないでください！」

「……聞こえて……ました……よね……？」

私の制止が聞こえないのか、レイニがぽつぽつと途切《とぎ》れながらも言葉を紡《つむ》ぎます。

「……アニス……様……アル……ガルド様……私……わかる、から……」

「わかる……？」

「あき、らめ……ないと……って……自分には……どう、しようも……ないって……でも、苦し……くても……あんな……風に……しか……悲鳴……上げ……られなくて……」

「……悲鳴？」

レイニには、アニス様とアルガルド様の会話が悲鳴のように聞こえたのでしょうか？

私には、いまいちわかりません。ただ、あの二人がどうしようもなく苦しくて、苦しいからこそ戦わなければならないのだと理解させられてしまいました。

そうなる前にできたことがあった筈《はず》だと、どこかで私自身を責める私の声がするのです。

悔しさにまた唇を噛みしめそうになった私の頰に、レイニの手が伸《の》びてくる。

「……ッ……、ユ、フィリア……様……！　お願い……が……」

「レイニ？　お願い、ですか？」

「血を……魔力《まりょく》が、あれば……魔石を……再生……させ……」

途切れ途切れにレイニが告げる言葉に私は希望を見出《みいだ》しました。そのために魔力を、吸血をしたいということなのでしょう。

「待っていて下さい、今、血を……」

「――いえ、ユフィリア様はそのままに。私が与《あた》えます」

私がレイニに血をどう摂取《せっしゅ》させようかと悩《なや》んでいると、私とは逆側に回ってレイニの手を握っていたイリアが声を上げました。イリアはレイニの顔に自分の顔を寄せます。

「失礼します、レイニ様」

「イリ……、んぅっ!?」

イリアが唇を噛み切り、血を流しながらレイニへと口付けました。レイニは目を見開きましたが、ぎゅっと目を瞑《つぶ》ってイリアの背に手を回しています。何かを堪《こら》えるように震《ふる》えていたレイニでしたが、不意に胸の傷の奥で何かが煌《きら》めくように光った気がしました。

そこからは劇的でした。まるで傷なんてなかったかのように肉が埋《う》まり、肌《はだ》が元通りになっていきます。思う以上の再生速度に私は目を丸くして、思わず回復魔法を止めてしまいました。

「――ッ……いっ……ぁ……！　ぎ……！」

「レイニッ⁉」

「い、た……嘘《うそ》……再生……しても、痛み……なくならない……っ、……え？　なんで、アルガルド様、動けて……むり……痛い……痛い痛いっ……！」

痛みからか、イリアすらも振《ふ》り解《ほど》きながらレイニが胸を押さえて悶《もだ》え苦しんでいます。

傷は再生できても、痛みまでは消えないということですか？　なら、アルガルド様があのように再生しながら平然と動いていても、激痛が襲《おそ》っているのでは……？

痛みに震えるレイニをイリアが抱《だ》き起《お》こして、落ち着かせるように抱き締《し》めています。

私も止めてしまった回復魔法を再びレイニに施そうとすると、レイニが苦しげに息を吐《は》きながら私の手を掴《つか》みました。

「……ダメです、ユフィリア様……魔力が……勿体《もったい》ない、です……」

「レイニ、しかし」

「ユフィリア様も、ですよ……！」

「はい……？」

「我慢《がまん》、しないで……私は、大丈夫《だいじょうぶ》、だから……」

痛みでそれ以上、言葉にできなかったのか。レイニはイリアに頭を預けながら荒《あら》く息をしている。私は、レイニに告げられた言葉に虚《きょ》を突《つ》かれてしまいました。

どうしてレイニがそんな言葉を私に投げかけたのか理解できず、ただ呆然《ぼうぜん》としてしまいます。

(……我慢している？　私が、一体何を？)

「……ユフィリア様は、止めたいのではないですか？」

レイニの代わりに口を開いたのはイリアでした。イリアは、レイニを心配そうに抱《かか》えながら私に言います。

「……私には、止める資格も力もありません。あの二人を止めるための言葉も持っていません。だから見守ることしかできません」

「……イリア」

「私が言うことではありませんが……時には、自分の心に従うことも大事なのだと思います。レイニ様は私が見ています。だから、ユフィリア様も……」

心に従う？　私の心は、どうしたいと思っているのでしょうか？　レイニが言うように我慢しているのでしょうか？　でも、私も正直に言えばイリアと同じ気持ちです。

あのように争い合う二人を見て、その思いを知って、どうして止めたいなどと言えるのでしょうか。私は、この結果を招いた一人なのに、そんな資格があるのですか？

疑問が私の頭の中でぐるぐると巡《めぐ》っていると、不快な音が響き渡《わた》りました。何かが砕《くだ》けてしまったような、そんな無機質な音です。

まさかと思い、私が視線を向けた先。そこには今、まさに砕かれて宙を舞《ま》ったマナ・ブレイドの姿が見えました。

「――アニス様ッ！」

＊　＊　＊

――砕かれた。私のマナ・ブレイドが。二本あった内の一本が失われ、咄嗟《とっさ》に私はアルくんから距離《きょり》を取るために後ろへと跳ぶ。

遠距離攻撃《こうげき》の手段を持たない私が距離を取るのは不味《まず》い。けれど下がるしかなかった。アルくんの攻撃《こうげき》を防ぐための手が一手、失われてしまったからだ。両手で防いでいたものが片手のマナ・ブレイドでは防げない。

アルくんは水の鞭《むち》を巧《たく》みに操って私を攻《せ》め立てる。広域に魔法をばらまくような攻撃では私の動きは止められても決定打にはならないと切り替《か》えたんだろう。

この水の鞭が厄介《やっかい》だった。それは氷の礫《つぶて》を内包していて、接触《せっしょく》の瞬間《しゅんかん》に凍《こお》り付いて衝撃《しょうげき》を与えてくる。これがマナ・ブレイドと致命的《ちめいてき》に相性が悪かった。

「ハ、ハハッ！　ハハハハハハッ！　砕いた！　砕いてやったぞ！　どうだ、自慢《じまん》の武器が砕かれるのは！　魔道具がなければ貴方《あなた》の力は半減も同然だ！」

「チィッ！」

好き放題言ってくれて！　実際にその通りだから否定できないのも癪《しゃく》なんだけど！

とにかく本格的に不味い。このままじゃジリ貧だ。マナ・ブレイド一本ではアルくんの攻撃を捌《さば》けない。距離を取られて嬲《なぶ》られ続ければ勝ち目がない。

「こんなものか！　姉上！」

アルくんが叫《さけ》んでいる。アルくんは今、勝《か》ち誇《ほこ》って良いのに、それでもアルくんは怒《いか》りを露《あら》わにしている。納得がいかない、と言うように叫んでいる。

「この程度で終わるのか！　これが限界か？　そんな訳がないだろう！　何を躊躇《ためら》う！　俺は貴方を殺すつもりだ！　殺したいほどに貴方を忌《い》み嫌《きら》っている！　なのにそれを受け止めると言ったな！　その上で否定をすると！　救うと！　傲慢《ごうまん》さに足を掬《すく》われたか！

——ふざけるな！　俺を見ろ、姉上！　俺は、貴方にとって視界に入れる価値もないか!!」

アルくんの叫びに私は唇を噛みしめた。殺すつもりだと言うのはわかってる。アルくんは殺意を剝《む》き出《だ》しで向かってきてるし、私に対してどうしようもなく怒りを感じていたのも全部、わかってるんだ。

向き合え、こちらを見ろ。アルくんは全身でそう訴《うった》えていた。わかってる、全部そのためだったと理解してしまった。同じ土俵に立ったのも、異端《いたん》であることを求めたのも。

──全ては自分という存在を私に見せ付けるために。

ずっと目を背けてきた。私には関係ないと、できることなんてないんだと。だって私は王位継承《けいしょう》権を捨てたのだから。それがアルくんのためになると思っていた。

そうじゃないと言われても簡単には受け入れられない。だって、それでも、憎まれても、距離が離《はな》れても──アルくんは、私の弟だ。私が手を引いて外に連れ出した、可愛《かわい》い弟だ。

「ッ、アアッ！」

迫《せま》る水の鞭を私は吼《ほ》えながら避《よ》けた。アルくんから距離を取りながら、マナ・ブレイドを失った手で拳《こぶし》を作り、自分の頬《ほお》を殴《なぐ》りつけた。全部、揃《そろ》えろってことでしょ。わかってるよ、アルくん。アルくんの望みはわかってる。

(──殺すつもりで来いって、そう言うんでしょ)

私に自分を殺すつもりで向かってきて欲しいと。そのためにここまで来たんだと、そう訴えてるのはわかってる。それでも応じられなかったのは、私の中にまだアルくんへの情が残ってたから。

──でも、それが最大の侮辱《ぶじょく》だったんだろう。わかってる、わかってはいるんだよ。

本当にそれでしか貴方が納得しないって言うなら。そうして向かい合うことでしか貴方が救われないって言うなら……私も、覚悟《かくご》を決めよう。

アニスフィアとして生きてきて、人を殺したことがない訳じゃない。冒険者《ぼうけんしゃ》は時として人の命を奪《うば》わなければならない。でも、できるだけ人の命は奪いたくなかった。甘いと言われても譲《ゆず》れなかった。

それに魔物《まもの》なら幾《いく》らでも殺してる。命を奪うことに躊躇いがない訳じゃない。ただ覚悟が必要だった。だって、自分が傷つくことが嫌《いや》でもわかってるから。それでも、向き合うって決めたから。

「──本当に馬鹿《ばか》な弟なんだからぁッ!!」

体内に巡る魔力を背中の刻印へと回す。ドラゴンの魔力を生産するためではなく、私の魔力と完全に溶《と》け合《あ》わせるために。私の魔力という膜《まく》で包むことで制御《せいぎょ》していたドラゴンの魔力を自らの体内に取り入れていく。

全身を纏《まと》うオーラがより濃密《のうみつ》になっていく。このオーラは特にドラゴンの角を象《かたど》るのだけど、それがより鮮明《せんめい》になった気がする。思考が端《はし》から灼《や》かれていくような熱が身体《からだ》全体に巡っていく。

直接、体内にドラゴンの魔力を取り入れたことで〝呪《のろ》い〟が私を一気に侵蝕《しんしょく》していく。人の身には収まりきらない力だ、今にも身体が弾《はじ》け飛《と》んでしまいそう。それでも力を制御する手綱《たづな》だけは決して離さない。

喰《く》らいなさい、私の魔力を、私そのものを。貴方はもう私の一部、好きなだけ暴れれば良い。脳裏で、残響《ざんきょう》のように響《ひび》き渡るドラゴンの咆哮《ほうこう》が聞こえた気がする。

「――〝架空《かくう》式・竜魔心臓《ドラゴンハート》〟!!」

ドラゴンの魔力の直接制御、これが私の切り札だ。

全身で荒《あ》れ狂《くる》うドラゴンの魔力をマナ・ブレイドへと注ぎ込んでいく。マナ・ブレイドが悲鳴を上げるように罅割《ひび》れていく音が聞こえる。

それでも私は魔力《まりょく》を注ぐのを止《や》めない。これだけ力を注がないとアルくんを打《う》ち倒《たお》せない、だから全力全壊《ぜんかい》で行くしかないんだ。

「アァァァアアア――――ッ!!」

かつてドラゴンのブレスを切り裂《さ》いた光の斬撃《ざんげき》を、今度はドラゴンの魔力で放つ。

過剰《かじょう》に魔力を注がれた魔力刃《まりょくじん》の形状は、最早《もはや》剣《けん》というより爪《つめ》のようだった。

アルくんがその一撃《いちげき》を防がんと無数に水の盾《たて》を生み出して掻《か》き消そうとする。

一枚、二枚、三枚、四枚、障壁《しょうへき》に阻《はば》まれながらも私の斬撃は止まらない。

五枚、六枚、七枚、八枚。——そして、あっという間に水の障壁は切り捨てられた。アルくんの胸から脇《わき》にかけて、斜《なな》めに引くようにして一文字の傷が走る。思い出したように血が噴《ふ》き出すも、アルくんの血が瘡蓋《かさぶた》を作るように再生しようとしている。

「まだ、だ……！　俺は、俺はぁッ!!」

アルくんの足は震えている。立っているのが精一杯《せいいっぱい》だと言うように、けれど倒れてはいない。あぁ、ダメだ。アルくんはこのままじゃ止まらない。

マナ・ブレイドが音を立てて砕けていく。これではアルくんの攻撃を捌くのは不可能だ。だからアルくんが動けるようになる前に決着をつけなければならない。

（アルくんが、止まらないなら——）

——……殺すしか、ない。

狙《ねら》うのは心臓。レイニから奪った魔石《ませき》を取り込んだ部分、一歩、地を抉《えぐ》るほどの脚力《きやくりよく》を発揮しながらアルくんに向かっていく。距離が縮んで、アルくんの顔が段々とはっきり見えてくる。

「これでぇ！　終わりイッ！」

アルくんの顔は苦悶《くもん》に歪《ゆが》んでいた。私を睨《にら》むように、荒れ狂う感情が私に向けられている。あと一歩、手がもう少しで届くという距離まで来た時——アルくんは、ふっと表情を和らげた。

（――……なんで、そんな顔をするの）

どうして、そんな安心したように笑ってるの。待って、そんなの予想してない。だって、アルくんは私が嫌いで、私を殺したいほどに憎《にく》んでて。だから私に負けるなんて絶対に悔《くや》しい筈《はず》、なのに、どうして、なんで。

既《すで》に私の一撃は繰《く》り出されようとしている。思考が引き延ばされてスローモーションに見える。どうして、と問いながらも私の動きは止まらず、そのままアルくんの心臓を貫《つらぬ》かんと指を立てている。

オーラによって形成した、ドラゴンの爪がアルくんの心臓を引き裂く。それは確定した結末だった。私は目を閉じてしまった。アルくんの表情が理解できなかったから。自分が何をしてしまうのか、その結末から目を背けるように。

――けれど、私の手が触《ふ》れたのは柔《やわ》らかい肉の感触《かんしょく》ではなく、硬《かた》い鉄の感触だった。

「えっ……？」

思わぬ衝撃に、私は反動で背中から倒れ込む。慌《あわ》てて顔を上げれば、銀色の髪《かみ》が靡《なび》いて落ちていくのが見えた。

それはユフィだった。ユフィは衝撃で勢い良く地面を転がっていき、アルくんとは少し距離を置いて倒れた。そして、私たちの間にくるくると宙を回って何かが落ちてくる。

アルカンシェルだ。地に突《つ》き刺《さ》さった瞬間に、役目を果たしたと言わんばかりに折れてしまった。私は呆然《ぼうぜん》と、何が起きたのかわからないまま呆《ほう》けることしかできなかった。どうしてユフィがそこにいるの？

呆ける私の耳に届いたのは、ユフィの声。ユフィは震《ふる》える手で身体を起こしながら、私を睨んでいた。その瞳《ひとみ》から涙《なみだ》が零《こぼ》れ落ちている。それでも表情は泣いているのではなく怒《おこ》っているように見えた。

「——……ッ！　こんなことで、殺し合ってどうするんですか！　揃いも揃って馬鹿です！　だったら私が止めるしかないじゃないですか！　臣下として！　元婚約者《こんやくしゃ》として！」

ユフィがそう叫んでくれたことで、私はようやく現実感を取り戻《もど》すことができた。

「……ユフィ……」

「そんな顔をしてまで戦いたかった訳じゃないでしょう……！　殺したかった訳じゃない

でしょう！　なのに戦って！　傷つけ合って！　馬鹿じゃないですか！」

あのユフィが声を荒《あら》らげて訴えるように叫んでいる。その叫びを聞いて、私は力が抜《ぬ》けてしまった。一気に倦怠感《けんたいかん》が全身にのしかかってくる。

あのままユフィが止めてくれなかったら、間違《まちが》いなくアルくんを殺していた。でもそうはならなかった。それにどんな感情を抱《いだ》けば良いのか、よくわからない。

でも、まだ決着はついてない。私は震える身体を起き上がらせる。今ので残っていたドラゴンの魔力が抜けてしまった。刻印紋《もん》の反動で身体が軋《きし》んでいる。ドラゴンという規格外の存在の力を直接取り込むのは流石《さすが》に無理があったみたいだ。

それでも足は止めない。引き摺《ず》るように足を引きながらアルくんの傍《そば》へと向かう。

アルくんは大の字に両手両足を広げて空を見上げていた。私が近づいても起き上がろうとするような気配はなかった。

「……アルくん」

呼びかけてみる。けれど、アルくんは私に視線を向けることはない。アルくんは遠くの空を見つめたままだ。その姿勢のまま、アルくんはゆっくりと口を開いた。

「……良い天気だったんだ」

「……？」

「王子として生きる日々は、何も感じなかった。喜びも、怒《いか》りも、悲しみも、楽しむことも。俺は国の先頭に立ち、率いなければならない。そこに個人の感情も、人格も不要だ。自分に才能がないことは誰《だれ》よりもわかっていたから、足を引っ張るものは自分で斬り捨てていった……」

ぽつぽつと、アルくんは語り続ける。先ほどまで荒れ狂っていた感情は嘘《うそ》のように静まり返っている。穏《おだ》やかとも取れる声はすんなりと耳に入り込んできた。

「それで良いと思っていた。……目を背けていたのは俺も同じだ。レイニに気付かされたんだ。魅了《みりょう》によって感じた誰かへの好意も、祈《いの》りも、願いも、俺は同じものを知っていた。ずっと、ずっと忘れようとしていた」

「アルくん……？」

「……天気が良かったから、見上げた。そんな空にいる人なんて、俺は一人しか知らない」

……目を開けていられなかった。そのまま崩《くず》れ落ちてしまえばどれだけ楽だろう。口に出てしまいそうな思いを、必死に歯を噛《か》みしめて閉じこめる。

「……姉上、覚えているか？」

「……何を？」

「父上に付いていった訪問先で、俺たちが屋敷《やしき》を抜け出した日のことを」

「……うん」

遠い過去、まだ私がアルくんの手を引くことが許されていた日のことだった。あの日、私はアルくんを連れ出した。目的は精霊石《せいれいせき》探し、ちょっとした冒険のつもりだった。

当時のアルくんは私に手を引かれて付いてくるような、消極的で自己主張が少ない子供だった。私はそんなアルくんを笑わせたくて、いつものようにアルくんを連れ出していた。訪問先でもやったのは、その延長線上に過ぎなかった。

「そこを魔物に襲《おそ》われた。姉上は俺を逃《に》がそうと残り、俺は逃げた。見つからないようにと隠《かく》れて、だんだん日が沈《しず》んでいった。一人で息を殺して震えていた。姉上は無事なのかと、何度も捜《さが》しに行こうとして動けなかった。そんな俺を見つけてくれたのも姉上だった」

「……そうだね」

「……俺はずっと姉上に手を引かれていた。姉上がたくさん、色んなことを教えてくれた。あの日まで、俺はちゃんと人間だった気がする……──姉上が、俺を突き放すまでは」

──そう、私はアルくんを突き放したんだ。その日を境に、私たちの関係は変わってしまった。

私はアルくんを逃がした後、精霊石を使って時間を稼《かせ》いでいた。そこを異変を察知した騎士《きし》に保護された。けれど、アルくんがなかなか見つからなかった。他の魔物《まもの》に襲われてしまったんじゃないかと不安《ふあん》に駆《か》られた。

アルくんをようやく見つけた時は、本当に心の底から安堵《あんど》した。ただアルくんの無事を無邪気《むじゃき》に喜んでいた。でも、その日から噂《うわさ》が流れ始めた。

──私が嫉妬《しっと》からアルくんを殺そうとしたんじゃないかという噂だった。

私はもう、その頃《ころ》には魔法《まほう》が使えないとわかっていた。だから精霊石の研究を始めていて、何度もアルくんを巻き込んでいた。

今でこそ魔道具という成果を挙げているから、表立って私の非難の声はあまり聞こえてこない。でも、その頃は本当に私に対して周囲は厳しかった。

『アニスフィア王女は魔法の才能があるアルガルド王子が疎《うと》ましいのだ』

『無邪気に遊ぶ振《ふ》りをして命を奪《うば》おうとしたのだろう、だからいつも人目を盗《ぬす》むのだ』

『アルガルド王子を殺せば、王位はアニスフィア王女のものだ。それが目的なのだろう』

そんな噂を知ったのは、アルくんの見舞《みま》いに行こうとした時だった。私は思ってもいなかったことを言われて、酷《ひど》く混乱した。

私はアルくんを憎んだことなんてない。殺そうなんて思ったこともない。でも私たちは王族だった。次の王を決めるために、私たちは自分の立場を理解しなきゃいけなかった。だから私は王位継承《けいしょう》権を放棄《ほうき》することにした。父上と母上を説《と》き伏《ふ》せ、自分に王を望む目なんてないと、とにかく自分はアルくんに害意はないのだと示そうとした。アルくんとも距離《きょり》を取って、ようやく私がアルくんを殺そうとしたなどという噂が消えた頃に私はアルくんに笑顔で言った。

『――これで、アルくんが王様になれるからね！　安心してね！』

そして――アルくんは激怒《げきど》した。私はどうしてアルくんが怒るのかわからなくて、怒りに震えるアルくんが去っていくのを呆然と見つめることしかできなかった。

それから私とアルくんの距離は遠ざかった。アルくんは私を無視するようになったし、そもそもお互《たが》い接触《せっしょく》を控《ひか》えるようになった。

そうして自然と私たちの距離が離《はな》れていって、お互いの関係が改善されることはなかった。私はそれで良いと思ってたんだ。アルくんに迷惑《めいわく》をかけてまで、姉を気取るつもりもなかった。国が健やかであれば良い。望まれる王はアルくんなのだからと、そう言い聞かせてきた。

「……いつも誰かが囁《ささや》く。アニスフィア王女に負けるな、アニスフィア王女は実は王子を妬《ねた》んでいる、決して心を許してはならない。王女は悪魔《あくま》に憑《つ》かれているのだ。姉と思えば足を掬《すく》われると」

アルくんがぽつりと呟《つぶや》いた言葉に、痛いほどに拳《こぶし》を握《にぎ》り締《し》める。誰がそんなことを言ったのか、そう怒鳴《どな》り散らしたかった。

私はそんなことを思ってもいないし、しない。あまりにも酷い侮辱《ぶじょく》だ。私にだけ言うなら良い。でも、それを悪意としてアルくんに囁いたのは誰なの？

「誰か、ではない。皆《みんな》だ。少なくとも俺の周囲に姉上を肯定《こうてい》する者はいなかった。誰もが姉上を嘲笑《あざわら》っていた。俺も、そうしろと言われているようだった。だから俺は目を背けた。貴方《あなた》に関わらなければ心を乱すことはない。王として生きるのに、こんなものは不要だと」

……何を言えば良いんだろう。どんな言葉をかければ良いんだろう。ねぇ、アルくん。私、わからないよ。

「……なぁ、姉上」

「……何？」

「どうして王位継承権を捨てたんだ。どうして、俺なんかよりずっと賢《かしこ》くて、誰かのことを思える人が、王には相応《ふさわ》しくないと罵《ののし》られるんだ？　王が何のためにいるのか、俺にはもうわからない。わからなくなっていたんだ……」

嘆《なげ》くように告げられた言葉に、私は今日一番の痛みを感じた。あぁ、このまま死んでしまいたいと、罪悪感や後悔《こうかい》が心をズタズタにしていく。

でも、それでも私はアルくんを慰《なぐさ》めてはやれない。だって、それでもアルくんが王になるべきなのは変わらない。少なくとも、このパレッティア王国ではそれが正しい筈《はず》だ。

「……私は異端《いたん》なんだよ。魔法が使えない王女が国を統べて良い訳がない。パレッティア王国が積み重ねてきた歴史が許さない。だからアルくんが王子で、次の国王だ」

私にはどんなに焦《こ》がれたとしても、王位を望もうと思っても決定的に欠けているものがある。魔法の才能という、私が求めて止《や》まなかったものが。

「私には魔法が使えない。それだけで、もう相応しくないんだ」

「なら俺が相応しいのか？　血が、地位が、伝統が、魔法が、それしかない俺が王になって良いのか？　俺は……そうは思わない」

強く、吐《は》き捨《す》てるように。それでいて諦《あきら》めるようにアルくんは呟く。

「言われたことを為《な》す王にはなれただろう。静かに、緩《ゆる》やかに、穏やかな国にはできたかもしれない。ユフィリアがいたからな……」

名前を呼ばれて、膝《ひざ》をついたまま震《ふる》えたユフィが視界の端《はし》に見えた。確かに二人でなら安定した治政はできたかもしれない。でも、それ以上にはなれないのだとアルくんは考えていた。だからアルくんはユフィを認めていない。

ただ穏やかなだけでは、安定しているだけでは国は治められないと、そう言うように。

「魔法の腕前《うでまえ》が政治に何の意味を成す？　それは別のものだろう？　讃《たた》えられるべきものであるのは良い。だが、それを王にも求めることにどんな意味がある？　あぁ、俺もユフィリアも言われたことはできるだろうさ。だが、できないことはできない。わかっていても俺には力はない。ユフィリアに言った所で……こいつが耳を貸したかどうか」

「……それは」

ユフィが言い淀《よど》むのが聞こえた。それでも、私はアルくんに反論するように言う。

「ユフィは、きっと言われればわかってくれた。一緒《いっしょ》に考えてもくれたよ」

「……ふん。ならば忠臣となれた者を尊重できなかった時点で、俺の器もたかが知れているということだろうな」

自分を皮肉るようにアルくんは言った。皮肉げに歪《ゆが》んだ笑みは、見ていて痛々しい。

「なら、姉上が王になれば良いのか。そう考えたこともある」

「……どうして」

「貴方は民の声をよく聞いた。民の不満を解消し、貴族の助けにもなるものを編み出した。それを革新的と言わずして何と言う？　その発想と知恵《ちえ》が国のためになるのであれば、それこそが民に望まれる王じゃないのか？」

私は何も言葉を返せなかった。私には無理だと、そう言うこともできなかった。

「……だが、この国は貴方を受け入れない。民が、ではなく国がだ。国を動かす者たちは決して貴方を認められない。より良いものを否定して、伝統ばかりに固執《こしつ》する国に過去の栄華《えいが》はあっても未来などない。ならば……一度、壊《こわ》すしかないだろう？」

「……そう思ったのは、私のせいなの？」

私が魔学《まがく》という道を見つけてしまったから。魔道具という功績を打ち立ててしまったから。だから、アルくんは壊すしかないと考えるようになってしまったのか。私の問いかけにアルくんは答えなかった。ただ、ただ空を見上げている。

「……俺では届かないのさ。本当の天才は、本当に民を思っているのは、相応しい資格を手にできるのは姉上だ。……俺じゃないんだ」

アルくんの手が目元を隠すように乗せられる。一度、アルくんの唇《くちびる》が震えた。引き絞《しぼ》るように息をしながら、吐き出すように呟いた。

「――俺など、生まれてこなければ良かった」

「……アル、くん」

「俺が、いるせいで、姉上を傷つけて、姉上に傷つけられるぐらいなら、こんな思いをするなら俺は……生まれたくなど、なかった……！」

アルくんの頬《ほお》に涙《なみだ》が伝っていく。それを見た瞬間《しゅんかん》に視界がぼやけた。もう何も見えなくなってしまった。ただ目が熱い、歯を噛んでいなければ泣き出してしまいそうだ。

「姉上……なりたい者に、なれないのは辛《つら》いなぁ……！」

……生きていれば後悔なんて幾《いく》らでもある。それでも過去に戻《もど》るなんてことはできない。ただ、ひたすらこの痛みの全てを抱《かか》えて生きていくしかないんだ。

涙を流し続けるアルくんに何も言うことができず、手を伸《の》ばすこともできない。ただ馬《ば》鹿《か》みたいに立ち尽《つ》くすことしか、私にはできなかった。

エンディング

「……私は何から整理すれば良いのだ？」

　重々しく口を開いたのは父上だ。今、部屋の空気は最悪に近い。ただひたすらに重い。

ここに集まった誰《だれ》もが口を重たくしている。

アルくんが離宮《りきゅう》を襲撃《しゅうげき》し、レイニの魔石を奪う事件が起きた後、アルくんは拘束《こうそく》された。

私も刻印紋《もん》の反動で倒《たお》れてしまい、更《さら》には私たちが講演会をした会場で暴れたティルティの一件もあって、王城は混乱してしまった。

　なんとか事態は収束したけれども、講演会場で暴れたティルティは拘束されたままだ。

高笑いをしながらどんどん見境なく人を拘束していったらしく、駆《か》けつけた近衛《このえ》騎士《きし》団によって拘束され、魔力酔《まりょくよ》いの症状《しょうじょう》を抜《ぬ》くため、現在は隔離中《かくりちゅう》だ。

　事が事だっただけに関係者は謹慎《きんしん》を言いつけられた。更に私に暴言を吐いて、アルくんがレイニの魔石を奪うのに手を貸したと思われるモーリッツや、その親であるシャルトルーズ伯爵《はくしゃく》も拘束されて、今は牢《ろう》に入れられている。

箝口令《かんこうれい》が素早く父上から敷《し》かれ、王城はひとまず落ち着きを取り戻した。

そして、私たちは何が起きたのかを確認するために呼び出されていた。正直立って歩いたりするのも辛いのでイリアに運んで貰《もら》ってる。一番重傷だった筈のレイニが一番健康体なのが解せない。

アルくんは枷《かせ》を付けられたままで連れてこられ、本人の口から事の経緯《けいい》を説明させられていた。私との戦いが終わった後、アルくんはすっかり大人しくなって、抵抗《ていこう》するような素振《そぶ》りは見せていない。ただ、淡々《たんたん》と事の経緯を語るだけだ。

「……アルガルドよ」

「はい」

「何故《なぜ》、このような馬鹿な真似《まね》をしたのだ……？」

すっかり意気消沈《いきしょうちん》した父上はアルくんに問いかけた。父上の隣《となり》にいる母上も普段《ふだん》の凜々《りり》しさはどこに行ってしまったのかと思うほどに儚《はかな》い。今、この場で一番平静を保っているだろうグランツ公が静かにアルくんを見つめている。

「レイニ嬢《じょう》を囲おうとしたのはヴァンパイアの力を手中に収めるためだった。邪魔《じゃま》となるユフィリアを排除《はいじょ》しようとしたが、アニスの妨害《ぼうがい》にあって失敗。更にレイニ嬢がアニスに保護されたため、最後の手段として自らがヴァンパイアとなり、この国を支配しようとした。……これに相違《そうい》ないな？」

「はい。父上の仰《おっしゃ》る通りでございます」

「何故、そのような馬鹿なことを考えたのだ！　何をどうしたら、そんな発想に至る⁉」

「……何も語ることはございません。ただ、私が愚《おろ》かだっただけのことでございます」

父上の怒鳴り声にアルくんはただ目を伏《ふ》せる。ヴァンパイアの力を求めるに至った内心までは語るつもりはないと、そう言うように。

父上は首を左右に振《ふ》りながら、無念そうに溜息《ためいき》を吐く。眉間《みけん》に寄った皺《しわ》はもう戻りそうにない。父上が次に声をかけてきたのは私だった。

「……アニスよ。ヴァンパイアになった者が人に戻ることは可能か？」

「……いえ、不可能かと。事実、魔石を抜き取られたレイニでも自己再生が可能でした。仮に魔石を取り除けたとしても無理だと思います」

「ヴァンパイアの魔石は子供に遺伝してしまう。これもまた相違ないな？」

「はい。そうだと考えられています」

父上が事実だけを確認するように淡々とした声で問いかけてくる。私もまた、事実だけを答えるようにする。私の返答を聞いた父上は天を仰《あお》ぐように視線を上げた。

「アルガルドよ。……釈明《しゃくめい》はあるか？」

「何も。姉上が語ったままでございます」

「……ならば、お前は廃嫡《はいちゃく》とするしかない。ヴァンパイアの形質は王位を継《つ》ぐ者には過ぎたる魔性《ましょう》だ。お前に、王位を継がせる訳にはいかぬ」

父上の感情を押し殺したような廃嫡宣言にアルくんは頭《こうべ》を垂れて受け入れた。アルくんの表情には何も感情が浮《う》かんでいなかった。……まるで空っぽのようだ。

「……ヴァンパイアであれば、ただ廃嫡するだけでは足らぬか。魅了《みりょう》の力もこともある」

「父上、お言葉ですが……アルくんには現在、魅了の力は確認できません」

「何？」

「アルくんは正しい手順でヴァンパイア化していません。適合しなかったのか、不完全だったのかはわかりませんが、アルくんが受け継いだ性質は再生能力だけです。レイニにも確認は取っています」

「だが、今後はわからぬか。……アニスよ、ヴァンパイアは他にも存在している可能性があると言っていたな？」

「はい、レイニの母親のような例もあります。自覚症状がない者もいるかもしれません」

人に紛《まぎ》れて生活しているヴァンパイアもいるのかもしれないし、レイニのように無自覚で自分がヴァンパイアだと気付かずに生活している者もいるかもしれない。

あるいは、もう密《ひそ》かに貴族や他国に囲い込まれている可能性だってある。暗殺者や諜報《ちょうほう》員《いん》として育てられたヴァンパイアがいるとしたら、あまりにも危険すぎる存在だ。

「ならば、ヴァンパイアへの対策は急がなければならんな。……アルガルドよ」

「はい、父上」

「……私を恨《うら》むか？」

　静かに父上はアルくんへと問いかける。アルくんは何も言わず、ただ父上と視線を合わせている。父上もまた、真《ま》っ直《す》ぐアルくんを見つめてアルくんの返答を待っている。

　沈黙《ちんもく》が場を支配する中で、ようやく口を開いたアルくんの声は……やっぱり、どこまでも感情が欠落したものだった。

「いいえ、父上。──恨むのだとすれば、それはこの世全てでございます。この世に生まれてから今日に至るまでの全てを、私は恨んでおりました」

「……そうか、全てと来たか。それは大きく出たものだ……」

「はい。……長い、長い日々でございました」

　そこで初めてアルくんが表情を崩《くず》した。それは穏《おだ》やかな微笑《びしょう》で、父上も呆気《あっけ》に取られる。

「長く、苦しく、後悔《こうかい》ばかりの人生でした。誰をではなく、全てを恨み続けた虚《むな》しき日々を、それでも私は生きてきたと思うのです。そして、これからも続いていくのです」

「……アルガルド」

「我が身の不徳はこの深く淀《よど》んだ怨嗟《えんさ》によるもの。これまでの人生に救いなどなかった。それを認めたのです。私にとってはそれが全てです。恨んでおりました。ただ、ただ恨んでおりました」

恨みを告げるにはどこまでも静かに、けれども有無を言わせぬ響《ひび》きがそこにはあった。

燃え終わった灰のように、熱を残しながらも燃え広がることはない。

もう、その灰に火が灯《とも》ることはない。その実感が私の胸を締《し》め付《つ》けていく。アルくんの中で何かが終わってしまったのだ。

「全ては過去に。流れる滝《たき》が登ることはございません。……後は流れに身を任せるのみでございます。私の処遇《しょぐう》に減刑《げんけい》も弁明も必要なく、父上の采配《さいはい》に従います」

「……ならばお前には辺境への追放を命ずる。そこでヴァンパイアの生態調査のため、実験対象として過ごすことを命ずる。お前に再び叛意《はんい》が芽生えるようならば次はない。その血肉、塵《ちり》となるまで王国のための礎《いしずえ》と為《な》せ。それがお前に与《あた》える償《つぐな》いの機会である。……良いな、アルガルドよ！」

「〝国王陛下〟の多大なる恩情に深く感謝を」

父ではなく、国王とアルくんは呼んで臣下の礼を取った。それがアルくんからの決別のように思えた。それは父上も同じように感じたのだろう、握《にぎ》り締めた拳《こぶし》が骨を軋《きし》ませるほどに力が込められているのが見えた。

「……アルガルド」

一歩、前に進み出たのは母上だった。母上の目からは涙が零《こぼ》れ落ちている。アルくんへと歩み寄り、その傍《そば》まで寄ると手を振り上げる。頬《ほお》を打つのかと思い、身を竦《すく》ませる。でも、母上の手はアルくんの頬を打つことはなかった。その寸前で母上の手の勢いが失速して、アルくんの胸元をぽすりと叩《たた》いた。

「……私は、母親失格です」

「母上」

「そのように呼ばれる資格があるのでしょうか？　この国を守るためにと外交を担っていたつもりでした。しかし、私は本当に子供たちを正しく導くことができなかった愚かな母です。貴方《あなた》の恨みを育てたのは私でもあるのでしょう。……ごめんなさい、ごめんなさい、アルガルド……」

……普段は気丈《きじょう》な母上が泣いている。ただ、自分の後悔を思いながら儚げに。

「もっと貴方の傍にいれば良かった。全てを恨んでいるなど、馬鹿《ばか》な考えだと叱《しか》り飛ばすべきでした。いつも、いつも、私は気付くのが遅《おそ》い……」

後悔に呻《うめ》く母上の手がアルくんの服を掴《つか》む。アルくんはその手をそっと外して握り返す。そして、母上と目線を合わせるように膝《ひざ》をつく。

「母上、私の罪は私のものです。どうか私のために心を惑《まど》わさぬように。母上こそ国に愛された母であったと私は思っています。そこに私の心を重ねられなかった、私の不徳なのです。母上こそが、このパレッティア王国一の国母であることは変わりありません……親不孝者で申し訳ございませんでした。」

「ッ……！　貴方はとんだ親不孝者です……！　あぁ、瞳《ひとみ》の色が、こんな色になってしまって……！」

アルくんの頬に両手を伸《の》ばして、変わり果てた真紅の瞳を見て母上が嗚咽《おえつ》を零す。アルくんはただジッとしていて、母上に好きにさせていた。

どれだけそうしていただろう。母上が落ち着くのを見計らって声を上げたのは、ずっと静観していたグランツ公だった。

「……シルフィーヌ王妃《おうひ》様、よろしいでしょうか？」

「……ええ、グランツ。取り乱して申し訳ないわ」

母上はアルくんから手を離《はな》して、目元を手《て》の甲《こう》で拭《ぬぐ》いながら離れる。最後に名残惜《なごりお》しげにアルくんの頬を撫《な》でた手を固く握っている。父上がその手を取って、母上の背中を支えるようにして抱《だ》き締めている。

一瞬《いっしゅん》だけ、父上に支えられて小さく震《ふる》えている母上を見た後、グランツ公はアルくんへと改めて視線を向けた。

「アルガルド様、今回の一件に関わった関係者の情報を提供して頂けますか？」

「勿論《もちろん》だ。……貴方にも世話をかけてしまったな、マゼンタ公爵《こうしゃく》」

「いえ。貴方を諫《いさ》めることができなかったユフィリアにも、そして教育が至らなかった私にも非があるのでしょう。ましてや貴方を蝕《むしば》んだのはこの国の暗部に等しい。なら、せめて一矢報いるためのご助力を頂ければと思います」

「……なるほどな、一矢報いるか。それは言《い》い得《え》て妙《みょう》だな」

グランツ公の言葉にアルくんが苦笑して見せる。アルくんは婚約破《こんやくは》棄《き》から始まった事件の中核《ちゅうかく》にいた。アルくんが情報を提供するなら全てが明らかになるだろう。そして、アルくんに乗ってこの国のヴァンパイアによる支配を良しとした者たちも。

アルくんの今後の扱《あつか》いも決まり、離宮《りきゅう》から来ていた私たちがここに残る意味もないと退室を促《うなが》される。それでも、なんとなく後《うし》ろ髪《がみ》を引かれるように留《とど》まってしまう。

「――姉上」

不意にアルくんが私を呼んだ。改めてアルくんと真正面から向き合う。

アルくんはどこまでも穏やかな表情をしていた。少しだけ眉《まゆ》が下がったような表情に、過去の面影《おもかげ》を見出《みいだ》してしまって胸の痛みが増していく。

アルくんは私と真っ直ぐ視線を合わせていたけれど、まるで迷うように、堪《こら》えるように表情を硬くしている。私がただアルくんの次の言葉を待っていると、アルくんは無言で私に手を差し出してきた。

「……覚えているだろうか？」

その問いに、私は記憶《きおく》の扉《とびら》が音を立てて開いた気がした。無意識で私はアルくんと手を重ねていた。あぁ、忘れていたかったけど、忘れられなかった記憶が蘇《よみがえ》る。

小さな頃《ころ》は大人しかったアルくんも、何度か怒《おこ》らせたことがあった。もう一緒《いっしょ》に実験しないと拗《す》ねるアルくんを私は機嫌《きげん》を取って宥《なだ》める。そして、最後には握手《あくしゅ》をした。

「……仲直りの握手、だね」

私の涙腺《るいせん》が決壊《けっかい》した。喉《のど》を引き絞《しぼ》るように息をして、肩《かた》が跳《は》ねてしまった。

アルくんは私の弟だ。どんなに関係が変わっても、距離《きょり》が遠くなっても、思い出は変わらない。だからアルくんの人生が上手《うま》くいくようにと願っていた。

それが全部、空回っていたダメな姉だ。アルくんのためになんてちっともなってなかった。それでも、アルくんは私との思い出を覚えていてくれた。

こうして仲直りのために手を差し出してくれた。それだけで胸がいっぱいになる。

「……ごめん、ね」

私のせいで、ごめんね。私がこの世界で普通《ふつう》に生きられたら、きっと貴方はこんなにも苦しまなかったのに。

でも、その道は選べない。仮に時を遡《さかのぼ》れたとしても、私は何度でも魔法《まほう》を追い続けると思う。それだけは絶対に諦《あきら》められないから。諦めることなんてできないんだ、私が私であり続ける限り。

あぁ、なんて酷《ひど》い姉だ。貴方を傷つけることしかできなかった姉だ。貴方は私が救えない人だ。それが堪《たま》らなく苦しい。どうして、こんな形でしか結末を迎《むか》えられなかったんだろう。

「姉上」

アルくんが私を呼ぶ。涙《なみだ》が落ちて、ようやく鮮明《せんめい》になった視界にアルくんが笑みを浮《う》かべているのが見えた。仕方ないと眉尻《まゆじり》を下げて笑うのは、昔のアルくんそのものだった。

「――ありがとう、そして、すまなかった」

あぁ、もう一度言わせて欲しい。ごめんね、アルくん。

私が手を取れなかった、愛《いと》しい弟。守ってあげられなくて――本当に、ごめんね。

＊＊＊

アルガルド様の処遇が決定された後、私——ユフィリア・マゼンタとの婚約破棄の裏で蠢《うごめ》いていた計画が暴かれることとなりました。

主導はアルガルド様、そしてシャルトルーズ伯爵《はくしゃく》家。事の発端《ほったん》はレイニの存在を知ったモーリッツ様が禁書庫でヴァンパイアの研究資料を発見したことから始まりました。

モーリッツ様が発見した研究資料からレイニがヴァンパイアであることが判明。そしてヴァンパイアの魅了《みりょう》の力や不死性に目をつけたシャルトルーズ伯爵が、更《さら》なる権威《けんい》を手にしようとアルガルド様に計画を持ちかけたのが始まりだったそうです。

シャルトルーズ伯爵の計画は、アニス様の介入《かいにゅう》がなければどうなっていたかわかりません。彼等の誤算はアニス様が私を保護し、レイニまで手中に収めてしまったことでした。

魔法省の長官であり、アニス様を目の敵にしていたシャルトルーズ伯爵の最大の誤算がアニス様の介入だったのですから、皮肉としか言いようがありません。

アルガルド様とモーリッツ様と同じように私を糾弾《きゅうだん》していたナヴル様とサラン・メキの二人は純粋《じゅんすい》に善意から行ったことであり、モーリッツ様が目くらましとして巻き込んだとのことでした。お咎《とが》めはあったものの、この二人の罪は軽いものになるそうです。

そしてアルガルド様は表向きは廃嫡《はいちゃく》となり、辺境へと送られることが発表されました。表向きの理由としては王位簒奪《さんだつ》を目論《もくろ》んだことが理由と発表され、伏《ふ》せられた事実としてはヴァンパイアの生態調査の観察対象として領地に封《ふう》じられます。研究者の他に陛下が直々に選んだ従者たちが監視《かんし》として共に向かうそうです。

そして、アルガルド様を焚《た》き付けたシャルトルーズ伯爵家は王権を脅《おびや》かした罪で死を賜《たまわ》ることとなりました。シャルトルーズ伯爵家はお取り潰《つぶ》しとなり、協力したと見なされた血縁者《けつえんしゃ》や協力者にも重い罰《ばつ》が与えられ、粛清《しゅくせい》の嵐《あらし》となりました。

魔法省の長官が王権を脅かしたこの事件は、魔法省に大きな影響《えいきょう》を与えました。長官が不在となり、その代理の決定なども含《ふく》めて暫《しばら》く落ち着かない日々が続くことでしょう。

一方で、離宮での日常を取り戻《もど》した私も平和とは言い切れません。肝心《かんじん》のアニス様が倒《たお》れてしまったからです。アニス様の主治医を担えそうなティルティも療養《りょうよう》が必要だということで、アニス様を王城の医師に診《み》せることとなったのです。

そこで刻印紋《もん》の存在を初めて知ったオルファンス陛下は卒倒《そっとう》寸前になり、シルフィーヌ王妃様は良い笑顔で笑っていました。無事にアニス様が起きられるようになったら一報を入れるようにと言いつけられました。

まだ落ち着かないままではありますが、私の婚約破棄から始まった一連の事件はこれで収束していくことでしょう。それでも気が晴れるとはとても言いがたいのですが。

そして、慌《あわ》ただしくも日常を取り戻していく中で……アルガルド様が辺境の地へと送られる日がやってきたのでした。

「見送りに行きましょう」

そう言い出したのはレイニでした。最初は迷ったものの、私はレイニと一緒にアルガルド様と面会するために離宮を出ました。一連の事件が終わってからというもの、レイニは何かに悩《なや》んでいるようでしたが、それはアルガルド様のことだったのでしょうか？

アルガルド様の出立は表門ではなく、裏門から人知れず旅立つ寂《さび》しいものでした。

馬車が幾《いく》つか並び、そこに手枷《てかせ》をつけられたままのアルガルド様がぼんやりと空を眺《なが》めているのを見つけました。

護衛と監視を兼《か》ねていた騎士《きし》たちが私とレイニを見て、ギョッとしたような表情を浮かべました。何故《なぜ》ここにいるのかと言わんばかりに見られましたが、思い出したように一礼をされます。

「ユ、ユフィリア様！　それにレイニ嬢《じょう》まで！」

「突然《とつぜん》、申し訳ありません。……アルガルド様と少し話をさせて下さい」

「え？　で、ですが……」

「……すまない。私からも頼《たの》む」

私の申し出に渋《しぶ》る騎士たちに頭を下げたのはアルガルド様でした。アルガルド様は無表情で、表情がぴくりとも動いていません。それが威圧感《いあつかん》を与《あた》えているように思えます。そんな感想に驚《おどろ》いたのは、何より私自身でした。アルガルド様はよくこんな顔をしていたと思います。

それが威圧感を与えるなどと思ったのは今が初めてで、少し困惑《こんわく》してしまいます。

「お願いします、お時間は取らせませんから……」

「……この場を離れる訳には参りませんが、それでもよろしければ」

私が動揺《どうよう》している間にもレイニが騎士に頼み込んでいました。騎士は持ち場を離れる訳にはいかない、と言いつつも少しだけ距離を取ってくれました。

心遣《こころづか》いをしてくれた騎士に頭を下げつつ、私はアルガルド様に向き直りました。

「……アルガルド様」

「レイニはともかく、お前まで来るとはな……レイニの付《つ》き添《そ》いか？」

「そのようなものです」

「そうか」

ふっ、と力を抜《ぬ》いたように表情を崩《くず》したアルガルド様に目を見開かせてしまいました。

先ほどからアルガルド様に驚かされてばかりです。本当に私の知るアルガルド様と同じ人なのかと疑った所で、不意に私は気付いたのです。

この人を語れるほどに、私はアルガルド様自身のことを知らなかったのだということに。

「……アルガルド様」

私が自分の驚きを処理していると、私よりも一歩進んでレイニがアルガルド様に声をかけました。アルガルド様はレイニを真っ直《まっす》ぐに見つめて、その真紅の瞳《ひとみ》を細めます。

すっかりレイニと同じ色になってしまった瞳には、簡単には読み取れないような複雑な感情が秘められているように思えてしまいます。

「レイニ、改めて謝罪をさせてくれ。君を利用しようとしたことは後悔《こうかい》していない。私にはこうすることしかできなかった。ただ、自分のために。君には心の底から酷いことをしたとは思っているが、それが私の本音だ。だから好きなだけ罵《ののし》ってくれて構わない」

アルガルド様の謝罪の言葉にレイニは首をゆっくりと左右に振《ふ》りました。レイニは苦しげでありながらも、なんとか笑顔を作ろうとしています。

「私は、確かにアルガルド様に酷いことをされたのだと思います。とても痛かったですし、苦しかったです。……でも、良いんです。優しくしてくれたアルガルド様も、私は本当なんだと思えますから」

「……本当？」

「私を利用するためだけに近づいたんじゃないって。私の魅了のせいでもあるのはわかってます。でも、アルガルド様の優しさは嘘《うそ》じゃないと思います。時には厳しいことも言われましたし、何か悩んでるのは……なんとなく、私も感じてましたから」

学院にいた頃、アルガルド様とレイニは一緒に行動することも多かったと聞いています。その中で、レイニもアルガルド様が抱《かか》える葛藤《かっとう》を感じていたのでしょうか。

「それでも、私は私のことで精一杯《せいいっぱい》でしたから……」

「……そうだな。私も、私のことで精一杯だった」

「はい。だから……お相子です。でも、凄《すご》く痛かったですし、これから凄く大変になるから許しません。恨《うら》みます」

「……あぁ、本当にすまなかった。……それから」

「はい？」

「……私が言うのもなんだが、本当にレイニには心の底から感謝している。ありがとう」

アルガルド様から礼を伝えられたレイニは虚《きょ》を突《つ》かれたように目を丸くしました。困惑しながらも、レイニはアルガルド様に問いを返しました。

「……何故、お礼を？」

「実に勝手な話だが……満足してしまった。いつも後悔を抱えながら生きてきた。こんなに穏《おだ》やかな気持ちになったのは、本当に久しぶりだ。自分でも救いがたいと思うのだが」

苦笑しながらアルガルド様はそう言いました。それは本当に心の底から穏やかだと思わせる年相応の表情でした。

「切《き》っ掛《か》けとなったのはレイニだ。君と出会い、私は……いや、俺は幸せを思い出せた」

「……アルガルド様」

「今なら素直に認められる。俺は姉上が好きだったんだ。好きだったから、離《はな》れていったあの人が憎《にく》かった。あの人を憎まなければいけない世界を見限っていた。王子として間違《まちが》った感情だ。それでも、それを捨てたら俺はきっと死んでいるのと変わらなかったんだ。無様でも俺がこうして息をしていられるのは君のおかげだ。だから、ありがとう」

人の情を感じさせる優しい声でした。この人はこんな声を出すこともできるのだと、私と同じ人だったのだと思い知らされてしまいます。

レイニはきゅっと唇《くちびる》を引き結んでから、アルガルド様の手を取るようにその手を伸《の》ばしました。レイニが両手でアルガルド様の手を持ち上げ、祈《いの》るように額に当てます。

「……アルガルド様」

「何だ？」

「……痛かったです。この手で貫《つらぬ》かれたこと、本当に痛かったです。──だから痛かったですよね。アルガルド様も、ずっと、ずっと痛かったですよね。苦しかったですよね……」

まるで子供をあやすような、そんな言葉の繰《く》り返《かえ》し。レイニの言葉に穏やかだったアルガルド様の表情が苦悶《くもん》に歪《ゆが》みました。不器用な笑みに歪んでしまった表情のまま、アルガルド様は目を閉じてレイニがしているように、手に額を当てました。

互《たが》いに祈り合っているように、慰《なぐさ》め合っているように。その姿に心が締《し》め付けられたように痛みを感じました。二人は暫くその格好でいて、ゆっくりと離れました。

その時、お互いに浮かんでいる表情は微笑《びしょう》でした。レイニはぽろぽろと涙を零《こぼ》しながら、アルガルド様は困ったように眉尻を下げながら見つめ合います。

「……ユフィリア」

そこで、不意に私の名前を呼ばれてアルガルド様と視線が合いました。

「……お前にも、申し訳ないと思っている。信じがたいかもしれんがな」

「いえ、そんなことは……」

「良い、取り繕《つくろ》うな。……とは言ってもお前にとってはそれが自然体だったか。だからこそ、お前のことが疎《うと》ましかったのは事実だ。貴族令嬢《れいじょう》としてのお前は尊敬していた。俺もそうあれたらと思っていた。だが婚約者《こんやくしゃ》としてはダメだったな、まったく可愛《かわい》げがない」

「……失礼な人ですね、本当」

自然と私も唇の端《はし》が上がりました。婚約者としての私たちはダメだったのだと、そう言われると心が軽くなりました。だから、するりとこの気持ちも出てきてしまいます。

「アルガルド様。一度だけ、ご無礼をお許し下さい」

「既《すで》に廃嫡された身だ。むしろ俺が立場を弁《わきま》えなければならんほどだ。好きにすると良い」

アルガルド様が許可を出したので、私は一つ頷《うなず》いてから容赦《ようしゃ》なく腕《うで》を振るいました。

ぱぁん、と音を立てて私の打ったアルガルド様の頬《ほお》が赤く染まっていきました。レイニが目を丸くして私とアルガルド様を交互《こうご》に見ているのが視界の端に映りました。

アルガルド様は打たれた頬を押さえながらよろめきます。それを見て私はすっきりとした気持ちになりました。胸の中にあった蟠《わだかま》りが解けていくようにさえ思えます。

「……ッ、効くな……」

「本当は拳《こぶし》を握《にぎ》ろうかと思いましたが、流石《さすが》に止《や》めました」

「人の頬を打つのに拳が出るのか、お前。……しかし、その方が良いぞ。今のお前を人形のようだと言う奴《やつ》はいまい」

「いえ。私こそ、至らないばかりで申し訳ありませんでした。婚約者としての貴方《あなた》は本当に最低でしたが……私が人として、貴方と向き合えば避《さ》けられたことかもしれません」

そこでアルガルド様は驚いたように目を見開かせました。そして、穏やかな顔を浮《う》かべました。今まで見たことのないような表情で私を見る彼の目には愉快《ゆかい》だと言うように感情《かんじょう》が見え隠《かく》れしています。

「……今のお前なら、惜《お》しい魚だと思えただろうな」

「大魚となったのならば、それは手を離れたからでしょう」

「なるほど、良い水に巡《めぐ》り合えたようだ。なら、そのまま大海に流れればいいさ。お前という魚は私には狭《せま》すぎたのだろう」

「……だからといって、海は深すぎますわ」

「ははは！　違《ちが》いない」

年相応の笑顔を見せて、アルガルド様は心から笑いました。それこそ涙《なみだ》を浮かべる程に。

そんなアルガルド様の表情に胸が痛みます。この笑顔を失わせ続けてきたのは、きっと数多くのことが複雑に絡《から》み合ってしまったせいなのでしょう。私も、その楔《くさび》の一つだったのだと。

もっと早くに気付いていれば、この笑顔を私はもっと早く知ることが出来たのでしょうか？　そこまで考えて、それは私が選べなかった未来なのだと思い知らされます。

この瞬間《しゅんかん》に初めて、この人は全ての縛《しば》りから解放されたのでしょう。これが素のアルガルド様だとするならば、私は本当に至らない婚約者だったのだと、その事実を突きつけられてしまうだけなのです。

「……ユフィリア、イリアにも謝罪していたと伝えてくれ。本当は直接伝えたかったが、私にもう自由はない」

「……畏《かしこ》まりました」

「あぁ。……それから、本当にこればかりは頼めたことではないのだがな」

いつの間にか、アルガルド様が一歩距離《きょり》を取っていました。その一歩の距離が……どうしようもないほどの距離を隔《へだ》てているように思えるほどに。

「ユフィリア」

「はい」

「――姉上を、頼む」

心臓が止まってしまったかと思いました。その言葉に、息を止めてアルガルド様の顔を凝視《ぎょうし》してしまいます。アルガルド様が浮かべていた表情はとても穏やかで、祈りを込めるように切実な声色で言葉を置いていきました。

アルガルド様はそれだけ告げると背を向けてしまいました。護送のための馬車の方へと歩いていく彼の背に、私は舌が凍《こお》り付いたように口が動きませんでした。

何か伝えた方が良いと、そう思うのに言葉が出てこない。そのままアルガルド様は馬車へと乗ってしまいました。見守ってくれていた騎士《きし》が静かに頭を下げて去っていきます。

「……ユフィリア様」

呆然《ぼうぜん》としている間に出立の時間が来ていたようです。アルガルド様を乗せた馬車が静かに走り出していきました。その馬車が見えなくなって、レイニが私に声をかけてきました。

その手にはハンカチがあり、私に向けて差し出されていました。

「……涙《なみだ》、拭《ぬぐ》ってください」

そう言われて、私は初めて自分が泣いているのだと気付きました。脳裏にはアルガルド様の表情が焼き付いています。

この思いは、決して慕情《ぼじょう》ではなく。友情という訳でもなく、親愛でもない。ただ、ただ美しいものを見せ付けられたのだと。それを手放してしまったからこその喪失感《そうしつかん》。

遠く、遠く。馬車の姿は遠くに。美しくあれた筈《はず》の人を乗せて、馬車の姿は彼方《かなた》へ走り去っていきました。

＊　＊　＊

「……そうですか、アルガルド様は行きましたか」

「貴方に謝罪を伝えて欲しいと、そう言われました」

「……ええ。本当に、馬鹿《ばか》な人ですね。アルガルド様も」

離宮《りきゅう》に戻《もど》って、私はイリアにアルガルド様から謝罪があったことを伝えました。それを聞いたイリアは複雑そうな表情を浮かべていました。

イリアは一時期、アニス様とアルガルド様のお目付役だったそうです。だからアルガルド様とは本来、幼少の頃《ころ》から知った仲でした。それもアルガルド様がアニス様と仲違《なかたが》いしたことで疎遠《そえん》となってしまったようなのですが……。

イリアに報告を終えた後、私はレイニと別れました。レイニは侍女《じじょ》になりたいと考えていたようで、イリアから少しずつ侍女の仕事について教えて貰《もら》っているようです。そんな二人の邪魔《じゃま》をしないように、そしてアニス様が気になって足を運んだのですが……。

「……アニス様？」

返事がなかったので、思わず中を覗《のぞ》いてしまいました。アニス様は眠《ねむ》っているようです。まだ起き上がるのも辛《つら》いと言っていて、彼女のベッドの傍《そば》には資料や本が高く積まれています。

これでは起きていても休めないのではないでしょうか？　そう思いながらベッドの傍に寄って、ベッドの縁《ふち》に腰《こし》を下ろしました。

アニス様は規則正しく寝息《ねいき》を立てています。けれど、顔色が悪く見えるのは私の思い込みなのでしょうか？

「……刻印紋《もん》の反動、ですか」

アニス様曰《いわ》く、普通《ふつう》に使えば魔薬《まやく》よりは反動がないという話です。アニス様が今回、こうして倒《たお》れてしまったのはドラゴンの魔力を間接ではなく、直接制御《せいぎょ》したためだとか。

「……安全だからと言うから、私は協力したのですよ」

ちょっとした恨み言です。魔薬の反動を目の当たりにしてしまっていたから、それよりもまだマシな技術だと聞いて刻印紋のことを許していましたのに、騙《だま》されたような感じがします。

……でも、きっと、それだけアニス様は一生懸命《いっしょうけんめい》なのでしょう。本気で向き合わなければならないことに、たとえ自分の身を顧《かえり》みることができなくても、ただ全力で走っていく。

「……どうして」

そんなに必死になるまで頑張《がんば》っているのに。――どうしてアニス様には魔法が使えないのでしょうか？

もし、アニス様が魔法を使えたら……アルガルド様とアニス様は仲違いをしなくて良かったかもしれません。二人で仲良く、姉と弟として手を取り合えていたかもしれません。

そうすれば、そこには私がいたかもしれません。親同士で交流がありましたし、公爵《こうしゃく》家の令嬢であれば王族の遊び相手として選ばれていた可能性は高いです。

もし、そうなっていたら。アニス様が無茶な魔法を使って、私がびっくりしていて、アルガルド様が溜息《ためいき》を吐《つ》いている。そんな未来があったのかもしれません。そう考えている自分に気付いて、私は唇を噛《か》んでしまいました。

「……アルガルド様」

貴方は、本当は今、私がいる位置にいたかったのではないですか？　この人を心配して、支えて、楽しいことも苦しいことも分かち合えるような、そんな関係であることを。

けれど、それは望めなかった。アルガルド様がアニス様を望んでも許されなかったでしょう。アニス様は異端《いたん》です。どんなに優れた発想をしようとも異端の壁《かべ》は厚く高い。それがこんなにも忌々《いまいま》しいと思う日が来るとは思いませんでした。

「……ん……」

「……アニス様？」

呻《うめ》き声が聞こえて、私は思考に沈《しず》んでいた意識を浮上《ふじょう》させました。起きたのかと思ったのですが、寝言《ねごと》のようでした。ホッとしたのも束《つか》の間《ま》、次にアニス様の唇《くちびる》から零《こぼ》れた寝言に私は意識を持っていかれました。

「――……アルくん……ごめんね」

ぽつりと、それだけ。アニス様は僅《わず》かに眉《まゆ》を寄せて、一筋だけ涙を零しました。

涙で濡《ぬ》れた頰を、そっと指で撫でます。眠りが深いのか、アニス様が起きるような気配はありません。涙で濡れた頰と指先を擦《こす》り合わせるようにして拭います。

「……アニス様」

私は、そのままアニス様の傍に手をついて上から覗き込むようにアニス様の顔を見つめます。夢見が良くないのか、少しだけ眉が寄ったままです。

そんなアニス様の瞼《まぶた》に、私は上から口付けを落としました。祈《いの》るような気持ちで口付けた瞼は、僅かに涙の味がしてしょっぱいです。

「……アニス様、どうか良い夢を」

これから、私たちはどうなるのでしょうか？　先のことはわからないことばかりです。問題だって多く抱《かか》えています。アニス様に待ち受ける苦難は、これからも多くあるのでしょう。その道を進む度に傷ついて、それでも必死に立ち向かおうとするこの人を、私は。

「……お傍にいます、私が」

守りたいと願うのです。きっと、これは私だけの想《おも》いじゃなくて託《たく》された願いですから。どこまでも遠くに羽ばたける自由な人。けれど、今はどうかその羽を休めて欲しい。きっと、すぐに飛び立たなければならない時が来てしまうでしょう。

――それまで良い夢を。せめて夢の中だけは、貴方《あなた》を傷つける者がいませんように。

＊＊＊

――アルガルド・ボナ・パレッティア王子の廃嫡《はいちゃく》宣言。

婚約者《こんやくしゃ》であったユフィリア・マゼンタ公爵令嬢《こうしゃくれいじょう》へ突《つ》きつけた婚約破棄《はき》から起きた一連の騒動《そうどう》は後の世、パレッティア王国の歴史の転換点《てんかんてん》となったと歴史学者は語っている。

王家の直系の血筋で残っていた唯一《ゆいいつ》の王子であるアルガルド王子の廃嫡、そして大きな権力と派閥《はばつ》を有していた魔法省が起こした不祥事《ふしょうじ》は、王国を揺《ゆ》るがしていくこととなる。

一時は斜陽《しゃよう》に傾《かたむ》くのではないかと危ぶまれていたパレッティア王国の未来は、ある二人の少女たちによって切り開かれることとなる。

時代の最先端《さいせんたん》でありながら異端とされた王女、アニスフィア・ウィン・パレッティア。

天才にして至高と称《しょう》された誉《ほま》れ高き公爵令嬢、ユフィリア・マゼンタ。

しかし、それはまた別のお話。――これは擦《す》れ違い続けた、ある姉と弟の悲喜劇だ。

あとがき

『転生王女と天才令嬢《れいじょう》の魔《ま》法《ほう》革命』二巻、ご購入《こうにゅう》ありがとうございます。鴉《からす》ぴえろです。

一巻の発売に続いて二巻をお届けできたこと、本当に嬉《うれ》しく思っております。手に取って頂いた皆様《みなさま》に改めて感謝を申し上げます。

さて、『転生王女と天才令嬢の魔法革命』、略して転天の二巻でございますが、内容は一巻を前編とするなら、こちらは後編という立ち位置になるでしょうか。

一巻ではお出し出来なかったレイニの謎《なぞ》、そしてアルガルドの暗躍《あんやく》やその思いなどが語られるお話となりました。

Web版で連載《れんさい》していた当初、アルガルドとレイニの扱《あつか》いは非常に悩《なや》みました。アルガルドはアニスフィアとの対峙《たいじ》で命を落としたり、レイニも悲劇のままに命を落としたりする可能性もありました。二人を描《えが》きながら落とし所を探《さぐ》り、結末に至りました。

一巻ではアニスフィアの明るさを描くために纏《まと》めた内容でしたが、二巻はそんなアニスフィアに対する周囲の反応や影響《えいきょう》力を描いたものとなります。

進んだ文明や知識を持つ転生者は、その知識を利用しようとすれば世界に対して大きな影響を与《あた》えてしまいます。その影響によって良い変化もあれば、悪い変化もあるでしょう。

一巻ではアニスフィアの良い面を強調しましたが、そう簡単に話が進むかと言われればそうではありません。

アニスフィアによって救われる者がいれば、不利益を被《こうむ》る者がいます。彼女を肯定《こうてい》する者がいれば否定する者がいる。アルガルドだけではなく、Ｗｅｂ版を先に見て頂いた方には「おや？」と思われたかもしれないティルティもまたその一人です。

そんな彼女達が見せた物語、皆様に何か感じ入るものがあったのであれば、作者として嬉しく思う限りでございます。

今回もきさらぎゆり先生の美麗《びれい》なイラストによって場面ごとの深みが増し、作者も思い入れがある話を書籍《しょせき》で送り出せたことが本当に嬉しかったです。

婚約破棄《こんやくはき》から始まった物語は、婚約破棄の陰《かげ》で蠢《うごめ》いていた陰謀《いんぼう》を暴《あば》くことで収束を迎《むか》えました。しかし、彼女達の物語は終わりません。この続きの物語を皆様にお届けできることを祈《いの》りながら、あとがきの筆を置きたいと思います。改めてありがとうございました！

鴉ぴえろ

お便りはこちらまで

〒一〇二－八一七七
ファンタジア文庫編集部気付
鴉ぴえろ（様）宛
きさらぎゆり（様）宛

富士見ファンタジア文庫

転生王女《てんせいおうじょ》と天才令嬢《てんさいれいじょう》の魔法《まほう》革命《かくめい》2

令和2年5月20日　初版発行
令和5年1月30日　7版発行

著者――鴉《からす》ぴえろ

発行者――山下直久
発　行――株式会社KADOKAWA
〒102-8177
東京都千代田区富士見2-13-3
0570-002-301（ナビダイヤル）
印刷所――株式会社KADOKAWA
製本所――株式会社KADOKAWA

ISBN978-4-04-073691-4 C0193 ◆◇◇

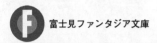

切り拓け！キミだけの王道
ファンタジア大賞
原稿募集中！
賞金
《大賞》300万円
《金賞》50万円
《銀賞》30万円
選考委員
細音啓「キミと僕の最後の戦場、あるいは世界が始まる聖戦」
橘公司「デート・ア・ライブ」
羊太郎「ロクでなし魔術講師と禁忌教典《アカシックレコード》」
ファンタジア文庫編集長
前期締切 8月末日
後期締切 2月末日
公式サイトはこちら！ https://www.fantasiataisho.com/
イラスト／つなこ、猫鍋蒼、三嶋くろね